# RAÍCES PROFUNDAS

# AUDREY CARLAN

## - LA CASA DEL LOTO -

RAÍCES PROFUNDAS

**T**ITANIA

Argentina • Chile • Colombia • España
Estados Unidos • México • Perú • Uruguay

Título original: *Resisting Roots*
Editor original: Waterhouse Press
Traducción: María Laura Saccardo

1.ª edición Octubre 2020

ISBN: 978-84-16327-90-4
E-ISBN: 978-84-17981-25-9
Depósito legal: B-3.949-2020

Fotocomposición: Ediciones Urano, S.A.U.

Impreso por Romanyà Valls, S.A. – Verdaguer, 1 – 08786 Capellades (Barcelona)

Impreso en España – *Printed in Spain*

# DEDICATORIA

**Debbie Wolski**
Te dedico esta novela a ti,
un ángel entre nosotros, simples mortales.
Me has enseñado todo lo que sé sobre el yoga,
los chakras y, lo más importante,
me has ayudado a encontrar mi equilibrio.

No estoy segura de dónde estaría hoy
sin tu apoyo y tu guía espiritual.
Te quiero con todo mi ser.
Gracias por ser un enorme regalo para mí
y para el resto del mundo.

Por siempre tu estudiante.

*Namasté*

# NOTA PARA EL LECTOR

Todo lo relativo al yoga en la serie «La Casa del Loto» es producto de años de práctica personal y estudio de esta disciplina. Las posturas de yoga y las enseñanzas sobre los chakras han sido parte de mi formación oficial en The Art of Yoga en el Village Yoga Center, en el norte de California. He redactado personalmente cada una de las descripciones de los chakras y de las posturas en base a mi perspectiva como profesora titulada de yoga, siguiendo las directrices establecidas por la National Yoga Alliance y The Art of Yoga.

Si deseas practicar alguna de las posturas incluidas en este libro o detalladas en cualquiera de las novelas de la serie «La Casa del Loto», por favor, consulta con un profesor de yoga titulado.

Recomiendo a todo el mundo que tome alguna clase de yoga. Mis años como alumna y profesora me han enseñado que el yoga es para todo tipo de personas, independientemente de cómo sea su cuerpo. Sé amable con el tuyo, pues solo tendrás uno en esta vida.

Amor y luz,

Audrey

# 1

## *Loto o postura perfecta*
### *(En sánscrito:* Siddhasana*)*

*Para disfrutar de la postura del loto, siéntate en tu esterilla con las piernas cruzadas sobre los isquiones. Endereza la columna, alinea la cabeza y coloca las manos en las rodillas con los dedos pulgar e índice en contacto. Esta es una de las posturas de yoga más básicas y ayuda a quien la practica a tranquilizarse y a centrarse en su cuerpo, en su mente y en su entorno.*

## TRENT

—¡Despierta, patético saco de mierda!

El sonido de un gruñido, acompañado de un dolor punzante en la pierna, hizo que parpadeara ante la luz excesivamente intensa. Notaba mi boca como si una bola de pelusa se hubiera metido en ella y hubiera echado raíces. Mientras me frotaba los labios, pestañeé varias veces y me agarré la pierna buena para hacer palanca. El nudo que tenía en el cuello protestó cuando me levanté hasta quedar sentado.

—¿Ross? —Negué con la cabeza y miré a la bomba de relojería de pelo canoso que era mi agente. Su enorme figura bloqueaba parte de la luz que se filtraba por las ventanas que tenía detrás; ventanas que yo había cerrado muy bien por miedo a este preciso momento, en el que tendría que abrirlas y despertar para otro día de dolor, terapia y más maldita terapia—. ¿Qué haces aquí? —pregunté con voz pastosa. Estiré el brazo para agarrar lo primero que tuve a mano y di un trago a la botella de Gatorade de naranja. En cuanto noté el sabor rancio, estuve a punto de escupir aquel líquido asqueroso. Miré el interior de la botella y sentí náuseas. La imagen de unos puntos negros flotando en ella hizo que se me revolviera el estómago con el exceso de alcohol de la noche anterior.

Comida. Eso era lo que necesitaba. Llenarme con alguna porquería grasienta que absorbiera los excesos de la noche anterior. Palpé sobre la mesa, buscando algo entre el montón de comida para llevar.

Ross empujó mi mano junto con todo lo que había sobre la mesa de centro, incluida la bebida de naranja que, por lo visto, había estado usando la noche anterior como cenicero. Me habría venido bien recordarlo *antes* de darle un buen trago.

—¿Así que a esto has llegado? ¿Seis semanas de recuperación y esto es lo único que has conseguido? —Se dio unas palmaditas en los muslos mientras echaba un vistazo a su alrededor—. Estás viviendo entre basura. ¿Bebiendo? ¿Fumando?

—Solo tabaco, Ross.

Se sacó la gorra, se atusó el pelo y volvió a ponérsela. Aquello no presagiaba nada bueno. Se le veía bastante frustrado y a punto de estallar. Después de cinco años en los Oakland Ports, sabía cuándo mi agente estaba a punto de perder los estribos.

—Fox, eres el mejor bateador del equipo. ¡Demonios! Estás entre los tres mejores bateadores de la liga americana y la nacional. Te has lesionado, sí. ¡Pero me importa un cuerno! Supéralo y vuelve a centrarte en el juego. —Ross caminaba de un lado a otro de la habitación.

Me senté más derecho. Hacerlo fue una mala idea. Las palpitaciones que sentía en la cabeza eran semejantes al sonido de un bate partiéndose en dos al contacto con la bola. Me llevé las manos a las sienes y presioné; cuando moví la pierna para apoyarla sobre la mesa me dolió el muslo.

—¿Has ido al menos a terapia?

—Por supuesto que he ido, Ross. — ¡Maldito hijo de puta! Apreté los dientes y cerré los puños—. Tres veces a la semana. Los otros tres días voy al gimnasio y hago pesas con Clay.

Me miró sorprendido.

—¿Puedes levantar peso?

—También estoy usando la cinta. —Me encogí de hombros y eché un vistazo por la ventana. Era perfectamente consciente de lo infantil y a la defensiva que sonaba. Ross tenía la rara habilidad de hacer que volviera a sentirme como un humilde novato que quería comerse el mundo.

—¿Y qué hay de recuperar fuerza y flexibilidad? —Ross resopló—. ¿Con quién estás trabajando eso? El último informe que recibí de tu médico deportivo recomendaba que fueras a clases de yoga a diario. —Se sentó en la silla que había frente al sofá que había usado como cama.

Se volvió a quitar la gorra una vez más, aunque en esta ocasión la sostuvo descuidadamente por la visera entre las rodillas. Al ver que se relajaba, hice lo mismo y me deshice de toda la tensión que sentía. Ni siquiera mi propio padre tenía ese dominio sobre mis emociones como lo tenía Ross. Si no lo hubiera sabido, habría jurado que había servido en el ejército. El modo en que metía en vereda a todos sus atletas demostraba lo mucho que le preocupaban. Los agentes no tenían por qué visitar a sus clientes para ver cómo estaban, pero detrás de esa imagen ruda y brusca, se escondía un hombre sensible. Y yo no había cumplido con mi equipo en más de seis semanas; desde el día en que todo se había ido al garete.

*La multitud rugió. Estar en la caja de bateo, esperando el lanzamiento del pícher, era como una experiencia religiosa. Cada. Condenada. Vez. Sentí un cosquilleo en la columna y el vello de la nuca se me erizó como si tuviera al mismísimo Dios detrás del hombro, aguardando la jugada. El lanzador echó el brazo hacia atrás y todo quedó sumido en un profundo silencio. La grada, el comentarista, mi equipo, todo se detuvo. Solo estábamos la pelota y yo. Hasta creí ver los dedos del pícher cerrándose sobre la pelota y cómo se le ponían los nudillos blancos antes de lanzarla y hacer que volara como un tren a máxima velocidad. La pelota salió disparada en el aire y cambió ligeramente de rumbo mientras dibujaba un pequeño arco antes de su descenso. Venía directa al centro de mi cuerpo. Un movimiento que no vi venir. Normalmente el lanzador evitaba a toda costa tirarme la pelota al centro. Y con razón. Era el lugar donde mejor bateaba.*

*Puse mis brazos en posición de* swing *y la leve punzada que sentí en los omoplatos me dijo que estaba en la posición perfecta. Mientras la pelota se acercaba, viró la trayectoria hacia la zona de* strike. *Con los pies clavados en el suelo, giré toda la mitad superior del cuerpo y, utilizando cada gramo de fuerza que poseía, golpeé la pelota con el bate. El crujido de la bola al golpear la sólida madera resonó a mi alrededor. Al instante, la pelota cambió de dirección y salió disparada. Durante un instante, contemplé cómo volaba con un orgullo que me llenó de fuerza y energía. Luego dejé caer el bate, giré la pierna y eché a correr.*

*Y entonces el infierno se desató. El dolor me atravesó la parte posterior del muslo como un cuchillo caliente entre la mantequilla. Cuando apenas me quedaban unos pasos para alcanzar la primera base, me agarré la pierna, y empecé a caer. Al desplomarme sobre la tierra roja, el uniforme quedó completamente manchado, haciendo que pareciera un guerrero caído en combate.*

*Lo único bueno fue que hice un jonrón. A pesar de que se me había roto el tendón como si hubiera estirado una cinta de goma más allá del límite, ese único golpe permitió que los compañeros que estaban en la segunda y la tercera base corrieran hasta la última y que los Stinger de San Francisco se fueran a casa como perdedores. Yo me fui en ambulancia y acabaron operándome por un tendón desgarrado.*

—¡Espabila, muchacho! —Ross me agarró del hombro y me sacudió con fuerza. Se levantó y revisó todas las pastillas y botellas de alcohol que había en la mesa junto al sofá—. Esto es lo que estás haciendo con tu tiempo. —Su boca estaba torcida en un gesto de disgusto—. Me sorprende que ahora mismo no tengas a una fan calentándote la cama.

Ahora que estaba completamente sentado y podía evitar que el sofá se alejara flotando, pensé en la noche anterior. ¿Eh? ¿Dónde se había metido esa chica? Tiffany, Kristy, Stephanie... ¿Cómo se llamaba? Había cabalgado sobre mí un rato, antes de que me desmayara en mitad del acto. Resoplé. Quizás se marchó porque no fui capaz de complacerla. Solía estar orgulloso de ser un amante generoso, pero la noche anterior apenas había podido hilvanar las palabras suficientes para formar una frase y mucho menos para impresionar a una fan.

Ross se dio la vuelta, bufó, se pasó los dedos por el pelo y volvió a ponerse la gorra.

— ¡Jesús! ¿Pastillas, alcohol, mujeres? ¿Qué más?

—Mira, no te debo ninguna explicación. Estoy de baja...

—¡Al diablo con eso! —Se acercó a mí deprisa, mucho más rápido de lo que cabría esperar en un hombre con dos rodillas destrozadas y una afección cardíaca, y me empujó con un dedo en el pecho—. Tienes dos opciones. O terminas con esto o te olvidas del contrato. ¿No te das cuenta de que tienes que renovarlo? Puede que todavía no te hayas gastado esos treinta millones en los últimos tres años, pero estás arriesgando un contrato de cinco años. Los números son impactantes, muchacho. Por la forma en la que has estado bateando, puedes conseguir una oferta de más de cien millones por cinco años. ¡Y puedes perderlo todo! —Me miró furibundo mientras chasqueaba los dedos—. En menos de un parpadeo.

Cerré los ojos y respiré hondo. Mi agente no había puesto los números estimados en términos reales. Esperábamos obtener la misma cifra de al menos treinta millones por tres años más. Si lo que Ross decía era cierto, yo valía veinte millones al año.

—Dios —susurré, con el corazón palpitando con fuerza. Tenía la boca tan seca como California durante una sequía.

Ross apoyó las manos en el respaldo de la silla, encorvó los hombros y negó con la cabeza.

—Tienes que volver a jugar. El equipo te necesita. Ya han perdido los *play-off* y el campeonato este año. El entrenador quiere que te incorpores en la temporada de primavera. Eso significa que tienes hasta la tercera semana de febrero para recuperarte y demostrar a los de arriba de qué materia estás hecho. Tienes que estar listo para entrenar en tres meses. —En su tono se apreciaba una pizca de incertidumbre.

—¿Estás diciéndome que si no estoy en forma en primavera podrían echarme del equipo?

Ross se frotó el mentón unos segundos. Casi pude oír el sonido de su palma rascando la barba incipiente.

—No lo sé. Depende de lo bien que te recuperes. Mientras tanto, ¿cuál es el plan?

Con la potencial pérdida de mi contrato sobre la mesa, incluida la posibilidad de dejar de ganar más dinero del que había gastado en toda mi vida, exhalé larga y lentamente hasta que desapareció todo el aire y solo quedó una sensación de ardor.

—Dejaré la bebida y me acostaré pronto todas las noches.

—¿Y seguirás el tratamiento e irás a yoga? —Ladeó la cabeza.

—¿Yoga? —Hice un gesto de negación y me retorcí las manos para liberar la tensión. Lo que necesitaba en ese momento era mi saco de boxeo—. ¿En serio? Mira, no podría tocarme los dedos de los pies ni aunque me fuera la vida en ello, y todo eso de doblarse y retorcerse me parece un aburrimiento. No, dejaré todas esas tonterías para las veganas con las que salgo y pensaré en otra cosa.

Ross estuvo junto a mí en un abrir y cerrar de ojos y me propinó una colleja como las que solía darme mi padre, aunque él lo hacía de broma y mi agente completamente en serio, para que espabilara. La rabia fluyó en mi interior. Apreté los dientes y logré controlarme a duras penas. Si lo golpeaba, nuestra relación se iría al traste. Él podía ser un imbécil, pero tenía buenas intenciones y se preocupaba por mí. Más o menos. Bueno, sí. Eso, o estaba encantado por la ingente cantidad de dinero que ganaba por representar a uno de los mejores jugadores en las Grandes Ligas de béisbol.

—No seas fanfarrón, muchacho. ¡Irás a clases de yoga o te juro por Dios que te arrastraré como a un saco de patatas y te arrojaré a los pies de esos abraza-árboles, te rociaré con miel y dejaré que los aguijones se encarguen de ti!

¡Mierda! Con «aguijones» se estaba refiriendo a los Stingers de San Francisco. El entrenador del equipo rival ya había hecho varias llamadas, intentando captar mi atención. Estaban interesados en mí porque, a pesar de que no estaba en mi mejor momento, al final me recuperaría. Una lesión de tendones normal solía curarse seis semanas después de la cirugía, seguida por unos meses de fisioterapia y rehabilitación. Yo me había saltado la mayor parte del tratamiento y no había hecho ningún esfuerzo especial, convencido de que podría recuperarme saliendo a caminar, haciendo pesas y usando la cinta. Por desgracia, lo único que había conseguido con eso era terminar en una bañera de hidromasaje para aliviar los calambres.

—Bien, iré.

—¿Cuándo?

Tomé aire y eché un vistazo a mi alrededor. De un rincón emanaba un olor agrio y fétido. Allí había una caja grasienta de pizza, junto con otros envases de comida para llevar. Ni siquiera podía recordar la última vez que había comido pizza. ¿Hacía unos días, tal vez? ¿Cuándo se suponía que tenía que venir la mujer de la limpieza? Negué con la cabeza y me froté el mentón. Ross estaba esperando una respuesta, con los brazos en jarras.

—¡Mañana! —Sacudí una mano en el aire—. Iré mañana.

—¿Lo prometes? —Dio unos pasos hacia la puerta.

—Soy un hombre de palabra.

—Sí, siempre lo has sido. —Dejó caer los hombros y bajó la vista—. Demuéstralo. —Cerró la puerta con tanta fuerza que terminó tirando al suelo el vaso de Big Gulp que se encontraba precariamente apoyado en el borde de una mesa que había cerca, derramando el líquido de color fresa.

Cerré los ojos y me froté la frente dolorida.

—¿Y ahora qué?

## GENEVIEVE

—Olvídalo, Row. Dije que no y hablaba en serio. —Mi voz había adquirido ese tono tajante que tanto me recordaba a mi madre. Si ella hubiera estado allí, habría sabido qué hacer.

—¿En serio? —Rowan retrocedió, cruzó los brazos sobre ese pecho que cada día se hacía más ancho y me miró con odio—. Tengo dieciséis años, no cinco. —Miró a nuestra hermanita, Mary, que saboreaba sus Cheerios.

—Lo siento. —Suspiré y unté mantequilla de cacahuete en dos rodajas de pan—. No conozco a esos chicos y, además, te necesito el viernes por la noche para que lleves a Mary a su clase de danza y la recojas. Tengo a dos clientas para color y corte de pelo.

—Siempre tienes clientas. —Rowan elevó la voz hasta casi gritar—. ¡Cada maldito fin de semana!

El cuchillo para untar resonó cuando lo tiré contra la encimera de la cocina.

—Sí, ¿y cómo crees que conseguí el dinero para tu uniforme de béisbol? ¿Piensas que el dinero crece en los árboles? Porque si lo hiciera, ¡ya habría plantado un bosque entero en nuestro jardín! —Me sobresalté. Ahora sí sonaba como mi madre—. ¡He tenido que ahorrar dos meses solo para el uniforme!

—¡Bien! —Rowan giró los hombros mientras dejaba escapar un profundo suspiro y negó con la cabeza—. ¡Seré el hazmerreír de todo el instituto!

Empujó la silla, desafiante, y agarró la bolsa con el almuerzo que le había preparado. Le agarré de la muñeca y esperé a que me mirara.

—Lo siento. Necesitamos el dinero —susurré lo suficientemente bajo como para que Mary siguiera en su alegre ignorancia.

Mi hermano pequeño cerró los ojos y tomó aire. Cuando volvió a abrirlos, todo su enfado había desaparecido.

—No, yo lo siento. De todos modos, es una fiesta estúpida.

Me había incluso extrañado que quisiera ir. Normalmente se quedaba en casa los fines de semana e invitaba a sus amigos a jugar a la Xbox que tanto esfuerzo y dinero me había costado. Había merecido la pena dar todas esas clases extra de yoga y los cortes de pelo a mitad de precio para regalarle la consola y los dos juegos que llevaba tantos meses pidiendo. Por desgracia, no podía cobrar lo mismo que en una peluquería puesto que lo hacía en el garaje de casa, y más cuando no tenía el título oficial. Quizá me lo sacara algún día. Aunque, al ritmo al que se estaban acumulando las facturas, iba a tener que postergar ese sueño más tiempo de lo deseado.

—Es normal que quieras pasar el rato con tus amigos. Tal vez pueda cambiar las citas para otro día de la semana, así no perderíamos el dinero...

Él me detuvo envolviéndome en un fuerte abrazo. A mi hermano se le daban bien los abrazos de oso, sobre todo cuando sabía que estaba preocupada o que necesitaba esa conexión con otra persona que comprendiera nuestra situación tanto como yo. Solo que esta vez fue diferente.

—Gracias, Vivvie, pero no.

Desde que tenía memoria, mi familia había abreviado Genevieve a Viv o Vivvie. Había maldecido a mi madre por habernos llamado a Mary y a mí como nuestras abuelas. Ahí estaba yo, una mujer de veinticuatro años, con un nombre adecuado para alguien con cincuenta años más.

—No te preocupes —agregó Rowan—. No pasa nada, de verdad. Lo entiendo. Además, he estado buscando trabajo por aquí cerca. Ya sabes, para ayudar.

Negué con la cabeza y sacudí las manos en el aire como lo haría una loca intentando ahuyentar moscas invisibles.

—No. No vas a trabajar. Te centrarás en los estudios y en el béisbol. Tu objetivo es mantener esa nota media de sobresaliente y entrar con una beca en una buena universidad, porque sabes que es imposible que yo pueda pagártela.

Yo no había podido obtener mi título de peluquera, pero de ningún modo iba a permitir que mi hermano perdiera la oportunidad de entrar en una buena universidad. Eso era lo que nuestros padres habrían querido y habrían hecho todo lo posible para que lo consiguiera. Sentí una punzada de tristeza que me contrajo dolorosamente el corazón. Sabía que terminaría pasándose. Siempre lo hacía. Si mi madre y mi padre hubieran estado, nuestras vidas habrían sido totalmente diferentes. Más fáciles. Más tranquilas. De todas formas, luchaba con todas mis fuerzas por mantener a la familia unida bajo el mismo techo en el que habíamos vivido desde que nacimos.

—Vivvie, tengo que hacerlo. No puedes seguir deslomándote, trabajando de este modo.

—Estoy bien. —Envolví el almuerzo de Mary e incluí una galleta de más para alegrarle el día—. Llevamos tres años saliendo adelante. ¿Para qué vamos a cambiar nada?

—Tal vez porque no has salido con ninguna amiga ni has tenido una cita en... —Levantó la vista hacia el techo de la cocina y se golpeó el mentón con un dedo—. Ni siquiera recuerdo la última vez que te vi con un chico.

—Eso no es asunto tuyo. —Me apoyé en la encimera—. Además, paso mucho tiempo con chicos.

—Sí, en tus clases de yoga. —Él resopló y rio—. Y cortarles el pelo tampoco cuenta.

Fruncí el ceño. Le obligué a darse la vuelta y lo llevé hasta la puerta delantera de la casa. Nuestra vivienda estaba ubicada en el corazón de Berkeley, California. Había sido la alegría y el orgullo de mis padres. Mi madre siempre había sido ama de casa y mi padre era abogado y trabajaba en el centro de Oakland. Menos mal que la hipoteca ya estaba pagada o nunca habría podido conservarla. Aun así, todavía teníamos que afrontar los impuestos sobre la propiedad y los gastos de mantenimiento. Aparqué la preocupación que siempre acompañaba a la pregunta de qué sería lo siguiente que se rompería y se llevaría lo poco que teníamos ahorrado, y empujé a Rowan hacia su mochila.

El suelo de madera había visto mejores tiempos, pero lo limpiaba y enceraba con tanta frecuencia como podía. Por supuesto que mis hermanos me ayudaban. Todos teníamos nuestras tareas. La casa no había cambiado mucho en los tres años que habían transcurrido desde la muerte de mis padres. Habíamos mantenido vivo su recuerdo todo lo posible, como una especie de santuario. Todo estaba tal y como lo habían dejado: las fotografías que habían colgado, sus libros, incluso las figuritas que habían ido acumulando. Quería mantenerlo así a toda costa. Un hogar al que mis hermanos pudieran volver todos los días.

Rowan levantó la mochila y se la colgó al hombro. El pelo rubio despeinado le cayó sobre los ojos color café. Levanté el brazo y le aparté un mechón rebelde antes de que le rozaran la mejilla. Los tres teníamos los ojos color marrón de nuestro padre, aunque los de Row y Mary eran de un tono más acaramelado y los míos eran tan oscuros que parecían casi negros.

—Ten cuidado ahí afuera, ¿de acuerdo? Vuelve sano y salvo —le dije.

Mary entró a la sala de estar arrastrando los pies, con la camiseta al revés.

—Cariño, te has puesto mal la camiseta —le indiqué entre risas.

Ella levantó una mano.

—¡Lo sé! Hoy es el día del revés en el colegio. Todos tienen que llevar la ropa así. —Se bajó la parte delantera de la falda—. ¿Lo ves? la etiqueta está al frente—explicó con un brillo de diversión en la mirada y el pelo rubio claro cayéndole largo y liso por la espalda.

—Bueno, es una bobada, pero si a ti te parece bien... ¿Has traído el cepillo?

Mary levantó el viejo cepillo de pelo de mi madre. La pintura del mango se estaba despegando. No dije nada. Si Mary quería usar ese cepillo hasta que ya no le quedaran cerdas, que así fuera. Nunca le quitaría algo que la hacía sentir tan bien. Mary y yo teníamos nuestra pequeña rutina matutina. Ella se sentaba en el sofá otomano, yo en el confortable diván que había sido el lugar de lectura preferido de mi padre, y le cepillaba el pelo por la mañana y por la noche, del mismo modo que mi madre había hecho conmigo.

—¿Trenza o coleta? —pregunté.

Mi hermana frunció los labios.

—Dos trenzas, unidas atrás —respondió.

—¡Ah! Veo que quieres algo elaborado. ¿Has estado viendo mis libros otra vez? —Había recibido los libros de peinados cuando me matriculé en la academia de peluquería, antes del accidente de mis padres. Cuando murieron, solo me quedaban tres meses para terminar. El problema fue que (además de tener que lidiar con la pena) me convertí en cabeza de familia con solo veintiún años. El dinero del seguro pagó lo que quedaba de hipoteca y nos ayudó a salir adelante el primer año, pero habíamos tenido dificultades desde entonces.

—Sí. —Ella sonrió y asintió—. Puedes hacerlo, ¿verdad?

—Por supuesto que puedo. Soy una experta en peinados, ¿recuerdas? —Le hice cosquillas en las costillas.

Mary se rio y se retorció. Su amplia sonrisa y sus mejillas sonrosadas bastaban para alegrarme el día.

En realidad no nos iba tan mal.

Cuando terminé de peinarla, corrí a mi habitación, me puse un par de mallas de yoga limpias, un top deportivo y una camiseta negra de tirantes. Todos los días me ponía unas mallas de yoga modernas. Ese era el único pequeño derroche que me permitía cada dos meses. Las de hoy eran de un diseño jaspeado, en tonos rosa oscuro y negro, que me llegaban justo por debajo de las rodillas. Agregué el colgante de cuarzo que me había regalado Crystal, mi gurú de yoga; una mujer con un nombre muy apropiado. Me lo metí debajo de la camiseta para prevenir la negatividad y me puse un sencillo par de sandalias.

Me recogí el pelo rubio platino, largo hasta los hombros, en un moño ajustado en la nuca. Luego me pinté los labios de un rosa brillante y me delineé los ojos con eyeliner negro, para crear ese efecto de mirada felina que tan bien le iba a mis facciones. Con el toque final de máscara de pestañas, estaba lista para comenzar el día y enseñar a un puñado de clientes cómo encontrar la paz en el tatami.

# 2

## *Chakra raíz*

*Se suele describir al chakra como un vórtice de energía que creamos
en nuestro interior a través de la conexión del cuerpo físico
y la consciencia. Al combinarse, los chakras se convierten en el centro
de actividad de nuestra fuerza vital interior o «prana». Cuando los siete
chakras principales se alinean y se abren, se experimenta la mejor
versión de uno mismo.*

## TRENT

Aparqué mi Maserati Gran Turismo Sport —al que cariñosamente llamaba «bala de plata»— junto a la acera frente al centro de yoga La Casa del Loto. Mi médico deportivo me había apuntado a *hatha yoga*. Faltaban casi diez minutos para que la clase comenzara, así que después de poner el parquímetro para dos horas, eché un vistazo alrededor.

Aquella calle parecía sacada de los años setenta, con un despliegue salvaje de colores psicodélicos y texturas, en mitad de un vecindario aburrido. Las cestas de flores colgantes, los banderines coloridos y las pintorescas sillas de las terrazas le daban un aspecto de lo más acogedor.

Anduve a pasos cortos y me llevé la mano a la parte trasera superior del muslo, a la espera de que el dolor se disipara mientras observaba la extravagante calle. Delante de mí se encontraba el Café Rainy Day. Las personas amontonadas en la entrada y dentro del café lucían trenzas intrincadas, peinados afro, camisetas con estampados *tie dye*, sandalias planas y ropa holgada. No se podía negar que el barrio desprendía un claro ambiente *hippie*.

Pasé junto a una tienda de libros de segunda mano llamada Páginas Gastadas, que no tenía nada que ver con las que estaba acostumbrado. No, esta se parecía más a una tumba largamente olvidada, con su fachada de madera oscura y una mínima decoración. Me detuve y eché un vistazo al interior a través de uno de los ventanales. Estantes de libros usados cubrían las paredes del suelo al techo, junto con vitrinas con volúmenes apiñados. Al igual que en la cafetería, este sitio estaba atestado de gente. Las personas entraban y salían despreocupadas, con los brazos y las bolsas llenas de libros. Un letrero en la puerta decía: «SALVE UN ÁRBOL, TRAIGA SU PROPIA BOLSA».

Continué andando por esa calle donde no parecía haber transcurrido el tiempo. Junto a la librería se encontraba la pastelería Sunflower. Puse los ojos en blanco por aquel nombre tal absurdo, pero eso no evitó que se me hiciera la boca agua ante el delicioso aroma a canela que me llegó a través de la puerta cuando un repartidor salió del establecimiento. Después de la clase «troncha espaldas», visitaría el lugar. Ese olor..., ¡maldita sea!, me persiguió mientras me alejaba.

La fachada del centro de yoga era blanca con molduras verdeazuladas. La pesada puerta doble de vidrio era alta e invitaba a entrar. Cada una de las puertas tenía una flor con una persona en alguna postura de yoga grabada en su superficie.

Cuando entré, me asaltó una extraña esencia a salvia y a eucalipto que me hizo cosquillas en la nariz. Había varias mujeres alrededor del mostrador de recepción, con esterillas de yoga colgadas a la espalda y vestidas con sudaderas con cremallera con capucha a juego con pantalones largos. Estaba mirando sus traseros cuando alguien me llamó.

—¿Puedo ayudarlo, señor? —preguntó una pelirroja con grandes ojos azules. Tenía una piel pálida que parecía brillar por encima de la camiseta sin magas verdeazulada con el logo del centro en la parte delantera. No pude evitar fijarme en el bamboleo de sus turgentes pechos mientras se movía por el mostrador para ayudar a los clientes habituales, esperando a que yo le respondiera.

—Sí. Soy Trent Fox y creo que me han apuntado a una clase que está a punto de empezar.

La pelirroja tecleó algo en un ordenador y asintió.

—Sí, tiene un abono ilimitado durante tres meses.

Con eficiencia y velocidad, extrajo una tarjeta con forma de flor. En serio. Una flor. Al dorso tenía un código de barras que pasó frente a un lector igual al que había visto usar a los clientes frente a otro par de puertas, que debía dar acceso al resto del edificio.

—Solo tiene que pasar el código de barras por el lector de allí. —Señaló al otro par de puertas—. Le dará acceso al edificio durante el horario de apertura. Como tiene un abono ilimitado, no tiene que registrarse. En tres meses, puede renovar o cancelar su cuota. —Bajó la voz, lo que me obligó a inclinarme hacia ella para poder oírla. También me proporcionó una visión excelente de su increíble delantera—. No queremos que nadie esté aquí por obligación, así que si decide que el yoga no es lo suyo, no le perseguiremos.

—Es bueno saberlo. —Le mostré esa sonrisa que siempre hacía que las mujeres se derritieran a mis pies—. ¿Tú darás la clase?

—No. —Sus mejillas se sonrojaron de una forma adorable. El rubor le sentaba bien. Negó con la cabeza—. En este momento se están dando dos clases. Una de *vinyasa* con Mila, que acaba de empezar, y una de *hatha*, que está pensada para principiantes y personas con un nivel intermedio. Esta última la imparte Genevieve Harper todas las mañanas a las nueve.

—Esa me viene bien. ¿Y cómo te llamas, encanto?

—Luna Marigold. Soy la hija de una de las dueñas.

Aquello no me sorprendió.

—Espero seguir viéndote por aquí. —Di una palmada en el mostrador y le guiñé un ojo.

Ahora se puso completamente roja.

—Yo a usted también, señor Fox. Gracias por unirse a La Casa del Loto. *Namasté.*

Con mi nueva tarjeta de plástico con forma de flor, entré a las entrañas del almacén transformado. Justo delante de mí había un extenso pasillo. A la derecha, dos letreros rezaban: «SANTUARIO YOGUINIS» y «SANTUARIO YOGUI». Supuse que uno era el vestuario de hombres y el otro el de mujeres. Continué por el pasillo. Las paredes estaban pintadas con un mural de un prado. Mientras me dirigía hacia una puerta abierta que había al final del pasillo, tuve la sensación de que el césped se mecía, moviéndose conmigo. Sabía que no era posible, pero parecía tan real, que engañaba a la vista. Quien lo hubiera pintado era todo un artista.

A la izquierda había una puerta desde la que se podía oír a los Beatles. Algo que me extrañó, ya que estaba en un centro de yoga. Junto a la puerta había una ventana para que los clientes pudieran ver la clase desde el pasillo. Dentro había al menos treinta personas con las manos y los pies apoyados sobre sus esterillas y los traseros en alto. Juntas eran un mar de formas triangulares. De pronto, como si estuvieran sincronizadas, levantaron una pierna al unísono; algunas de manera un poco más inestable que otras que parecían tener una flexibilidad innata.

Una mujer hispana bajita, con un cuerpo de infarto y unos rizos que le rebotaban en los hombros, dijo algo parecido a «postura salvaje». Y todos los alumnos bajaron la pierna que tenían en el aire, solo que no hacia el suelo. En su lugar, giraron todo el cuerpo, de manera que ahora sus pechos apuntaban hacia el techo, clavaron el pie que habían levantado hacía un instante en el suelo, en la dirección opuesta, y alzaron un brazo.

—¡Santo cielo! —Apunté mentalmente que jamás asistiría a una de esas clases que llamaban *vinyasa*.

Cuando la profesora aplaudió, todos volvieron a darse la vuelta hasta tener la misma pierna en alto y regresar a la posición triangular. *Si el yoga es esto, soy hombre muerto.*

No me atreví a seguir mirando, así que tomé una profunda bocanada de aire para tranquilizarme, giré la cabeza y eché un vistazo hacia la puerta abierta que estaba unos tres metros más adelante y desde la que se podía oír una suave música clásica. Mientras me acercaba, las luces se fueron atenuando. Las esterillas estaban entrecruzadas como piezas de rompecabezas multicolores sobre una alfombra oscura. Varias mujeres charlaban en grupo en un rincón, pero en cuanto se percataron de mi presencia, enmudecieron y cuatro pares de ojos me miraron de arriba abajo. Estaba acostumbrado a que las mujeres me admiraran sin disimulo, así que no me sentí incómodo.

No había fotografías ni cuadros, porque toda la estancia era una obra de arte en sí misma. Esta vez se trataba de un bosque. Las enormes paredes estaban adornadas con árboles. Al fondo de la sala había unas montañas pintadas, tan realistas que daban ganas de seguir andando o incluso de subir a lo alto de una montaña. En otra pared se veía una cascada, pintada con tanto detalle que podía imaginar la espuma golpeando las rocas afiladas.

Como estaba de pie bloqueando la puerta, algunas mujeres pasaron rozándome. Me hice a un lado y me apoyé contra una pared, para esperar a ver qué se suponía que tenía que hacer. ¿Debería haber llevado una esterilla de yoga? Todas las mujeres y los pocos hombres alrededor estaban desenrollando las suyas. Al frente de la sala había una plataforma elevada donde una mujer iba de un lado a otro, organizándolo todo.

Llevaba el pelo rubio recogido en un moño. La luz del riel superior brillaba sobre su cabeza haciendo que su cabello resplandeciera como hebras de oro. Se levantó con agilidad de su posición arrodillada. Por sus movimientos, se notaba que estaba cómoda con su cuerpo... y joder

¡qué cuerpo! La profesora hispana y la chica de recepción me habían parecido atractivas, pero estaban a años luz de esa mujer. Cuando por fin se dio la vuelta, se me cortó la respiración; una sensación totalmente nueva para mí. Un calor inusual comenzó en mi pecho y se fue extendiendo por todo el cuerpo mientras admiraba su perfil cuando se puso a hablar con otro cliente. Sus labios eran de un rosa chicle que resaltaba sobre su piel de alabastro. Se llevó las manos a las caderas, asintió y sonrió, revelando unos hermosos y parejos dientes.

Me quedé de pie contra la pared como un mirón y la observé, incapaz de despegar la vista de la única mujer que me había robado el aliento con su belleza. No era muy alta, seguro que no me llegaba al mentón. Debía de medir poco más de un metro sesenta. Pero lo que le faltaba en altura lo compensaba con unas curvas tonificadas y una figura con forma de reloj de arena. Tenía unas caderas anchas y una cintura diminuta. La camiseta negra que llevaba se ceñía sobre un par de senos increíbles que supe que podían llenar mis palmas por completo, y eso que yo las tenía grandes. Abrí y cerré los puños al imaginarme agarrándole los senos con las dos manos y apretándoselos con fuerza.

—¡Santo Dios! —balbuceé, impresionado por la mujer que tenía delante. Junto con la camiseta que no dejaba nada a la imaginación, vestía unos pantalones ceñidos hasta las rodillas, con un estampado de manchas rosas y negras, que las podrían haber pintado sobre ella. Me relamí sin dejar de observarla y en silencio deseé que mirara hacia donde yo estaba. Al cabo de un rato, la rubia parpadeó por la luz del techo y por fin sus ojos tan negros como la noche se encontraron con los míos.

Al verla de frente me flaquearon las rodillas y mi miembro se puso duro. Se dirigió a la persona con la que estaba hablando, apoyó una mano en su brazo y le señaló un lugar vacío en el suelo. El hombre agarró su esterilla y caminó sin prisa a su lugar. Luego ella se dirigió a todos los presentes.

—La clase comenzará en unos minutos. Podéis ir adoptando la postura del niño y empezar con las respiraciones. —Después de hablar, se acercó a mí.

Observé el ligero vaivén de sus caderas como si fuera lo último que vería en mi vida. Caminó descalza y se detuvo delante de mí. Las uñas de sus pies iban a juego con su pintalabios; un rosa brillante que sugería que esa boca debía de ser tan dulce como parecía.

Levantó la cabeza y me miró de arriba abajo. Su coronilla apenas me llegaba al hombro.

—Soy Genevieve o Viv. —Sus ojos color café estaban perfectamente ubicados en su cara ovalada. Cada parpadeo parecía hipnotizarme—. ¿Eres nuevo? ¿Es la primera vez que vienes?

—Trent Fox. —Dejé a un lado mi lujurioso aturdimiento y extendí la mano.

Vi cómo abría los ojos un poco, no tanto como para mostrarse sorprendida, pero sí lo suficiente como para indicar que había reconocido mi nombre. Su pequeña mano desapareció por completo debajo de la mía, encajando perfectamente en la seguridad de mi gesto.

—Estoy aquí para que el yoga me ayude con la rehabilitación —dije sin mucha convicción.

Genevieve frunció el ceño, inclinó la cabeza y apartó la mano. Eché de menos su peso de inmediato. Una reacción que jamás había tenido con ninguna mujer.

—Tienes un tendón isquiotibial desgarrado, ¿verdad?

—Roto. —Eché la cabeza hacia atrás al instante—. ¿Cómo lo sabes?

Ella se rio, y el sonido me provocó una agradable sensación de opresión en el pecho. Por alguna razón, tuve el ridículo deseo de decir algo gracioso para poder oír su risa una y otra vez.

—Mi hermano pequeño es un fanático de los Ports. —Negó con la cabeza—. No puedo creer que estés aquí. Rowan va a alucinar.

El sonido del nombre de otro hombre saliendo de unos labios que tenía toda la intención de poseer (y pronto) hizo que enderezara la espalda y apretara la mandídula.

—¿Quién es Rowan, gominola?

—¿Eh? —Mi tono brusco la pilló por sorpresa—. ¡Ah! Mi hermano..., el fanático de los Ports.

—Lo siento. —Dejé escapar un gruñido. Luego abrí los brazos para señalar la habitación—. ¿Qué tengo que hacer?

—¡Ah! —Genevieve parpadeó rápidamente, como si acabara de despertar—. Sí. Por aquí, vamos a buscarte un sitio libre y una esterilla.

Cuando ella se dio la vuelta y me enseñó su perfecto trasero, apreté los dientes y la seguí. Era la clase de trasero que inspiraba poemas de amor; en forma de corazón, más prominente en la parte inferior y que daría a un hombre el agarre perfecto al que aferrarse mientras la penetrara desde cualquier ángulo. Me guio al lado derecho de la sala, que no solo me ofrecía una buena vista de la plataforma, sino espacio suficiente para mover mi casi metro noventa de estatura. Con movimientos fluidos, sacó una esterilla de una cesta cercana. Volvió a lamer esos labios rosados; lo que me provocó una semierección inmediata.

Mientras Genevieve disponía algunas cosas a mi alrededor, me quité la sudadera, los zapatos y los calcetines y esperé a que hablara. Cuando por fin terminó de colocarme los accesorios de yoga, se volvió y me miró de arriba abajo, desde las puntas de mis pies descalzos, los pantalones largos deportivos, la camiseta blanca, donde se detuvo más tiempo del que era apropiado, hasta llegar a mi cara. Sonreí y enarqué una ceja.

Entonces extendió una esterilla naranja de al menos dos metros de longitud.

—Escogí la medida más larga ya que eres tan... —Volvió a mirarme de la cabeza a los pies— «fuerte». —Se mordió el labio y abrió los ojos como platos—. ¡Quiero decir grande! ¡Alto! —Soltó un suspiro exasperado.

—Supongo que eso significa que te gusta lo que ves. —Bajé la mano por mi abdomen y me ajusté la goma de la cinturilla de los pantalones que me colgaba de la cadera.

Ella se volvió a morder el labio y clavó la vista en el lugar donde mis manos descansaban sobre mis caderas. El sonido de la puerta al cerrarse hizo que se sobresaltara y echara un vistazo alrededor de la habitación. El rubor tiñó sus mejillas. ¿Qué más la haría sonrojarse?

—Solo... siéntate aquí y sígueme. Daré en voz alta las indicaciones y si ves que hay algo que te sobrecarga el muslo, no lo hagas. Tengo que empezar la clase, pero si quieres después podemos hablar más sobre tu lesión y la rehabilitación.

—Creo que esa parte me va a encantar, gominola.

—¿Gominola? —Alzó una ceja de un tono ligeramente más oscuro que su pelo.

Me incliné hacia delante, invadiendo su espacio personal, y me acerqué a su oído. Cuanto más me aproximaba a ella, más le temblaba el cuerpo. ¡Ah, cómo me gustaba esa reacción en una mujer! Demasiado. Apoyó vacilante una mano en mi bíceps y yo lo apreté. Con una mujer así, usaría cada truco de manual para llamar su atención. Seguro que tenía a cientos de hombres llamando a su puerta. ¡Mierda! Lo más probable era que tuviera novio. La sola idea de otro hombre tocándola hizo que apretara los dientes.

—Tus labios son bonitos y rosas y parecen tan dulces como un caramelo. Me recuerdan a la gominola de fresa cubierta de azúcar. Mi preferida.

—Vaya.

Había dos clases de mujeres. Las que adoraban todos los apodos, cumplidos o atenciones que pudieras darles, o las que se alteraban ante el primer atisbo de lo que pudieran considerar machismo. El simple «vaya» de Genevieve decía mucho de ella. No era capaz de clasificarla o de predecir sus respuestas. Y entonces, sin decir nada más, me dejó tan rápido como había llegado y se dirigió a la plataforma.

—Bien, gracias a todos por venir. Por favor, os vais a sentar sobre vuestros glúteos, haciendo a un lado las zonas carnosas, para que los huesos puedan conectarse con la esterilla. Luego llevad las manos al centro del corazón. —Miró a cada uno de los asistentes—. Comencemos cerrando los ojos y pensando en qué es lo que queremos conseguir en la clase de hoy.

Cerré los ojos mientras ella seguía hablando.

—¿De qué queréis desprenderos en la sesión de hoy? ¿Qué queréis atraer dentro de vuestras vidas? Tal vez queréis dedicar esta clase a alguien que necesita vuestros propósitos más que vosotros. Liberad la mente y centraos en ese único objetivo. Imaginadlo. Dejad que fluya a vuestro alrededor mientras respiráis.

Sus palabras eran melódicas y proporcionaban una sensación de paz y serenidad instantánea. Me recordó al momento en que me encontraba en el área, en el campo de juego. Nada podía romper mi concentración.

—Ahora decíos a vosotros mismos: ¿qué es lo que quiero conseguir hoy?

*Quiero llevarme a esta mujer a mi casa. Cueste lo que cueste. Para ganar, primero tienes que jugar.*

## GENEVIEVE

*¡Dios bendito! Trent Fox está sentado en una esterilla en una de mis clases. No te pongas nerviosa, Viv. Contrólate. Eres una profesional. Ese hombre solo ha venido a recuperarse de una lesión, no a que te lo comas con la mirada.*

Indiqué a los presentes que se apoyaran sobre las manos y las rodillas y luego los guie a la posición del gato, en donde curvaban la columna hacia arriba para después bajarla, dejando caer sus estómagos en la postura de la vaca. Recorrí el aula con la mirada y me fijé en Trent mientras hacía la transición gato-vaca a ritmo con mi respiración. Ver cómo arqueaba la espalda con rigidez, para luego dejar caer su robusto pecho y levantar ese trasero increíblemente duro, hizo que me costara mucho mantener el equilibrio.

—Ahora llevad las palmas hacia abajo, en un ángulo de noventa grados, presionad los dedos de los pies en la esterilla y elevad las caderas hacia el cielo, para entrar en la posición del perro.

Oí un gemido de dolor desde la zona donde él estaba. Levanté la vista. Había conseguido realizar la postura pero le temblaba una de las piernas. Tenía los ojos cerrados y la mandíbula apretada en un tosco gesto que no estaba allí cuando sonreía.

—Mantened la posición y moved las piernas lentamente. Sacad al perro a dar un paseo. Voy a acercarme a alguno de vosotros para corregiros la postura.

Me dirigí directamente hacia Trent, que abrió los ojos de golpe en cuanto me paré detrás de su esterilla y le sujeté con firmeza las caderas.

—Inspira hondo. Ahora suelta todo el aire. —Él respiró dos veces más tal y como le había dicho mientras le levantaba las caderas unos centímetros y tiraba de ellas hacia atrás—. Cabeza abajo.

Trent obedeció y, sin siquiera pensarlo, pasé la mano por el costado de su muslo hasta que el temblor de su pierna se detuvo. Después presioné la parte superior de su isquiotibial con un puño, contra el área más tensa. Él gimió pero no de dolor, sino más bien de alivio.

—Tienes un largo camino que recorrer —susurré. Seguí sosteniéndole extendido hacia atrás para que los ligamentos se estiraran—. Funcionará —le aseguré, sin creer mis propias palabras. Por alguna razón, una que no podía imaginar, quería ayudarlo de verdad.

Seguí corrigiendo las posturas de otros alumnos, aunque al final siempre volvía a Trent, como si fuera una ola que bañaba la costa. Se notaba que estaba sufriendo, pero también que se estaba esforzando al máximo. Admiraba ese rasgo en un hombre.

Practicamos una serie de posturas menos traumáticas para sus tendones. No solía adaptar la clase a las necesidades de un único cliente, pero Trent era diferente, y no solo porque era un jugador de las Ligas Mayores de béisbol atractivo hasta decir «basta». Ver lo mucho que se esforzaba, a pesar de todo lo que estaba sufriendo, me conmovió por dentro.

Cuando llegamos a la parte de mayor relajación de la clase, o *savasana* como se decía en sánscrito, hice que todos colocaran una almohadilla debajo de sus muslos y se pusieran un antifaz. Me acerqué a cada uno de ellos y puse una gota de aceite esencial en sus mentones y otra en el espacio entre la nariz y el labio superior para favorecer la respiración profunda. Al llegar a Trent, él inhaló hondo; un sonido que recorrió mi cuerpo como una caricia, descendiendo hasta tensarme los dedos de los pies. Entonces levantó la mano y me agarró de la muñeca antes de que pudiera continuar.

A continuación me olió la muñeca y la cara interna del antebrazo. Me estremecí y se me puso la piel de gallina.

—Hueles mejor que el aceite. —Su voz era un ronquido bajo, como si estuviera medio dormido, medio despierto. Lo que habría dado por volver a escuchar ese sensual sonido una vez más.

¿Pero qué me estaba pasando? No tenía tiempo para un hombre en mi vida. Entre criar a Rowan y a Mary y tener dos trabajos, lo último que necesitaba era una distracción o un ligue. Sobre todo uno al que se le conocía por ser un jugador, dentro y fuera del campo. No. Él solo estaba coqueteando. Yo no le gustaba. Si ni siquiera me conocía.

—Gracias —respondí con suavidad—. Volveré para un masaje *savasana*. Solo sigue mi voz y sabrás cuándo levantarte.

—Tu clase, tus reglas —dijo con una sonrisa engreída.

Incluso con un antifaz tapándole los ojos, esa simple mueca en los labios me resultó tremendamente sexi.

Hice que la clase entrara en meditación y di un masaje de cuello y cabeza a algunos alumnos. A menos que tuviera a un profesor en prácticas echándome una mano, no podía detenerme un rato con todos, pero hice todo lo posible por acercarme a Trent. Un hilo invisible me impulsaba hacia su figura recostada. Sus largas piernas y los brazos musculosos estaban relajados en reposo. Era bastante más grande que yo. Si me hubiera tumbado encima de él, su cuerpo podría envolverme por completo. Junté los muslos con fuerza para controlar el deseo que crecía en mi interior. Tenía los brazos a los costados, con las palmas hacia arriba. Quería medir la diferencia de tamaño de nuestras manos, sentir el calor del chakra de su mano conectado con el mío. La camiseta blanca que llevaba no hacía nada para ocultar su magnífico pecho y sus abdominales. Ese hombre era una mole de músculos fibrosos, una estatua griega perfecta que bien podía haber tallado cualquier escultor de reconocido prestigio.

Me puse de rodillas en el extremo de la esterilla donde tenía apoyada la cabeza, y le rocé con suavidad los hombros para que supiera que estaba allí. Sentí un hormigueo en los dedos por la humedad de su transpiración. Con ambas palmas, presioné en la parte superior de sus hombros, en el punto donde se unían con el cuello. Él gimió y ese sonido invadió mi mente y se expandió por todo mi cuerpo como una corriente eléctrica.

Respiré despacio, le quité el antifaz, coloqué las manos a ambos lados de su cabeza, se la levanté y la sostuve con una mano. Con cuidado, le giré la cabeza a la derecha y le froté con el dedo pulgar el lateral del cuello, bajando hacia los tensos hombros para después volver a subir. Luego masajeé las vértebras de la parte inferior del cráneo, en la zona donde la mayoría de la gente solía acumular mucha tensión. Un sutil masaje de presión podía liberar la mayor parte de la tensión y ayudaba a la persona a obtener una relajación más profunda.

Los labios de Trent se separaron y mostraron un atisbo de su lengua. Ese destello de carne atrajo mi atención. Si ese hombre hubiera sido mío, me habría inclinado hacia él para presionar mi boca contra la suya y saborearlo mientras respiraba el aroma del aceite esencial. Cerré los ojos, repetí el masaje en el otro lado del cuello y dejé que la fantasía siguiera su curso. Le froté la cabeza, las sienes, los costados del cuello, los hombros, mientras la Genevieve de mis sueños acosaba al jugador de béisbol en una habitación en donde solo estábamos los dos y donde le enseñaba otra versión de *relajación profunda*.

Me di cuenta de que la música ya no sonaba y que no sabía cuánto tiempo había estado la clase en silencio. Apoyé la cabeza de Trent sobre la esterilla, me acerqué a la plataforma, sujeté el cuenco tibetano y conté en regresión desde cinco en una serie de instrucciones que ayudarían a la mente y al cuerpo a transitar del plano de la meditación hasta el terreno físico.

—Por favor, sentaos y mirad a la profesora y a vuestro alrededor —indiqué.

Varias cabezas adormecidas se levantaron y los alumnos procedieron a adoptar la posición de loto, en la que las piernas estaban cruzadas frente al cuerpo, la columna recta y las manos unidas palma con palma en el centro del corazón.

—Quiero dar las gracias a todos por haber venido hoy y compartir esta clase de yoga conmigo, como yo la he compartido con vosotros. —Despacio, hice contacto visual con todos los presentes y ofrecí a cada uno una porción de mi alma—. La luz en mí saluda a la luz en ti. Cuando estoy en ese lugar en mí y tú estás en ese lugar en ti, somos uno. *Namasté.* —Me incliné hacia el suelo, con la mano en la frente.

*Envío luz, amor y felicidad a todos y cada uno de vosotros.*

Un coro de «*Namasté*», un tradicional saludo de respeto de la India oriental, recorrió la habitación y llenó el espacio con una sensación de unidad y serenidad.

Cuando volví a sentarme, sonreí y di las gracias a la clase una vez más. Me volví y miré a los ojos avellana del primer hombre que, por primera vez en mucho tiempo, me había hecho sentir algo más que una conexión de amistad. No, nada de lo que sentía por Trent tenía algo que ver con la amistad.

Él sonrió, su cabello oscuro como el café era una masa salvaje desordenada. Sacudió la cabeza y un mechón de pelo le cayó sobre la cara mientras recogía sus cosas y se acercaba a la plataforma.

—Gominola, ha sido una experiencia épica. Tenemos que repetirla... en privado.

Me miró de arriba abajo como si estuviera echándome crema por todo el cuerpo, haciéndome sentir suave y femenina. Jadeé sin aliento.

Respondí del único modo en que una chica podía hacerlo cuando uno de los hombres más atractivos del planeta estaba de pie frente a ella, todo músculos, emanando calor, y con el sudor brillando en su piel como un baño de purpurina.

—¿Qué tienes en mente?

# 3

## *Postura del gato*

(*En sánscrito:* Marjaryasana*)*

*La postura del gato libera la tensión de la columna y suele aliviar el dolor de espalda. Está especialmente recomendada para aquellas personas que llevan una vida sedentaria. Para realizar esta postura, coloque las rodillas con la misma distancia de separación que el ancho de la cadera y los brazos estirados frente al cuerpo, con las manos a la misma distancia que el ancho de los hombros. Comience con la columna derecha, cúrvela hacia el cielo, adelante el coxis y meta el ombligo.*

## GENEVIEVE

Trent sonrió, se pasó la lengua por los labios y se mordió el inferior. Contuve un gemido al observarlo, fascinada por cada mínimo movimiento. Él se encogió de hombros y se frotó el mentón.

—Creo que algunas clases particulares me vendrían bien. Lo que he hecho hoy... —Resopló y se llevó una mano al muslo, donde presionó con fuerza—, no es ninguna tontería. Por mucho que haya dolido, y te aseguro, gominola, que me ha dolido más de lo que quiero reconocer, sé que lo necesito. Si estuviéramos a solas, creo que tal vez podrías ayudarme con el dolor.

Una oleada de crudo deseo me golpeó. Una gota de sudor me recorrió la espalda como una sedosa caricia mientras recordaba la fantasía que había tenido al terminar la clase y las distintas maneras en que podía «ayudarle» con el dolor.

—¿Cómo?

Trent se rio por lo bajo.

—Pues... mmm... ¿haciendo que no me duela?

Cerré los ojos y sonreí.

—Recuperar la fuerza en esa pierna después de una lesión y una operación no va a ser nada agradable.

Pensar en ese hombre tan guapo sufriendo día tras día me provocó una punzada de culpa. Mis pensamientos habían estado lejos de ser decentes. Una buena profesora de yoga habría estado más preocupada por el cliente y por ayudarlo a curarse física y emocionalmente de lo que fuera que lo aquejara, que imaginándose cómo practicar desnuda diferentes posturas con él en un dormitorio. Me dije que tendría que meditar más tarde sobre este punto en particular con Dara, la gurú de meditación de La Casa del Loto. Ella me ayudaría a ver las cosas con más claridad cuando se me revolucionaran las hormonas por un cliente atractivo como él solo. Seguro que no era la primera vez que una profesora sentía algo por un cliente y, que yo supiera, salir con los alumnos no iba técnicamente contra las reglas.

Los ojos de Trent parecieron deslizarse por todo mi cuerpo.

—¡Ah! No lo sé, si tuviera delante a alguien con tu mismo aspecto y llevando esa ropa mientras sufro por culpa de cada postura... Desde luego sería más llevadero. Incluso entretenido. —Su tono era gutural y profundo, como un vaso de *whiskey* con hielo.

—Bien. —Me crucé de brazos. Sí, era todo un jugador. Negué con la cabeza, no estaba segura de qué hacer con respecto al señor Béisbol. Pero vaya si era sexi. Durante un momento me había olvidado de que en todas las fotos de famosos y programas de televisión, Trent Fox, el mejor del béisbol, iba acompañado de una chica distinta cada semana. ¿Qué podría querer de mí además de un breve revolcón?

No, no iría por ese camino. Ya tenía suficientes cosas de las que preocuparme. Cuidar de mi hermano y hermana, dos trabajos, una casa que mantener y llevar comida a la mesa. Trent Fox era tremendamente atractivo, pero también una distracción. No obstante, si estaba dispuesto a pagar por unas sesiones particulares de yoga, el dinero me vendría de perlas y tenía tiempo mientras Mary y Rowan estaban en clase.

—¿Entonces qué hacemos, gominola? ¿Puedes darme clases particulares?

Fingí sopesar la pregunta un momento, intentando no revelar que estaba deseando aceptar por dos motivos. Uno, porque era el hombre más sexi que había visto en la vida. Trabajar con Trent sería difícil, pero como él mismo había insinuado, me alegraría la vista. Dos, porque necesitaba el dinero desesperadamente.

Me llevé las manos a las caderas, en una posición menos defensiva, lo miré y asentí.

—Sí, puedo hacerlo justo después de esta clase, desde las diez hasta el mediodía todos los días de la semana. Las sesiones particulares se reservan con el profesor y debes abonármelas directamente a mí.

Como la siguiente clase estaba a punto de empezar, me acerqué de prisa a la plataforma y busqué mi miniagenda. La abrí en esa semana y comprobé las fechas.

—Las clases particulares son independientes de tu cuota mensual y cuestan treinta dólares por sesión. Si te parece bien, te apunto. ¿Qué día te gustaría?

—Todos —dijo con tono neutro.

Fruncí el ceño.

—¿Puedes ser más específico?

Al ver su enorme mano acercándose a mi cara me puse rígida un instante, pero entonces me colocó un mechón de pelo detrás de la oreja. Fue un gesto dulce y cariñoso, algo que un novio haría. Solo que este hombre *no* era mi novio en absoluto. Sentí un intenso calor en las mejillas cuando me recorrió el costado de la cara con la punta de los dedos. Luego me acarició el labio inferior con el pulgar. Jadeé ante la ligera presión.

—Quiero reservar las sesiones de entre las diez de la mañana y el mediodía de todos los días de la semana durante el próximo mes. —Apartó la mano.

Por extraño que pareciera, eché de menos su toque.

Retrocedí sorprendida.

—Perdón, ¿todos los días de la semana? Eso es mucho tiempo y dinero. —Me arrepentí del comentario en el momento en que salió de mi boca. El dinero que gastara en su recuperación o lo que hiciera con su tiempo no era asunto mío.

*No seas tonta, Vivvie. Estás haciéndolo demasiado personal. Solo es una transacción de negocios, aunque pueda parecer algo más.*

—¡Ah! Tengo la sensación de que la inversión valdrá la pena. Además, el médico quiere que practique yoga a diario. Creo que, por primera vez en la vida, seguiré las reglas. Porque puede que ahora tenga algún incentivo.

Sonreí y, con la excusa de apuntar las clases en la agenda, bajé la cara para disimular el entusiasmo. Saber que ganaría ciento cincuenta dólares más a la semana hizo que el corazón me diera un brinco de alegría. Por fin podría pagar el dinero que debía de la luz. Calentar y enfriar una casa del tamaño de la nuestra en verano era mortal. La clásica vivienda de Berkeley en la que residíamos tenía una fachada elegante, pero costaba una fortuna mantener una buena temperatura en su interior. Por desgracia, el invierno era inminente y pronto tendríamos que encender la calefacción. Odiaba tener frío y el viento helado de la bahía era de los que se metía hasta en los huesos.

—De acuerdo, grandullón. Ya te he apuntado, te veo mañana. —Cerré la agenda y la sostuve contra mi pecho. No me pareció mala idea usarla para mantener las distancias con él.

Trent esbozó una sonrisa.

—Lo espero con ansias, gominola. —Se dio la vuelta y se dirigió a la salida, cojeando ligeramente por la pierna lesionada.

Tendría que investigar estiramientos específicos de isquiotibiales que fueran apropiados para las distintas fases de su rehabilitación.

—¡Oye! —Me detuve en la puerta y me apoyé contra el marco—. En serio, ¿por qué insistes en llamarme «gominola»?

Iba por la mitad del pasillo cuando se volvió y sonrió. El gesto envió una ardiente oleada de deseo por todo mi cuerpo que hizo que tuviera que aferrarme al marco de la puerta para evitar correr hacia él y sugerirle que podíamos hacer algo más que clases particulares de yoga.

—No estaba bromeando antes. Es por tus labios. Desde el instante en que vi esa boca rosa como un chicle, quise devorarla. Seguro que sabes igual que un caramelo. —Guiñó un ojo, se dio la vuelta y caminó hacia la salida.

La profesora de la siguiente clase, Luna Marigold, la hija de una de las copropietarias, se acercó a mí mientras lo veía alejarse.

—Ese hombre está buenísimo —murmuró.

—Y que lo digas.

—¿Se te insinuó? —Sus ojos grises brillaban con tonos plateados, como dos lunas llenas idénticas y perfectamente claras.

—Algo así. —Me encogí de hombros. Reí y negué con la cabeza—. Tal vez. No estoy del todo segura.

—Bueno, él es guapo y tú llevas mucho tiempo sola. En todo caso, parece el tipo de hombre capaz de satisfacer a una chica toda la noche y despertar queriendo un tercer, cuarto y quinto asalto.

La empujé para que entrara a la sala y la miré meneando un dedo.

—¿No tienes que dar una clase?

—¿No tienes que perseguir a un hombre? —Luna sonrió.

—¡No! Además, mañana voy a darle una clase individual.

Los ojos de ella se ampliaron mientras caminaba hacia la plataforma. Yo recogí mis cosas y ella dejó las suyas.

—¿Te ha pedido que le des una clase individual a la semana?

—En realidad, me ha pedido que le apunte para los cinco días de la semana.

Esas dos lunas que tenía por ojos pasaron de ser llenas a ser gigantescas en un solo segundo.

—¡Ay, por Dios! ¡Él te desea! —Luna sacudió los hombros y se balanceó de un lado a otro en una pequeña danza de la victoria.

—¡Qué va! Quiere que lo ayude a recuperarse.

—¡Ajá! De acuerdo. Tiene su lógica. Tiene un abono ilimitado de tres meses con el que puede asistir a cualquier clase y, en lugar de aprovechar lo que ya ha pagado, que no es precisamente barato, ¿decide que le des clases particulares cinco días a la semana con el cargo que eso supone?

—Estás infiriendo demasiado de esto. —Puse los ojos en blanco—. Le ha gustado la clase, pero ha dicho que fue muy dura. Quiere que lo ayude con el dolor.

—¡Ah! Apuesto a que quiere tu ayuda. —Resopló, pero el sonido fue silenciado cuando extendió su esterilla—. Mira, Viv, solo deja que pase lo que tenga que pasar. ¿Sabes? Si el universo quiere que tengas algo de diversión con este hombre, adelante. Dios sabe que lo necesitas. Por cierto, ¿cuánto hace que no tienes novio?

—No voy a salir con él —dije, sin ningún rastro de risa.

—¡Bien! Pero eso no significa que no puedas tener un poco de diversión. Me apuesto que tienes el chakra sacro tan cerrado que vas a necesitar a un hombre de su tamaño para que ese bastardo se abra. —Sostuvo las manos en alto, separadas unos veinte centímetros.

Abrí tanto los ojos que cualquiera que estuviera alrededor podría haberme visto el cerebro.

—¡Pero qué mala eres! —La empujé. Sentí una oleada de calor en las mejillas y bajé la cabeza por completo.

Ella rio con un melodioso sonido. Su madre, Jewel, tenía la misma risa. Encantadora y contagiosa.

—No te cierres tanto a los placeres más carnales de la vida. ¿Cuándo fue la última vez que... ya sabes...? —Meció sus caderas de un lado al otro de una forma un tanto vulgar.

La agarré de las caderas para detenerla y comprobé si los clientes que estaban colocando sus esterillas estaban mirándonos. No lo estaban, gracias a Dios.

—Para ya —susurré—. Cielos No lo sé. Desde lo de mis padres, ¿de acuerdo?

—¡No es posible! ¿Tres años? No te has... —Echó un vistazo alrededor y se acercó más—. ¿No te has acostado con nadie en tres años? ¿Y sigues con vida?

Reí con fuerza ante ese comentario.

—Ya ves. Lo sé. Es duro.

—Chica, no es duro, es terrible. Y demuestra que tengo razón. Si ese cliente, don Beisbolista sexi, quiere algo contigo, no lo rechaces. Déjate llevar y disfruta.

—Pero no estoy buscando ninguna relación. Y sabes cuánto trabajo y que cuido de los niños... —Suspiré.

—Entiendo, pero tampoco pasa nada porque tengas un poco de sexo sin compromiso, ¿verdad? —Me miró con las mejillas sonrosadas y un brillo travieso en la mirada.

—No lo sé. —Me encogí de hombros—. Solo he estado con Brian y no soportaba que no pudiéramos pasar mucho tiempo juntos porque tenía que trabajar y criar a mis hermanos.

—Porque no te merecía. Si no pudo lidiar con eso, cariño, era el hombre equivocado. Agradece que se haya ido. Pero ahora tienes que vivir un poco. ¿Me prometes que te lo pensarás?

—Lo haré. Lo prometo. —La atraje hacia mí y le di un abrazo. El olor a jazmín fresco me invadió—. Que tengas una buena clase. Te veré mañana. —Me despedí con un gesto de la mano y dejé que terminara con los preparativos para su clase de yoga prenatal.

Mientras salía, sonreí a las radiantes mujeres embarazadas, con sus vientres redondeados. Por un breve instante, me pregunté si alguna vez tendría eso; una familia propia, una iniciada por mí.

Seguro, solo tenía veinticuatro años, pero mi hermanita tenía ocho. Me quedaban otros diez años de estar pendiente de ella antes de que se fuera a la universidad. Entonces, quizás podría tener la gran familia con la que siempre había soñado. Quizás podría tener mi propio salón de peluquería y dar clases de yoga una o dos veces a la semana, solo porque me apeteciera darlas y porque me encantaba esta disciplina y no porque necesitara el dinero. Por el momento, esos sueños eran solo eso, sueños.

## TRENT

Mis pobres dientes se habían desgastado de tanto apretarlos para contener las cosas que quería decirle a Genevieve Harper. Con ella, todas mis frases habituales sonaban mal, no eran ingeniosas. ¿Qué demonios me estaba pasando?

¡Santo Dios! Esa mujer con su pequeño cuerpo sexi, tonificado donde debía estarlo, con curvas perfectas en las zonas más apetecibles, volvería loco de deseo hasta a un sacerdote. Y yo iba a estar contemplando ese par de senos y su trasero perfecto y duro, siete horas y media a la semana durante el siguiente mes. Quería golpearme los nudillos y darme palmaditas en la espalda por haber ideado ese plan. Iba a complacer a mi agente, hacer lo correcto para recuperarme y encima me acostaría con una mujer muy atractiva. Me moría de ganas de tenerla en mi cama.

Lo primero en mi lista: esos labios dulces como el caramelo. Fue necesaria una fuerza de voluntad inhumana para no arrinconarla contra la pared y desplegar mis enormes poderes de persuasión con la explosiva rubia platino. Tenía un aire a Gwen Stefani, con esa belleza única, inmaculada tan natural que parecía lograr sin esfuerzo.

Con un pequeño desvío en mi camino, me sentí optimista con el nuevo rumbo que había tomado mi recuperación. Solo necesitaba un tiempo levantando pesas y estaría duro como una piedra; en sentido literal y figurado.

Una vez que salí del centro de yoga La Casa del Loto, la esencia a canela volvió a impactarme. Caminé sin prisa hasta la pastelería

Sunflower, me puse en la cola y analicé las opciones. Dos aparadores de vidrio curvado contenían una gran variedad de exquisiteces. Uno exhibía hogazas de pan fresco, *bagels* y *muffins*. El otro se curvaba en forma de L y recorría la tienda a lo largo, hasta el fondo, donde se exponían todas las opciones grasientas: pasteles, galletas, dónuts, bollos, bocaditos, *cupcakes* y tartas. Me impresionó mucho la variedad. Los rollos de canela recién horneados me llamaban a gritos, aunque comerme uno supondría varios cientos de calorías. No podía permitirme el lujo de engordarme durante mi recuperación, pero no me iba a negar el capricho de probar esos remolinos de masa rellena.

Tenía grandes expectativas con esa pastelería. Si la cantidad de clientes en el lugar era un indicador de la calidad, probablemente encontrara oro. Algunas personas que estaban conmigo en la clase de *hatha* con Genevieve estaban sentadas en una mesa, compartiendo un postre empalagoso. Un par de mujeres levantaron la vista, coquetearon un poco y luego miraron hacia otro lado. Yo sonreí, pero no me esforcé tanto como lo hubiera hecho en condiciones normales. Probablemente porque estaba obsesionado con una rubia ardiente. Nadie más que ella podía complacerme.

La fila avanzaba a paso de caracol. Suspiré, temiendo no poder conseguir uno de esos dulces azucarados, hasta que vi a un joven salir del obrador cargando una bandeja humeante.

Cuando llegué al mostrador, me moría de hambre. Con dos rollos de canela no tendría suficiente.

—¿Qué te pongo? —preguntó una joven despampanante. Su tez combinaba a la perfección con las hogazas doradas de pan de centeno que había en el aparador. Su piel color miel no fue lo que me llamó la atención. Fueron sus ojos. Eran simplemente mágicos. No se parecían a nada que hubiera visto en una mujer de su color. Eran azules como un océano tropical. Me recordaron los días que pasé en Cancún el verano anterior. Solo aguas azules hasta donde alcanzaba la vista.

Ella me miró tranquila, sin rastro de irritación ante mi perplejo silencio. Sí, le eché el ojo, y al instante me invadió una sensación de culpa en el pecho al recordar a Genevieve. Una reacción definitivamente nueva y que no me gustaba precisamente. No había nada reprochable en fijarse en una mujer como esa. Miré la placa con su nombre, Dara, en letras mayúsculas.

Me aclaré la garganta y respiré hondo.

—¿Sales de una clase? ¿Con Mila o Genevieve?

En el instante en que mencionó el nombre de mi chica, inhalé profundamente.

—¡Ah, Viv! —Su sonrisa se agrandó—. Es guapa, ¿a que sí? —comentó Dara, como si fuéramos viejos amigos en mitad de una charla corriente acerca del tiempo. Tuve la impresión de que yo no era el único con el que hacía eso. Si me hubiera gustado apostar, me habría jugado cien dólares a que conseguía que cada persona con la que hablaba la sentía como una amiga. Al parecer, la comodidad soltó mi lengua, porque, al segundo que hizo la pregunta, respondí sin pensar.

—Absolutamente preciosa, diría yo. —refunfuñé, y apoyé las palmas de las manos en el mostrador para liberar el peso de mi pierna dolorida, que palpitaba al ritmo de mi corazón. Tras una clase de noventa minutos y una espera de treinta en la cola, mi pierna había visto mejores días. Necesitaba descansar con urgencia.

Ella sonrió ampliamente, y con ello se volvió aún más bonita.

—Soy Dara. Doy la clase de meditación a las siete cada mañana, por si alguna vez necesitas conectarte con tu ser superior.

Resoplé y miré la fila detrás de mí. Ella no me metió prisas en absoluto, lo cual explicaba que hubiera tenido que esperar tanto a que me llegara el turno. Cuando Dara me atendió, no solo conseguí los dulces que me apetecían, también tuve oportunidad de charlar con una mujer bonita que horneaba y enseñaba meditación.

—Entonces, ¿qué haces detrás del mostrador? —pregunté para entablar conversación.

—Todos necesitamos ganarnos la vida, y mis padres son los dueños de la pastelería.

—¿Es el día de «tráete a tu hija al trabajo» en el barrio? —Pensé en Luna, la pelirroja, que me había dicho que era hija de una de las propietarias de La Casa del Loto.

—Hay algo en común en este barrio. —Dara rio con un pequeño y tierno resoplido—. La mayoría de los negocios son familiares y muchos de nosotros trabajamos en varios sitios. —Se encogió de hombros—. Es nuestro hogar. ¿Por qué no trabajar donde eres más feliz?

Tenía toda la razón.

—Por eso juego a béisbol. No hay nada como eso. Me siento en casa cada vez que me acerco a la base.

—Oh, al hermano pequeño de Viv le vas a encantar.

Dara lo dijo como si hubiera una razón para que yo conociera al chico. Me resultó interesante que esa no fuera la primera vez que se mencionaba al hermano de Genevieve. Ella debía de estar muy apegada al niño.

—De acuerdo —asentí—. Quiero dos rollos de canela y tres de esos minibatidos de chocolate. Por cierto, deberíais hacer también el formato para adultos.

Dara soltó una risita mientras me preparaba el pedido.

—¿Para comer aquí o para llevar?

Eché un vistazo alrededor, realmente no tenía razón para volver a mi apartamento vacío. Había muchas risas y unas cuantas chicas guapas con ropa de yoga ajustada charlando, que ofrecían una buena vista.

—Me quedaré aquí.

—Apuesto a que ha sido una decisión difícil. —Rio resoplando otra vez y puso los ojos en blanco al mismo tiempo—. ¿Algo más?

—Sí, ¿qué tal un par de esas galletas bañadas con chocolate?

—Hecho.

Dara era eficiente cuando no conversaba con los clientes. Después de pagar, me sirvió el pedido junto con una pila de servilletas y las tres leches diminutas. Hubiera jurado que eran del mismo tamaño que los cartones de leche que nos daban en primaria, básicamente un sorbito para un hombre de mi tamaño.

—Sé tú mismo —dijo ella.

Me alejé y ella atendió al *hippie* que estaba detrás de mí.

—Oye, Jonas, ¿cómo te va en tu negocio de venta de marihuana recreativa esta agradable mañana? —preguntó luego.

Miré a un lado y vi a un chico con una mata de pelo castaño rizado, vestido con una camiseta con estampado *tie-dye*, vaqueros holgados con agujeros en ambas rodillas y calzado Birkenstock. El atuendo parecía sacado de los años setenta. Como Dara mencionó la maría, supuse que trabajaba o era dueño del estanco que había al otro lado de la calle.

Encontré un lugar para sentarme justo en medio de la pastelería. Tuve que hacer esfuerzos por no babear cuando el aroma a canela me alcanzó mientras me acomodaba.

Probar mi primer rollo de canela fue como sumergirse por primera vez en una bañera de hidromasaje humeante después de un gran esfuerzo: como tocar el cielo. Mientras relamía el pegajoso desastre que se había formado en mis dedos, me quedé mirando a la gente que había en la cola y a los que estaban sentados. Todos sonreían. ¡Demonios! Yo sonreía. La felicidad que reinaba en ese lugar era contagiosa. Resoplé y saqué el móvil.

**Para: Ross Holmes**

**De: Trent Fox**

Hoy he hecho yoga. Me he apuntado a clases particulares para trabajar mi isquiotibial. He reservado todas las mañanas desde las 10:30 hasta mediodía, a partir de mañana. No me pongas ninguna reunión en esa franja horaria.

Mientras terminaba mi segundo batido de chocolate y contemplaba al nuevo grupo de chicas yoguis que había entrado a comprar comida vegana, me llegó un mensaje al móvil.

Pensé en Genevieve y en sus ojos tan oscuros como la noche, su piel perfecta y su cuerpo diez. Esos labios carnosos y brillantes... ¡Demonios! Mi miembro comenzó a endurecerse. Nada en el mundo me impediría asistir a mis clases particulares con mi ardiente profesora de yoga.

Al terminar, saludé a Dara mientras renqueaba hacia la puerta. Ella elevó su mentón en un gesto rápido hacia mi pierna lesionada.

—No te preocupes. No es nada que no pueda solucionar Genevieve, mi nueva profesora particular de yoga.

Abrió los ojos de par en par y sonrió tan ampliamente que sus dientes blancos brillaron en contraste con el tono de su piel. Esa calle estaba llena de mujeres guapas. Tenía que invitar a algunos compañeros de equipo a esa parte de la bahía.

Al salir de la pastelería, decidí pasar por el gimnasio y quemar algunas de las calorías que acababa de ingerir. Silbando, pensé en Genevieve, Luna, Mila y Dara. Cuatro mujeres con traseros perfectos en un lapso de dos horas. Genevieve les llevaba un kilómetro de delantera. En términos de béisbol, esa chica era un *grand slam*. No veía la hora de que llegara ya el día siguiente.

# 4

## *Chakra raíz*

*El nombre oficial en sánscrito del chakra raíz o base es* Muladhara.
*Está situado en la base de la columna, en el punto de apoyo al sentarse.
El símbolo de este chakra es el más terrenal de todos. Representa nuestras
creencias adquiridas en los años de formación, autoconservación y
supervivencia personal. Nuestra identificación con el mundo físico se
centra en este chakra, el primero de los siete chakras primarios.*

### GENEVIEVE

Cuando Trent Fox entró en la pequeña sala de yoga privada, lo noté al
instante. Todo el aire de la habitación se espesó, presionó contra mi
piel e hizo que la luz ya tenue pareciera más íntima. La estancia tenía
una iluminación suave gracias a varias velas aromáticas para trans-
formar el estado de ánimo, tapices de tela sari colgando del techo al
suelo y almohadones situados estratégicamente para dar comodidad
y usarlos en la relajación profunda. De un difusor en una esquina

emanaba aceite de menta para fomentar la serenidad. Había colocado mis mejores esteras de lado a lado en el centro de la estancia. El objetivo de este tipo de clase era hacer que el cliente se sintiera en casa y poder conectar con él en todos los niveles para que se relajara y estuviera más en paz con los *asanas*, o posturas, y con la práctica del yoga en su totalidad.

Había estado sentada en posición de loto, con las manos sobre mi corazón y recitando algunos mantras que Dara me había enseñado para centrarme y estabilizarme antes de dar una clase. Poner los pies en el suelo, o en este caso en la estera de yoga, era necesario para asegurarme de no estar cargando con mis problemas personales al conectar espiritual y físicamente mi energía con cada uno de mis clientes. En esta ocasión, estaría transfiriendo mi energía curativa al delicioso Trent Fox.

—Oye, gominola —dijo. Su cuerpo de enormes músculos avanzó por la sala y se cargó cada gota de concentración que había conseguido con la meditación.

Abrí un ojo y vi que se quitaba el calzado deportivo. Vestía unos pantalones sueltos de algodón blanco, perfectamente apropiados para el yoga. Se levantó la camiseta, se la quitó, la arrojó sobre su calzado y se puso ante mí con su torso desnudo y obscenamente sensual. Con los dos ojos abiertos, contemplé a Trent Fox en toda su magnificencia. Estaba de pie ante mí y parecía la versión erguida de *El pensador* de Rodin. Debía de pasarse horas en el gimnasio para tener un cuerpo tan musculado.

—Guau —susurré sin darme cuenta de que lo había dicho en voz alta.

—Ahora, a eso me refería. ¡Por fin! —Se frotó las manos—. Me preocupaba que te gustaran las chicas —comentó entre risas.

—¿Y qué te ha hecho pensar eso? —pregunté con el ceño fruncido.

Se acercó a la estera y realizó una hilarante serie de vueltas y giros hasta que se sentó. Solté una risita, pero no debí hacerlo. Sus limitaciones *no* eran graciosas, pero sí lo era la forma en que lidiaba con ellas.

No dijo nada de mi reacción a su pirueta, pero sí respondió a la pregunta.

—Ayer entrené como un loco y a ti ni siquiera se te ha movido una pestaña.

—¡Ah! Entiendo. —Una oleada de calor se extendió por mi cara—. ¿Te he herido un poco el orgullo? —Lo sujeté por las muñecas y llevé sus manos al centro de su corazón—. Sostenlas aquí. Permite que la energía que hay en tus manos circule por tu pecho.

Sus cejas se arquearon, pero hizo lo que le indiqué.

—¿Mi orgullo? No, solo hizo que me preguntara si estoy perdiendo el tiempo. Verte mirándome hace un minuto como si fuera lo mejor que has visto en mucho tiempo ha calmado esa curiosidad. —Sonrió con suficiencia. Quería borrar esa expresión petulante de su apuesto rostro con un beso. Mis mejillas se acaloraron otra vez.

—Quizá solo me pillaste por sorpresa. No todos los días un hombre se desviste delante de mí. —Totalmente mentira.

Cada día, clientes masculinos asistían a mi clase solo en pantalones. Las camisetas apretaban y para los hombres era mejor tener el pecho desnudo. Al tener menos restricciones, podían enfocarse mejor en la práctica y no en la molesta tela.

Me arriesgué a mirarlo y vi que sonrió, pero solo respondió con un sonido inarticulado.

—Hoy nos enfocaremos en el rango de movimiento. Quiero ver en qué lugar te encuentras, catalogarlo y establecer una rutina que afloje tus extremidades, proporcionarte un trabajo completo a nivel mental y físico, y no poner demasiada presión en tu tendón lesionado.

—Ese plan suena bien, gominola. Y me gusta el rojo. —Hizo un mohín y se enfocó en mi boca.

Tardé un minuto en entender a qué se refería. Mi atuendo no tenía ni una pizca de rojo. Llevaba una camiseta de cordoncillo amarilla y unas mallas de yoga a cuadros amarillos y negros. Luego lo comprendí.

—¡Ah! La barra de labios. —Me encogí de hombros—. Es algo muy mío.

—Sí, y mío también. —Su voz fue un murmullo ronco.

Un temblor recorrió mi cuerpo. Extendí los brazos para liberar el exceso de energía. Ponerse a trabajar en ese preciso instante sería el mejor recurso para aliviar un poco toda esa tensión sexual acumulada.

Durante los primeros treinta minutos, guie a Trent por una serie de posturas sentado en el suelo. Era evidente, por su falta de flexibilidad, que necesitaba el yoga en su vida. El pobre estaba más tenso que un tambor.

—De acuerdo, recuéstate sobre tu espalda y lleva el tobillo derecho a tu rodilla izquierda.

Siguió mi indicación a la perfección.

—Ahora eleva la pierna y lleva la rodilla y el tobillo más cerca de tu pecho.

La pierna no había llegado muy lejos antes de que una expresión de dolor dominara su cara. Me acerqué a él y apoyé su pie extendido sobre mi abdomen. Moví mis manos a sus rodillas y lo agarré mientras me inclinaba hacia delante, ejerciendo presión en sus piernas y forzándolo a acercarlas más a su pecho.

—Ahora inclínate hacia mí.

Trent se acercó y, durante un momento, estuvimos frente a frente. Su respiración rozaba mis labios. Me pasé la lengua por ellos sin pensarlo y él se concentró en el movimiento.

—Genevieve, ¿alguna vez te han dicho lo ridículamente bonita que eres? Es difícil mirarte sin reaccionar de forma inapropiada.

Me incliné hacia atrás para intentar esconder mi reacción mientras no paraba de temblar. El deseo se arremolinó en mi bajo vientre y la humedad se acumuló entre mis muslos con solo pensar en lo que él seguramente querría hacer conmigo y que sería catalogado de inapropiado. Solo pensar en eso una vez más hizo que mi chakra del sacro reaccionara con una feroz necesidad de satisfacción.

Su espalda resbaladiza golpeó contra la estera cuando salté hacia atrás. El sudor se acumulaba en las grietas de su abdomen rígido, resaltando aún más la perfecta cadena montañosa que eran sus abdominales marcados.

—Date la vuelta —indiqué, sin darle crédito a su comentario y haciendo enormes esfuerzos por poner mi libido bajo control. Quizá Luna tuviera razón. Quizá sí necesitaba tener sexo para liberar toda esa tensión. Obviamente los trucos de mi «novio a pilas» no bastaban.

Trent inspiró varias veces, levantó la pierna lesionada hasta su tobillo y se sobresaltó de inmediato. Llevé mi mano a la parte posterior de su muslo. Su mano cubrió la mía de inmediato y la sostuvo sobre la lesión, como si la doble presión lo aliviara. Apretó los dientes y respiró por la nariz.

—¿Aquí? —Presioné su isquiotibial con más firmeza, con una fuerza sutil.

Él asintió bruscamente.

—Respira conmigo, Trent. Inhala... Dos, tres, cuatro, cinco. Haz una pausa, aguanta todo el aire en tu pecho. Ahora exhala... Dos, tres, cuatro, cinco. Repite.

Juntos respiramos en la postura llamada *enhebrar la aguja*. Con mi abdomen otra vez en su pie descalzo, me incliné sobre él, pero sin empujar la pierna como había hecho con el otro lado. Con su lesión, tenía que tener mucho más cuidado.

—Lo estás haciendo bien. Sigue respirando.

Su mano soltó la mía, pero, en lugar de apartarla también, pasé la parte anterior de la palma de mi mano ligeramente por el largo de su muslo. Cerré los ojos, imaginé el músculo y el desgarro reparado, y me enfoqué en transmitir energía sanadora a través de los chakras de mis manos. Froté el músculo tenso desde el glúteo hasta la rodilla, y luego a un lado y al otro en un ritmo constante. Él gimió de dolor, pero seguí con el masaje hasta que el sonido de sus gruñidos rompió mi concentración. Abrí los ojos para encontrar la mirada de Trent. Sus ojos color avellana estaban encendidos.

—Gominola, lo que sea que hayas hecho, sigue haciéndolo. Durante unos cuantos gloriosos minutos, no he notado ningún dolor. Eres como una curandera vudú. —Su mirada era intensa, no se desviaba de mi cara. Asombro y alivio recorrieron sus facciones e iluminaron cada línea de sufrimiento alrededor de sus ojos y su boca, haciéndole parecer más joven, menos estresado. Dejé caer la cabeza y volví a mi estera.

—No hago magia, ni vudú, ni ninguna de esas cosas absurdas. El yoga trata de autodescubrimiento, de encontrar el equilibrio entre el mundo físico y el mental, lo que a su vez trae paz.

Él negó con la cabeza y su cabello oscuro le cayó sobre los ojos. Sentí un fuerte deseo de apartar ese pelo a un lado para poder mirarlo a los ojos sin trabas.

—Lo que acabas de hacer, con tus manos y el masaje, ha sido increíble. Me han visto muchos médicos deportivos y especialistas, y ninguno de ellos ha podido darme más que terapia física y un frasco de pastillas para los momentos en los que estaba tan mal que no podía ni caminar. —Me sujetó la mano.

Noté su mano sólida, familiar, como si ese fuese su lugar. Pero ¿cómo podía ser? Solo hacía un día que nos conocíamos. La mirada de Trent al sostener mi mano era tan clara como el día. La gratitud parecía traspasar todo su ser mientras estaba sentado ante mí con sus ojos amables, esos que sabía que podría mirar durante días sin cansarme.

—Gracias, Genevieve. Sin saberlo, me has dado esperanzas de poder recuperarme de esta lesión. ¡Demonios! Hasta podría volver mejor que nunca.

Sonreí de oreja a oreja. No podía evitarlo. Sus palabras eran adorables, sin dobles intenciones, y era algo que cualquier profesor de yoga querría oír por parte de sus alumnos. Saber que había ayudado al menos a una persona bastaba para continuar por la senda de ayudar a otros a encontrar su propia porción de armonía en el mundo. Y, al hacerlo, quizá encontrara la mía también.

—De nada, Trent, pero esto solo acaba de empezar. Tienes un largo camino que recorrer antes de agarrar de nuevo un bate. Ahora ponte de rodillas. Déjame que te presente lo que llamamos «la secuencia gatovaca».

# TRENT

Resultó que el gato y la vaca no se parecían en nada a un gato o una vaca. Pensé en la rutina en que la rubia de manos sanadoras y profundos ojos enternecedores me había iniciado.

¿Cómo podía ser que ninguno de los nombres de las posturas se pareciera en nada al animal o al objeto por el que habían sido nombradas? Con la postura del gato, estaba sobre mis manos y rodillas, lo que podría relacionarse fácilmente con cualquier animal, y cuando arqueé mi espalda hacia el techo y bajé la cabeza, estaba contorsionado en la forma de un gato asustado o como un gato negro típico de Halloween. De todas formas, me alivió el nudo que tenía en la base de la columna y me hizo sentir más libre de lo que me había sentido en años. El yoga no era ninguna broma. Si todas las clases iban a ser así y la tensión se iba a liberar de mis músculos, acabaría enganchándome a ellas.

Fue entonces cuando la idea de gominola entró en mi mente como un halo de luz dorada. ¡Dios, la mujer era una visión! Pequeña, pero muy fuerte. La forma en que sus manos presionaban los nudos como rocas de mi muslo desafiaba su tamaño. Sentía como si un hombre fuerte estuviera trabajando en mi pierna, no una duendecilla con manos diminutas y un cuerpo sexi. Su ropa la cubría más que el día anterior, pero algo en esa boca roja me hacía soñar con tenerla alrededor de mi pene, dejando un rastro de ese brillo rojo como una marca de propiedad. Pensar en eso me produjo una semierección.

¡Dios! ¿qué me estaba pasando? Ni siquiera la había besado ni la había tocado en absoluto y ya me moría por hacerlo. Tal vez solo necesitaba llamar a alguna de mis admiradoras, llevarla a mi casa y hacer con ella lo que quería hacer con Genevieve. De inmediato, ese pensamiento provocó un sabor amargo en mi boca. Aquello no tenía sentido. Jamás me había preocupado por una mujer, más que por lo que podría obtener de ella y lo rápido que podría tenerla *en mi cama*. Sin duda, quería eso con Genevieve, pero supe desde el principio que con una vez no me bastaría. No, necesitaría acostarme con ella durante meses para sacarla de mi ser. Y esa idea, precisamente, me fastidiaba en muchos sentidos.

Ese no era yo.

Las mujeres eran geniales y yo me aseguraba de darles placer una o dos veces antes de centrarme en el mío. Sin embargo, una vez que terminaba, tenían que marcharse. Sabía, tras dos encuentros con Genevieve, que ella no era esa clase de chica. No. Al ver sus profundos ojos, su cuerpo trabajado y su naturaleza tranquila, supe que, una vez que la tuviera, me costaría más de un revolcón rápido sacarla de mi ser.

Genevieve Harper me cambiaba las reglas del juego y yo no conseguía entender por qué. Quizá fueran todas esas locuras espirituales de las que hablaba, que realmente influían en la conexión. Quizá fuera el simple hecho de que era ridículamente atractiva y tenía las manos de una diosa; esa que podía borrar el dolor con solo tocarme.

Al salir del centro de yoga, el sol de California brillaba con fuerza y me calentó la cara mientras respiraba el aire de la bahía. Mi estómago rugió, porque me había saltado el desayuno de la mañana. Podía ir a la pastelería y charlar con Dara si ella estaba en el mostrador como el día anterior, pero no quería tener que machacarme luego en el gimnasio por haberme zampado un plato lleno de bollos.

Analicé los demás comercios de la calle. La tienda de segunda mano Nuevo para Ti estaba en la esquina opuesta al café. Junto a ella había una tienda de venta de marihuana recreativa y tabaco con el ingenioso nombre de Up in Smoke, como la película, que es un clásico.

A continuación, se encontraba Antigüedades Reel. El escaparate exhibía mecedoras y armarios llenos de ropa para personas diminutas. Reí por lo bajo. En ese armario no entraría ni un par de mis vaqueros doblados. Quizá fueran muebles para niños. El tamaño de la pequeña viejecita que estaba barriendo la acera me indicó lo contrario. Unos dedos retorcidos aferraban una escoba mientras trabajaba. Un hombre de aspecto joven la interrumpió. Su delantal tenía el mismo logo que la pastelería. Para mi sorpresa, el joven le quitó la escoba de las manos a la anciana y se puso a barrer toda la entrada mientras yo permanecía allí, perplejo. Cuando terminó, ella le dio una palmadita en las mejillas y lo abrazó. Me había adentrado en un lugar anclado en el tiempo. ¿Las personas eran realmente tan amables? No en mi experiencia. Debía de ser una casualidad.

Resoplé y caminé renqueando por la acera hasta el Rainy Day Café. El lugar parecía tan bueno como cualquiera. Cuando entré, me abrí camino entre las mesas donde los clientes charlaban y comían unas ensaladas realmente grandes y sándwiches. Junto a la caja había un escaparate de vidrio con bollos sospechosamente parecidos a los que vendían en Sunflower. En el otro lado, en lugar de un extenso aparador, había un simple mostrador de madera que se extendía por todo el lateral hasta el fondo. La madera lucía como si hubieran cortado un tronco por la mitad y alguien le hubiera aplicado una gran capa de barniz. Incluso podía ver las líneas de los anillos de crecimiento del árbol.

Me sentí como si hubiera entrado en el corazón de un bosque. Las paredes estaban cubiertas de paneles de madera del suelo al techo. En cada esquina había macetas con árboles cuyas ramas se extendían por todos lados. Por el techo corrían enredaderas que me hacían sentir como si estuviera dentro de un capullo. Pude notar fácilmente por qué ese lugar estaba lleno de clientes. Sobre la zona de la caja había una pizarra donde anunciaban el plato especial del día junto a una lista de ensaladas, sándwiches y sopas.

Mientras revisaba el menú, me acerqué al mostrador y me topé con la mirada de una chica delgada de pelo rubio rojizo, con labios color rosa pálido y pecas en la nariz. Tenía un collar dorado que decía «Corinne».

—Hola, soy Coree. ¿Qué te pongo? —Sonrió y sus suaves ojos azules se encendieron. Volví a mirar la pizarra.

—Me tomaré un sándwich de pavo y humus, una ensalada de espinacas, un tazón de sopa de patatas y una botella de agua.

Ella presionó algunos números en un iPad. Eso me sorprendió, porque todo lo demás estaba muy desprovisto de tecnología. Alcé las cejas y ella se colocó un mechón de pelo detrás de la oreja con timidez.

—Estos trastos son tan rápidos... Registran nuestros pedidos y los precios, y llevan la contabilidad por nosotros —explicó.

—Te entiendo —resoplé—. No voy a ningún lado sin mi todo en uno portátil. —Sacudí mi iPhone. Ella rio.

—Mi hermana Bethany al principio estaba en contra de la transición tecnológica, quería seguir fiel a nuestras raíces, pero el hecho de que haga la contabilidad por nosotras la ha llevado al lado oscuro. —Rio con más fuerza—. Son doce con veinticinco.

—¿Solo? ¿Por un sándwich, una ensalada, una sopa y una bebida?

—No nos pasamos con los precios. —Sus mejillas se ruborizaron—. De ese modo la gente vuelve. Puede que no ganemos tanto como el hombre al otro lado de la calle, que cobra dieciséis dólares por lo mismo, pero nuestros clientes se hacen asiduos, y eso ya nos compensa —comentó alegremente.

—Entiendo. —Negué con la cabeza—. Si la comida es tan buena como el precio, también acabaré viniendo de manera regular.

—¡Aún mejor!—. La sonrisa que me ofreció entonces fue más que confiada.

Sentado en un banco en el mostrador, eché un vistazo a la clientela, igual que había hecho el día anterior. Personas de todos los ámbitos entraban y salían, algunas con ropa de yoga, otras con traje, y hacían pedidos para llevar o se quedaban a comer. Una morena bajita de ojos oscuros y una sonrisa permanente trabajaba con eficiencia envolviendo los pedidos.

Coree colocó un colosal sándwich de pavo y humus con gruesas rebanadas de pan suave de *focaccia* delante de mí. La ensalada de espinacas llenaba la otra mitad del plato, y junto a él había una humeante taza de sopa. Solo que la taza recordaba más a un gran tazón con asa. ¿Cómo lo hacían para ganar dinero? Me comí el almuerzo y vi cómo trabajaban las mujeres.

—¿Acabas de salir de una clase de yoga? —Coree echó un vistazo a mi sudadera, mi camiseta y mis pantalones holgados.

—Sí, de una clase particular.

—¿Ah, sí? —Abrió los ojos como platos—. ¿Por algo en especial o eres uno de esos yoguis que quieren erguirse sobre sus cabezas y caminar con las manos? —Se inclinó al frente, apoyó los codos al otro lado del mostrador y descansó el mentón en sus manos.

—No, tengo una lesión en la que estoy trabajando.

—Vaya. ¿Has tenido un accidente? —Sus cejas se curvaron y una pequeña arruga se formó sobre su nariz.

—Una lesión de trabajo. —Negué con la cabeza.

—¿En qué trabajas? —Frunció el ceño.

El hecho de que no me reconociera de inmediato hizo que me relajara aún más. Disfrutaba de la fama y de la fortuna, pero no de la falta de privacidad.

—Béisbol profesional.

—¿Como con los Stingers? —preguntó y se mordió el labio. Por supuesto, había escogido el equipo rival.

—No —respondí y me limpié la boca después de probar la mejor sopa de patatas del mundo, incluida la de mi madre, y eso que la suya era realmente buena—. Los Ports de Oakland.

—Genial —comentó ella.

No estaba seguro de si eso era un gesto apaciguador. A la gente de la zona de la bahía normalmente les gustaba un equipo o el otro y defendían con uñas y dientes el que escogían.

—¿Cómo se puede lesionar alguien jugando al béisbol? ¿Te golpearon con un bate o algo así?

Eso ya fue demasiado. Me eché atrás y reí, con una risa gutural que me sentó bien de la cabeza a los pies. Hacía mucho tiempo que no me reía con tantas ganas.

—No, me he roto un músculo isquiotibial. Me han operado y ahora estoy haciendo terapia. El yoga es parte de mi recuperación.

Ella asintió, se acercó al aparador de pastelería y sacó una galleta de mantequilla de cacahuete, la colocó en un plato y la dejó junto a los restos de mi almuerzo.

—Toma, invita la casa. Nada como una galleta recién horneada para que te sientas mejor.

—¿Las haces tú?

—¡Qué va! —Echó la cabeza hacia atrás y soltó una carcajada—. A Bethany y a mí nos gusta todo lo artesanal. Todo lo que preparamos es fresco, compramos nuestras verduras cada pocos días en un mercado de granjeros locales y compramos el pan y la pastelería directamente en Sunflower, un poco más arriba en esta misma calle. Queremos que nuestros clientes tengan lo mejor de todo y ellos son los mejores. ¿Por qué intentar copiar lo que ellos ya hacen a la perfección?

Aquella calle me tenía asombrado. Todo en ella era único, y todos funcionaban con la norma de «trata a los demás como te gustaría que te trataran a ti». Aquel chico ayudando a la anciana el día anterior, Dara en la pastelería charlando conmigo como si fuera su mejor amigo y ahora Coree y su café, donde cobraban menos, pero ofrecían más; increíble. Tendría que contárselo a los muchachos para que se acercaran y dieran más trabajo a los negocios. No porque lo necesitaran. Las mesas estaban llenas, casi todos los asientos de la barra estaban ocupados y no dejaban de entrar personas para buscar comida para llevar.

Sin duda iba a pasar por allí un par de veces por semana después de mi clase de yoga. Dejé diez dólares de propina para Coree, di una palmada en la mesa y me levanté.

—Gracias por la comida y por la conversación. Ha sido muy reveladora.

—Vale, espero verte pronto.

—Sí, creo que lo harás. —Le sonreí—. Tienes muchos sándwiches que quiero probar.

—Cambian cada semana, así que vas a necesitar mucho tiempo para probarlos todos —respondió sonriente.

Salí del café y caminé hacia mi coche. La bala de plata resplandecía a la luz del sol, sus elegantes líneas brillaban con un halo particular. Mientras rodeaba el capó y me dirigía a la puerta del conductor, suspiré.

Aquello era vida. Sentía mi cuerpo un millón de veces mejor comparado con las últimas seis semanas. Todo parecía más brillante y más colorido. Mi estómago estaba lleno, pero no empachado por culpa de una hamburguesa grasienta. Había conocido a personas realmente geniales que no tenían nada que ver con el mundo del béisbol, y al día siguiente me despertaría y comenzaría todo otra vez.

Había algo especial en el mundo del yoga. Era mi segundo día y ya había comenzado a entender por qué tantas personas estaban comprometidas con esa práctica.

# 5

### Postura del perro

*(En sánscrito:* Adho Mukha Svanasana*)*

*Una de las posturas de yoga más icónicas, el perro, estira el dorso de las piernas, la espalda, los brazos y el cuello; una alineación favorable para la columna. Coloca los pies y las manos separados el ancho de las caderas, eleva estas, adelanta el coxis, relaja el cuello y pon los hombros en línea con los brazos hasta que el cuerpo forme un triángulo.*

## GENEVIEVE

—¿Vas a quedarte ahí sentada jugando con mi pelo o me vas a hablar de una vez del maravilloso beisbolista al que le estás dando clases *particulares*? Comienza explicándome cómo de particulares son esas clases —dijo mi mejor amiga y vecina, Amber St. James, sonriente.

Cuando mi madre y mi padre fallecieron, no podía dejar a los niños solos, así que algunos de mis compañeros de yoga me ayudaron a instalar un pequeño salón de peluquería en mi garaje. Solo teníamos un coche, así que las otras dos plazas fueron ocupadas por mi minisalón. Estaba completo, con un lavacabezas y un tocador. Había guardado los productos de belleza en las estanterías de mi padre y trasladado todas sus herramientas y utensilios al cobertizo del jardín trasero. Rowan lo había organizado como un lugar de trabajo y almacén de herramientas, lo cual me vino muy bien.

Negué con la cabeza y recorté las puntas de su grueso cabello color chocolate. Amber vivía en la casa vecina con sus abuelos y estudiaba en la Universidad de California, en Berkeley. Era tres años más joven que yo, pero había sido mi mejor amiga desde que tenía memoria. Nos conocimos cuando yo tenía ocho años y ella cinco. A pesar de la diferencia de edad, nos hicimos inseparables. Sin su ayuda con los niños y sin sus abuelos colaborando cuanto podían con las comidas y el cuidado de mis hermanos, habríamos estado perdidos cuando mis padres murieron. Le debía demasiado. Ella era como yo. Su madre había muerto dándola a luz. No sabía quién era su padre, y su madre o bien no se lo había dicho a sus abuelos o no lo sabía. Las dos, Amber y yo, sospechábamos que sí sabían quién era su padre, pero que era tan malo, que preferían ahorrarle el disgusto.

Ella y sus abuelos eran muy religiosos. Iban a la iglesia cada domingo y rezaban antes de las comidas. También eso explicaba que Amber viviera indirectamente a través de mí. Rara vez tenía citas porque estaba muy enfocada en sus estudios y, hasta donde yo sabía, aún era virgen a sus veintiún años. De todas formas, a ella ya le iba bien así. Seguramente le molestaba un poco no poder participar en las charlas más subidas de tono, las noches de chicas, pero no había estado viviendo en un convento de clausura y claramente no era una puritana.

Amber me pellizcó en la barriga cuando empecé a cortarle las puntas.

—¡Ay!

—¡Suéltalo! —Sus mejillas se sonrosaron cuando sonrió.

—Vale, vale. —Puse los ojos en blanco—. Es guapo. —Pensé en nuestra clase particular del día anterior y en el momento en que se quitó la camiseta, que también fue el momento en que me tragué la lengua—. Y está... condenadamente musculado. —Suspiré.

—Y...

—No lo sé. —Me encogí de hombros—. Es más guapo de lo que pensaba. Engreído, pero no como un idiota, más bien como alguien seguro de sí mismo. El tipo tiene páginas web dedicadas a su cuerpo. No es de extrañar que la mayoría de las mujeres de todas partes piensen que es sexi.

—Pues sí. ¿A ti qué te parece? —preguntó.

—Trent Fox es muy atractivo. Cada vez que estoy cerca de él, mi cuerpo se acalora y me siento como una estúpida adolescente enamorada. En realidad, es una tontería. Se supone que debo ayudarlo a encontrarse a sí mismo con el yoga y a sanar a través de la práctica, pero la mitad del tiempo no puedo evitar admirar su cuerpo. —Con un gruñido, seguí cortándole el pelo.

Amber, como una bendita, se quedó quieta. No era el primer día que se sentaba en mi butaca. Le recortaba el pelo cada ocho semanas exactamente.

—¿Y qué piensas hacer al respecto? —preguntó con un mohín.

—Nada. —Me puse tensa—. Es un cliente. Un jugador de béisbol profesional. Solo porque quiera saltarle encima no significa que pueda tener con él una relación. Y, además, ya tengo demasiado entre La Casa del Loto, cortar el pelo, intentar llegar a fin de mes, llevar a los niños de un lado al otro... —La frustración era una perversa y horrible amiga mía, que me acompañaba siempre últimamente—. No funcionaría. A menos que yo quisiera tener sexo casual. Que, por cierto, es lo que Luna me ha sugerido.

—Querida, Luna es un espíritu libre. —Amber rio—. No diré que es una cualquiera, porque me cae muy bien. Es una tía genial, pero, en mi opinión, es demasiado liberal con su cuerpo. Para mí no es un ejemplo, pero tiene razón. No has estado en el mercado desde que tu ex rompió contigo hace tres años. Quizá sea hora de que salgas al mundo. De que vivas un poco.

Me puse delante de ella con las manos en jarras para asegurarme de no cortarme la camiseta con las tijeras.

—¿Y esto me lo dice alguien que no araña ni un minuto libre de sus estudios para tener una sola cita? —Fingí hacer presentaciones—. Muerto..., te presento al degollado. Degollado, este es el muerto. Ya sois mejores amigos.

—Cierto, pero tú no eres yo. Mi única preocupación es la escuela. Tú tienes todo ese peso sobre los hombros y otros dos seres vivos de los que ocuparte tú sola. Eso no puede ser saludable. Me apuesto lo que quieras a que si hablas con tu mentora de yoga, Crystal, ella te dirá lo mismo.

Crystal Nightingale era la copropietaria de La Casa del Loto. La había conocido a través de mi madre. Mi madre amaba el yoga y había asistido religiosamente a las clases de Crystal cada semana. Ellas eran amigas, y, cuando mi madre murió, Crystal supo que yo necesitaba dinero para pagar las cuentas. Durante años, yo había asistido a las clases de yoga con mi madre, así que la práctica no era algo que necesitara aprender. Crystal me metió en el programa de formación de profesores del centro y, en seis meses, obtuve el título y un lugar diario en la agenda de la escuela.

Pero tenía la sospecha de que Crystal quería mantenerme cerca porque mi madre ya no estaba. En los últimos tres años se había puesto como objetivo personal impartirme sus lecciones de sabiduría, a menudo excéntrica, que solían dar justo en el blanco. Crystal era la clase de mujer de la que todo el mundo quería estar cerca. Su pelo rubio dorado se rizaba con encanto en las puntas. Tenía los ojos azules, tan claros que desafiaban el color zafiro del lago Tahoe en primavera. Les daba la bienvenida a todas las personas que tenía en su vida y las trataba como si fueran lo más importante del mundo.

Mi madre solía decir que, si algo le ocurría algún día, siguiéramos las enseñanzas de Crystal porque ella nunca nos llevaría por el mal camino. Hasta este día, había seguido su consejo, y casi siempre me había ido bien. Estaba feliz. Sola en lo que a hombres se refiere, pero cada día me acercaba más y más a mi principal objetivo. Mis hermanos estaban felices y sanos, y mi sueño de tener mi propio salón de belleza seguía vivo en mis pensamientos.

—¿Crees que para Crystal sería un problema que salieras con un cliente?

Le cepillé el pelo a Amber por la espalda para asegurarme de que las puntas estuvieran igualadas y redondeadas en los extremos, como a ella le gustaba. Mi íntegra vecina y amiga del alma corría pocos riesgos y era la perfecta nieta y mejor amiga.

—No. —Sonreí—. Crystal probablemente diría que es una intervención divina. Que La Casa del Loto le ha dado al universo la oportunidad de reunirnos. También me advertiría de que no ignorara las señales. —Negué con la cabeza y reí por lo bajo.

—Eso es verdad. Pero ¿sabes qué? Creo que tendría razón. Es decir, de todos los lugares a los que Trent Fox hubiera podido ir (alguien millonario, que fácilmente podría haber contratado a un profesor de yoga particular que fuera a su casa), resulta que llegó a La Casa del Loto. Te ha conocido, ha probado tu clase y, de inmediato, te ha contratado a tiempo completo durante un mes. Eso no puede ser coincidencia.

—Crystal diría que no hay coincidencias en la vida y que todo sucede por algo. —Resoplé.

—¿El destino?

Me encogí de hombros y recogí el pelo de Amber con las dos manos, para dejar la parte de atrás como a ella le gustaba.

—Supongo que ella diría que la vida *es*. Todo lo que sucede a tu alrededor y lo que te sucede a ti es porque tiene que ser así. Luego me diría que me deje llevar. Que lo sienta. Y, si me sienta bien, que vaya a por ello.

—¿Y te sienta bien?

Recordé cómo había palpitado mi corazón cuando Trent entró en la sala. Cómo mi corazón se había agitado, cómo escucharlo gemir aliviado me hizo preguntarme si haría el mismo sonido en la cumbre de su explosión sexual. El cosquilleo que sentí en los dedos cada vez que ajusté su postura o que me incliné hacia él para ayudarlo.

—Siento algo, eso seguro. —Respiré hondo, llevé las manos a los hombros de Amber y la miré a los ojos a través del espejo—. Solo que no sé qué. Trent Fox...

—¿Has conocido a Trent Fox? —dijo la voz sorprendida de mi hermano detrás de mí. Atravesó la puerta de la cocina hacia el garaje—. ¡Vivvie, dime que *no* acabas de decir que has conocido a mi maldito ídolo!

—¡Cuida tu lenguaje!

—Vivvie... —gimió—. Hermana..., hermanita..., mi mujer preferida en todo el mundo. —Rowan se puso de rodillas y se arrastró hacia mí con las manos unidas como si estuviera rezando.

Amber se echó a reír; intentaba en vano ocultar sus carcajadas tapándose la boca con la mano.

—*Tienes* que presentármelo. Te lo suplico. Invítalo a cenar. Algo. Lo que sea. Cortaré el césped.

—Ya tienes que cortar el césped. —Esa era una de sus tareas semanales, junto con sacar la basura, algo que de hecho hacía sin quejarse.

Rowan frunció el ceño y se acercó a mis rodillas. Me abrazó por los muslos y me miró con su expresión de cachorrito.

—Vivvie, por favooooor...

—Row, no tengo ni idea de cuáles son sus horarios. —Le alboroté el pelo. Necesitaba otro corte, pero para hacerlo sentarse en mi silla necesitaría intervención divina.

Levantó sus manos unidas, parpadeó con dulzura hacia mí e hizo un mohín con su labio inferior. Yo suspiré con fuerza.

—Bien. Le preguntaré. Quizá después de una de sus clases podamos invitarlo a un bocadillo en la pastelería o tal vez pueda bonificarle con una de sus clases. Pero ¡no prometo nada!

Rowan se abrazó a mis piernas con tanta fuerza que me tambaleé y me tuve que agarrar al brazo de la silla para no perder el equilibrio. Luego se levantó de un salto y me dio uno de esos grandes abrazos tan suyos. Eso valía la vergüenza de tener que pedirle a Trent que conociera a mi hermano pequeño. Él probablemente estuviera cansado de su estatus de celebridad y solo querría algo de paz y tranquilidad, sobre todo en el centro.

Suspiré, retrocedí y le aparté el pelo de los ojos.

—Necesitas un corte de pelo.

—¡No, no lo necesito! —Retrocedió y habló rápido mientras negaba con la cabeza—. Pero eres la mejor hermana del mundo. —Comenzó a caminar hacia atrás—. Pensaré en algo realmente genial para la cena, solo para ti.

—Te toca cocinar a ti esta noche de todas formas —grité justo cuando la puerta del garaje se cerró de un golpe.

—Te ha ganado la partida. —Amber resopló y se mordió el labio inferior.

—Totalmente. Los chicos buenos en plan dulce me ganan siempre.

—Quizá debería darle ese consejo a Trent Fox antes de que empecéis la clase de mañana. De todas formas, ¿qué tienes pensado enseñarle? ¿La postura del perro? Así podrías mirarle el trasero.

Estoy segura de que mi boca se abrió y mis ojos se volvieron del tamaño de una pizza grande.

—¿Acaso doña señorita Puritana acaba de sugerir que devore con mirada lujuriosa a mi cliente?

—Admítelo. Ya lo has hecho. —Se enrojeció tanto que las mejillas, el cuello y el pecho se le volvieron de color carmesí.

Suspiré al recordar cómo lo había ayudado ya a ponerse en esa postura en particular.

—Pues sí. —Y lo peor, *no* me arrepentía de haberlo hecho.


**TRENT**

Algo andaba mal. Ese día Genevieve hizo un gran esfuerzo por no mirarme. Y yo hice mis mayores esfuerzos por lucirme. Me había quitado la camiseta y vestía unos pantalones cortos de baloncesto. Quería que ella pudiera ver cada centímetro disponible de mi cuerpo, con la esperanza de que eso encediera su deseo, para que, cuando le pidiera para salir, su respuesta fuera un sí rotundo.

Mi compañero del gimnasio, Clayton, se desternilló de la risa cuando rechacé su propuesta de salir de noche a ligar porque tenía que madrugar el día siguiente para asistir a una clase de yoga. Me llamó «marica» usando una gran variedad de nombres ofensivos y accedió a venir a mi apartamento a beber unas cervezas y comer comida china mientras veíamos el último partido de fútbol. Fue entonces cuando se dispuso a sacarme información. Finalmente, bajo presión, admití haber conocido a una chica. Se mostró muy interesado en el hecho de que ella enseñara yoga. En su experiencia, las mujeres que practicaban yoga eran conocidas por ser flexibles, y él había salido con una yogui que era capaz de doblar su cuerpo en formas que, con solo recordarlas, se le ponía dura. Solo que, al parecer, esa chica era un peligro a nivel alarmante.

Entre los hombres, teníamos un código; o al menos entre mis amigos y compañeros de equipo. Algunos de los chicos tenían NYE, que significaba «novias y esposas». Eran las chicas que asistían a cada partido en casa, a algunos partidos fuera de casa, y que básicamente animaban con más fuerza que cualquiera en la multitud. Lo podía entender. Lo respetaba. No cabía duda de que era una ventaja tener a una mujer dispuesta cada noche a tener que salir a buscar a una seguidora dispuesta a un encuentro casual. Nunca he sido la clase de hombre que sale a buscar, así que, para los que queríamos encuentros casuales, había un sistema. Y la mayor parte de ese sistema determinaba el nivel de enganche de una fan.

Un «peligro a nivel alarmante» significaba que la chica estaba completamente loca, tenía el diploma de acosadora, llamaba a todas horas del día y de la noche, incluso cuando sabía que había sido solo un encuentro casual. De las que había que advertir al personal de seguridad.

Genevieve no tenía ninguno de esos rasgos. Si algo podía decir de ella, era que era exactamente lo opuesto a todas las mujeres que había conocido. Las mujeres se desvivían por salir conmigo. Todas menos la mujer que yo quería, la que en ese momento estaba evitando tener contacto visual conmigo.

—Gominola, ¿qué ocurre? Estás rara. ¿Alguien te ha molestado?

Por primera vez en toda la sesión, su mirada se enfocó en la mía. Sus ojos color café parecían asustadizos.

—Oye, ¿he hecho algo para ofenderte? Es decir, sé que hago chistes en algunas posturas, pero es todo en broma. Me ayuda con las posturas difíciles.

—No, para nada. —Sus hombros cayeron y bajó la cabeza—. De hecho, hoy has estado más concentrado que en toda la semana. Es solo que estaba preguntándome... —Su voz se apagó y se retorció los dedos. La mujer típicamente fuerte y persuasiva abandonó la sala y una chica nerviosa, frágil y casi atemorizada ocupó su lugar.

El hombre de las cavernas que hay en mí quería sujetarla en mis brazos, apoyar su cabeza en mi hombro y asesinar a lo que fuera que la atemorizara.

—Adelante, gominola. Pídeme lo que sea.

—Puedes decir que no, pero, verás, me preguntaba si podría llevarte a tomar un café o invitarte al Sunflower tal vez, y...

Mi corazón se detuvo en mi pecho. Emoción, alegría y una sensación de puro vértigo recorrieron cada una de mis extremidades doloridas.

—Genevieve, bombón, ¿estás invitándome a salir?

—¿Cómo? —Parpadeó algunas veces.

—Sí, lo has hecho. —Sonreí de oreja a oreja. No pude evitar que la satisfacción me invadiera formando una sonrisa embelesada en mi rostro—. ¡Estás invitándome a salir! —Creí que podía golpear el cielo con un puño en alto, pero me contuve.

—No. —Frunció el ceño y su nariz se arrugó—. No exactamente, es solo que...

—Lo has hecho. ¡Ven aquí! —Le sujeté la mano y tiré de ella hasta que sus curvas chocaran contra mi cuerpo más duro. ¡Cielos, qué gusto daba! Llevé mi mano a la parte baja de su espalda, lo suficiente como para rozar la curva superior de su dulce trasero, pero me comporté, conteniendo la parte caliente y hambrienta de sexo que había en mí, que quería apoyarla contra la pared más cercana y hacerla mía.

Su cara palideció cuando le rodeé la nuca con la otra mano y usé mi pulgar para levantarle el mentón.

—Gominola, me he estado devanando los sesos pensando en cómo invitarte a salir, y aquí estás tú, toda bonita y nerviosa, invitándome a mí. Bueno, voy a ahorrarnos mucho tiempo y pasaré directamente a la mejor parte de la cita.

Ella abrió la boca y soltó una bocanada de aire caliente. Me precipité y tomé ventaja, incliné la cabeza y lancé mi boca sobre la suya. Durante un momento se puso tensa y luego se relajó, se derritió contra mí cuando puse mi lengua a danzar con la suya. Sabía a menta y fresas. La saboreé con deseo, moviéndole la cabeza de un lado al otro. Ella suspiró dentro del beso y su mano aferró mi cuello con más fuerza. Yo necesitaba más. Mucho más. Mordisqueé sus labios y deslicé una mano por su firme trasero y me llené la palma con una nalga perfectamente redonda. Ella gimió y se elevó de puntillas, giró mi cabeza y me cortó la respiración con su fervor. Nos manoseamos el uno al otro como un par de adolescentes. Caricias suaves por aquí, más firmes por allá, hasta que comencé a sentirme mareado. Mi miembro estaba duro como el acero; cuando lo presioné contra sus exuberantes curvas, retrocedió y saltó hacia atrás como si hubiera sido alcanzada por un rayo. Su mano voló hacia su boca, donde el pintalabios rosa estaba totalmente corrido. Magnífico.

—¡Dios mío...! ¡Ay! Esto no tendría que haber pasado —susurró.

—Gominola, esto definitivamente *tenía* que pasar y tiene que volver a pasar. —Comencé a acercarme a ella.

—No, no. —Levantó los brazos y negó con la cabeza—. Me has malinterpretado. No estaba invitándote a salir. —Su expresión se volvió triste—. Es decir, lo he hecho de alguna manera, pero no para mí. —La honestidad de sus ojos me dejó pasmado.

—Mira, cariño, no te preocupes. Soy más que feliz por tener una cita contigo. Después de las clases de esta semana y de ese beso..., estoy que me derrito por ti. Me muero por tenerte en mi cama.

—Eres un cretino —balbuceó. Resopló y miró al techo.

—¿Qué? ¿Acabas de lanzarte sobre mí y yo soy el cretino? —repliqué. No estaba seguro de cómo la conversación había pasado de que ella me invitara a salir a que nos besáramos y luego a que me llamara «cretino». Necesitaba volver a la parte del beso. Nada en el mundo me impediría volver a besarla, y pronto. Era lo único claro que tenía.

—No era mi intención invitarte a salir. Intentaba preguntarte si tendrías algo de tiempo, después de tu clase, uno de estos días, para conocer a mi hermano.

—¿Tu hermano? —Ya no entendía nada.

—Sí. Él es admirador tuyo. —Su tono exasperado no era en absoluto lo que esperaba escuchar de una mujer después de haberla besado hasta hacerle perder la razón.

—¡Dios! —Negué con la cabeza. Y yo me había creído que le gustaba, pero ella intentaba organizar un encuentro con un fan—. ¿En serio? ¿No tienes ningún interés en salir conmigo?

Su boca se abrió y se cerró algunas veces. Vale, ya era mía.

—Yo no diría eso.

*Lancé el anzuelo.*

—Entonces *has* pensado en salir conmigo. ¿Por ti misma? —Necesitaba llevarla de vuelta adonde la tenía hacía un momento.

Puso las manos en jarras y bajó la vista. No era capaz de mirarme a los ojos. ¡Ah! Sí, ya era mía.

—Puede que lo haya considerado una o dos veces esta semana. Cuando no estabas comportándote como un cretino, claro.

*Lo mordió.*

Tan lento como un viejo de noventa años, me acerqué a ella. Ella retrocedió con cada paso que di, hasta que terminó pegada contra la pared. El tapiz de retazos de tonos dorados, rojos y rubí resaltaba la palidez de su piel como el más blanco marfil. Apoyé una mano a cada lado de su cabeza y la acorralé contra la pared. Exactamente donde la había querido tener todo el tiempo. Acorralada. Completamente a mi merced. La idea de tenerla a mi merced en otro lugar me puso la verga dura como el granito. La apoyé contra su estómago. Ella jadeó, pero no me apartó.

—Conoceré a tu hermano, gominola. Lo habría conocido de todas formas.

Frunció el ceño, pero yo seguí adelante, frotando mi parte baja donde más quería zambullirme. Fui recompensado con otro jadeo, acompañado de un suave gemido.

—Pero la cosa irá así. Me reuniré contigo y con tu hermano mañana, después de nuestra clase. Luego, mañana por la noche, saldrás conmigo. Una cita de verdad.

—No puedo.

—¿Por qué no?

—Clientes.

Dijo esa única palabra como si fuera una respuesta a mi pregunta. No lo era.

Presioné mi pene con más fuerza y supe que había alcanzado el punto exacto que estaba buscando cuando su boca se abrió y de ella escapó un ligero maullido. La delgada tela de su atuendo de yoga probablemente proporcionara una excelente fricción mientras me frotaba contra su clítoris.

—¿Qué tienen que ver los clientes con esto? —gruñí y volví a frotarme contra ella.

Ella cerró sus manos alrededor de mi cuello, gimió y movió las caderas contra mi palpitante erección; de lejos, la tortura más placentera que había experimentado en años. ¡Maldición, esa mujer me volvía loco de deseo!

—Corto el pelo los viernes y sábados por la noche. Tengo dos clientes mañana. —Volvió a flexionar las caderas y cerró los ojos. Se relamió los labios y yo acerqué los míos lo suficiente como para oler su aroma a fresas.

¿Profesora de yoga y peluquera?

—¿Cuándo estás libre? —Acercando mis manos a su trasero, aferré su dulce carne y le levanté una pierna hacia mi cadera para abrirla más a mis embestidas.

Jadeó cuando presioné mi miembro en su sexo. Aumenté el ritmo de mis embestidas y, gracias a Dios, Genevieve me correspondió a cada movimiento.

—Tengo que mirar mi agenda. ¡Ay, por Dios...! —Su respuesta fue sin aliento y teñida de un manto de deseo.

Supe exactamente lo que eso significaba. Mi gominola estaba a punto de explotar, y, si la intensa concentración de su cara y el sudor que cubría su entrecejo eran un indicador, sería una magnífica descarga. ¡Oh, sí! Aumenté el ritmo, presioné con mi pelvis y froté mi miembro duro contra ella una y otra vez. Levanté una mano y cerré mis dedos alrededor de su prominente pecho. Ella se sacudió contra mi mano cuando presioné el seno a través de su camiseta.

—Bésame —exigí cuando echó la cabeza hacia atrás.

Las breves frases sin sentido que salían de sus labios eran constantes y revelaban que estaba completamente perdida en el momento. Justo como la quería tener.

Genevieve abrió los ojos y juro por Dios que podía ver mi futuro mirándome a través de ellos. Su boca estaba inerte; sus ojos, entreabiertos llenos de lujuria, y sus mejillas, tan bonitas como cualquier rosa que hubiera visto.

—Trent —susurró.

Estuve a punto de explotar en mis pantalones. Todo su cuerpo se endureció y ya no pude esperar más. Llevé mis labios a los suyos y saboreé el orgasmo en la respiración que salió de su boca. Nuestras lenguas salvajes, descontroladas, por todos lados al mismo tiempo... Nos besamos como si nuestras vidas dependieran de eso. Ella me agarró y mantuvo nuestros cuerpos unidos por la mitad inferior mientras los escalofríos y temblores de su cuerpo se calmaban hasta detenerse.

Nuestras bocas estaban fusionadas cuando correspondí a la bella Genevieve mojando un poco mis pantalones. Aun así, disfruté al frotarme contra ella como si fuera un animal en celo, con sus curvas suaves presionadas contra mi cuerpo más duro.

—¡Mierda! —dije. Mi respiración salía a bocanadas contra su cuello húmedo, mientras intentaba con desespero aferrarme al placer que corría dentro de mí. Quería hundirme profundamente dentro de ella y liberarme. Liberarme del todo. La tensión acumulada se combinó con mi frustración por estar tan cerca del cielo y no poder alcanzarlo. Pero ese no era el lugar donde la poseería del todo por primera vez. En vez de ello, lamí la línea salada de su cuello y fijé ese sabor en mi memoria. No porque necesitara hacerlo. Planeaba tener mucho más que eso y pronto. Muy pronto.

—Así que revisarás tu agenda y me dirás una fecha —le murmuré con voz ronca en el oído.

—Sí. Lo haré. —Su cuerpo comenzó a temblar de la risa.

*Atrapada.*

# 6

## *Chakra raíz*

*El chakra raíz también está conectado con el egoísmo y el ego.*
*Usamos nuestro egoísmo para proteger nuestras necesidades,*
*y usamos nuestro ego para proteger nuestras emociones.*

## GENEVIEVE

Temblando como una hoja, entré en la oficina donde guardábamos nuestras tarjetas para fichar. Crystal estaba sentada en el escritorio, no en su silla, sino *sobre* el escritorio. Había pilas de papeles desparramadas a su alrededor. Llevaba el pelo rubio recogido en un moño sujetado con un lápiz. Tenía los ojos cerrados y sus labios se movían ligeramente. La mujer no aparentaba los sesenta años que tenía. No había ni una arruga en su cara. Cualquiera que no la conociera podría decir que apenas llegaba a los cuarenta. A ella no le importaba, precisamente. Tenía esa actitud con la edad. Decía que la edad no era más que un número con el que contar los años que uno llevaba vivo, no las experiencias que había vivido. Me moví en silencio, con los pies descalzos, hasta el cofre que contenía nuestras tarjetas, saqué la mía y escribí mis horarios en ella, al igual que las horas de la semana que había usado la sala privada con Trent.

Incluso el mero pensamiento de su nombre hizo que un escalofrío me recorriera el cuerpo.

—Puedo oír tus pensamientos desde aquí. ¿Qué te tiene tan liada, Vivvie? —preguntó Crystal, sin abrir los ojos, con su cuerpo cómodo en la postura del loto, rodeado de caos.

—Lamento haberte molestado..., sea lo que sea lo que estés haciendo —dije mientras intentaba cumplir con mi trabajo de oficina. En veinte minutos, daría mi clase, tendría una sesión privada con Trent y luego vería a Rowan en la pastelería Sunflower. La idea de que Trent conociera a mi hermano lanzó un remolino de energía nerviosa al aire de mi alrededor.

Crystal abrió un ojo azul claro.

—Tu energía está cargada, cariño, sin mencionar que emanas una onda tumultuosa. ¿Cómo esperas dar tu clase tan agobiada? Siéntate. —Cerró los ojos, se llevó los dedos en posición de rezo a la frente, se inclinó y volvió a levantarse.

—¿Por qué estás sentada sobre el escritorio? —Estaba intentando no reírme.

—Estoy adquiriendo perspectiva. —Se encogió de hombros, descruzó las piernas y se acercó al borde del escritorio. Algunos de sus papeles cayeron al suelo—. Sabes que la contabilidad no es mi punto fuerte y que cada ordenador que toco se vuelve loco. Creí que algo de meditación aclararía mi mente y me daría la respuesta.

—¿Y tenías que meditar sobre el escritorio? —Alcé una ceja y sonreí.

Los labios de Crystal se suavizaron en una serena sonrisita de satisfacción. Una que yo conocía muy bien.

—Para comprender el problema en su totalidad, es mejor darlo todo de ti. Así que me adentré yo misma en el caos, con la esperanza de poder encontrar la solución a mi problema con los números.

Me estremecí al pensar en mis propios problemas con los «números». El impuesto a la propiedad de la casa debía pagarse en diciembre, llevaba tres meses de atraso con las facturas, los niños necesitaban comida, ropa y llevar a cabo sus actividades escolares sin estar agobiados por los problemas financieros que conlleva poseer una casa gigante en el centro de Berkeley. Seguro que si la vendía los problemas se acabarían. Nuestra casa familiar valía cerca de un millón y medio de dólares. Con eso tendría suficiente para pagar las deudas que quedaran, volver a la escuela, pagar la universidad de Row y Mary y aún me quedaría algo para comenzar con mi propio salón algún día. Pero era el lugar donde habíamos crecido, donde nuestros padres habían vivido, donde se habían amado y adonde nos habían llevado desde el hospital para nuestras primeras noches de sueño. Allí aprendimos a caminar, a hablar y a ser quienes éramos. Sería perder lo último que quedaba de nuestros padres. No podía deshacerme de eso y pelearía con uñas y dientes para conservarlo.

Crystal me evaluó con una mirada que todo lo veía, del mismo modo que se enfrentaba a todos. Sus talentos como yogui eran algo admirable, pero tenía otros dones, como una mirada amable para los momentos en que las personas estaban sufriendo y buenos consejos sobre cómo solucionarlos. También tenía una asombrosa habilidad para ver a través de los timadores del mundo, los individuos en los que no se podía confiar y las situaciones que la mayoría de las personas tenían problemas para evitar. Pero, más que nada, conocía a las personas y tenía un sexto sentido con las relaciones, los tratos de negocios y el futuro. Cada vez que recurría a ella por un problema con los niños o con la casa, me ofrecía sabios consejos y una frase inspiradora para animarme a descubrirlo por mí misma. Quizá pudiera ayudarme con mi dilema con Trent.

—¿Y has encontrado la respuesta a tu problema de números?

Crystal rio, se acercó a la mesa donde tenía los abalorios y pequeñas joyas que hacía en su tiempo libre y que vendía a una fracción de lo que costaban a clientes interesados. Con una mano delicada, levantó un increíble colgante de cristal en una cadena larga de plata y se acercó a mí.

—Lo he hecho yo. —Colocó el colgante alrededor de mi cuello, con la piedra cálida entre mis pechos, donde la puso debajo de mi camiseta—. Para prevenir la negatividad.

—¿Cuál fue la respuesta? Si no te importa que pregunte... —Froté el nuevo cristal que ahora estaba sobre mi corazón. Con mis propios problemas de números, tal vez podría servirme un pequeño consejo.

—Contratar a un contable. —Crystal deslizó un mechón de mi pelo detrás de mi oreja.

Estoy segura de que mis cejas se fruncieron cuando pasó su pulgar por el espacio sobre mi nariz.

—Me he adentrado en el caos, he meditado sobre ello y he descubierto que yo no era para nada necesaria en la ecuación. Jewel me ha estado presionando durante meses para que contrate a un contable, pero me resistía porque creía que podría hacerlo yo. —Crystal se encogió de hombros y caminó de vuelta a su escritorio, donde recogió pilas de papeles y las acomodó con cuidado en una pila más grande en una esquina—. Resulta que soy mucho mejor usando mis talentos en cosas que me interesan más que en cosas que me provocan jaqueca. —Guiñó un ojo y se sentó en la silla.

—¿El centro va bien? —pregunté, nerviosa por si sus problemas de dinero pudieran ser también que no estaba ganando lo suficiente. Sin embargo, cada clase estaba llena, lo que me llevaba a pensar que las cosas iban bien.

—Mejor que nunca. Todas nuestras clases nocturnas están llenas. Tu clase y la de Mila están funcionando por la mañana y nuestras salas particulares se están reservando. Hablando de eso... He oído que tienes clases privadas toda la semana. ¿Es verdad? —Sonrió y toda su cara pareció iluminarse.

Pensar en Trent hizo que mi piel se pusiera insoportablemente caliente. Ese beso, la forma en que me había presionado contra la pared el día anterior, me hacían recordar mi orgasmo y el suyo, justo al límite del mío. Ambos habíamos actuado como cachorros locos de amor y no pude evitar preguntarme qué significaba eso. Él dejó claro que para él no era algo de una sola vez. Incluso mencionó que quería tener una cita. El problema es que era la clase de hombre por la que una mujer caía... de cuatro patas. Conocía bien su historia. Bueno, no la conocía del todo. Sabía lo que había leído en la prensa amarilla y lo que Rowan me había contado acerca del semental que era su ídolo. Al parecer, tenía a una mujer en sus brazos cada semana, según el deslumbrado Row.

Incluso aunque saliéramos hasta que volviera a jugar a béisbol, volvería a viajar para jugar y a rodearse de su gente y hacer lo que solía hacer. Tenía la corazonada de que eso no significaba quedarse en su habitación de hotel solo, lejos de las fans alegremente ligeras de ropa. No, tenía que protegerme a mí misma. Por supuesto que me sentía atraída por él. Más que eso. Lo deseaba. Lo *deseaba* más que a cualquier hombre que hubiera conocido. ¿Podría dejarlo cuando estuviera en una mejor condición física y volviera a jugar en el equipo? ¿Tenía importancia? ¿Podría tener una aventura casual y mantener mi corazón al margen? Me mordí el labio.

—Cariño, lo que sea que esté ocurriendo en esa cabeza tuya es tortuoso de ver. —Crystal tamborileó en el escritorio—. Por favor, compártelo conmigo. Sabes que tu madre deseaba también que te cuidara emocionalmente. Ya que ella no está aquí, que Dios bendiga su joven alma, tienes que vivir con lo que tienes.

Inspiré hondo, del modo en que les sugería a mis alumnos que lo hicieran en mis clases, enderecé los hombros y la columna, y miré a Crystal.

—Mi cliente particular es el jugador de béisbol profesional Trent Fox. Ayer lo besé. Justo aquí. Bueno, no aquí. —Señalé el suelo de su oficina—. En la sala privada. Me acaloré un poco. Ahora él quiere tener una cita conmigo y le he pedido que conozca a Row porque él es un gran admirador suyo y siento que, con nuestros padres ausentes, si puedo presentarle a su ídolo, a pesar de haberlo besado, cosa que no debí haber hecho, debo intentar hacerlo por mi hermano. —Para cuando terminé me había quedado sin aliento.

—Espera un minuto. —Crystal levantó las manos y las sacudió frente a su pecho—. ¿Por qué no debiste haberlo besado?

De todo lo que había dicho, ¿ella se fijó en esa mínima fracción de lo que acababa de decir?

—Porque es un jugador. Y es mi cliente.

—No hay absolutamente ninguna política en contra de la fraternización —dijo con la nariz arrugada—. No ponemos reglas a la atracción sexual. En todo caso, la *alentamos*. —Sus ojos brillaban.

Tenía una razón de peso. El centro incluso ofrecía clases para parejas, yoga tántrico y retiros privados diseñados para ayudar a las parejas a encontrar sus facetas más apasionadas.

—De todas formas, no ha sido muy profesional.

Crystal se encogió de hombros.

—Sexo, amor y pasión no suelen serlo. Esas cosas no están naturalmente confinadas en una pequeña caja. Son desordenadas y complicadas, pero las partes buenas parece como si no pertenecieran a este mundo, como darle a nuestros cuerpos y mentes lo que necesitan. Si este hombre eleva tu chakra del corazón y tu chakra raíz, ¿por qué no disfrutarlo?

—¿Y qué si me enamoro de él? —Me froté la cara. Crystal siempre hacía que todo sonara tan fácil...

—Cosas peores te han sucedido, querida. —Ella resopló—. Esto te daría un buen equilibrio, ¿no estás de acuerdo?

—No. —Suspiré y negué con la cabeza—. Pero ¿y qué si solo quiere tener sexo conmigo y no una relación?

—¿Él te ha dicho eso? —Frunció el ceño.

—No exactamente. Quiere tener una cita conmigo y... otras cosas.

—¿Y tú estás interesada en esas «otras cosas» también? —Sonrió.

—Ah, sí —susurré por lo bajo al pensar en cómo me había hecho sentir contra la pared. Habían pasado tres largos años desde la última vez que había tenido un orgasmo no provocado por mí misma. Ese clímax había sido mejor que todos los que me había provocado yo misma juntos, y él ni siquiera me había tocado, ni visto demasiado de mí.

—Parece como que ya tienes la respuesta —dijo simplemente, volviendo a sus papeles.

—En absoluto. Estoy más confundida que nunca. —Resoplé, me levanté y miré la hora—. Ahora tengo que dar una clase y voy a fastidiarles a todos su lugar feliz. —Quería dar patadas como un niño.

Crystal se levantó, caminó hacia mí y me sujetó entre sus brazos. Me sostuvo contra ella hasta que me fundí en su abrazo maternal. Para ser una mujer que no tenía hijos, adoptaba a los huérfanos del mundo como si fueran fruto de su propio vientre.

—Escucha, querida mía, y escucha bien. No tienes que planificar esto. No es necesario que cada mota de tu vida quepa dentro de una caja. Ahora mismo, tienes que pensar en ti, en Rowan y en Mary. Sin embargo, no tienes que planificar cómo será tu relación con ese hombre, Trent, de aquí a seis meses. —Me acarició el pelo—. ¿Por qué no hacer cada cosa en su momento? Si quieres tener actividades extracurriculares con él, actividades de naturaleza *casual*, adelante. Eres una mujer adulta. Eres la única persona que te juzga. Así que deja de hacerlo y vive un poco. Hagamos un rápido reajuste de tus chakras. No puedo tenerte aquí contagiando a nuestros clientes con tus miedos.

Crystal tenía razón. Como de costumbre. En cuanto me ayudó a limpiar la energía negativa que rodeaba mis chakras, me envió a dar mi clase. La clase fue genial, me quedó redonda, y me colocó en el perfecto estado mental que necesitaba para ver a Trent.

Cuando entré en la sala privada, él ya estaba sentado sobre una esterilla. Una muy masculina. Era negra, de dos metros y medio de largo, edición especial de una marca que reconocí. De lo mejor, ideal para su altura, con apoyo extra. Era una buena idea, ya que estaba recuperándose y las rodillas de un jugador de béisbol tenían que estar en excelente forma. Sus ojos estaban cerrados, pero, cuando entré y cerré la puerta, los abrió.

—Oye, gominola, estaba intentando ese asunto de la meditación del que me hablaste. Soy pésimo en eso. Creo que voy a tomar una clase con esa chica despampanante, Dara, este fin de semana.

—¿Chica despampanante? —Salió de mis labios antes de que pudiera contenerme, para revelar mis sentimientos ante su mención de los atributos físicos de otra mujer.

Él sonrió y se mordió su carnoso labio inferior. Un golpe de electricidad me recorrió los nervios. *Estúpido hombre sexi.*

—Sí, la conoces. Tiene la piel del color de la miel más oscura, el pelo color avellana y largo hasta el trasero. Los ojos más azules que haya visto. Trabaja en la pastelería.

Dejé caer mi esterilla ruidosamente y de pronto me sentí enfadada.

—Sí, ya sé quién es.

—Entonces sabes que es despampanante. ¡Cielos! Ayer me di una vuelta por ese lugar después de las clases, y los chicos deberían venir a buscar chicas. Todas son totalmente espectaculares, muy flexibles y dulces como un pastelito.

Por supuesto que se fijó en todas las mujeres que trabajaban allí. Pensó que eran despampanantes. *Mmm.* Bueno, daba igual. Eran bonitas. Se lo concedía. Pero si él quería sacar mi lado amable y salir conmigo, no debía mencionar lo maravillosas que consideraba a chicas a las que yo veía como buenas amigas.

—¿Qué he hecho ahora, gominola? —De inmediato su tono fue de disculpa.

Con la cabeza en alto, fingí que su comentario no me había molestado y me dediqué a jugar con los elementos que teníamos alrededor. Desafortunadamente, fallé, porque, en apenas dos segundos, Trent me sujetó por la cintura y me sostuvo sobre él hasta que mis piernas rodearon las suyas, mi núcleo central conectado con el suyo, mucho más rígido, y nuestras caras a unos escasos centímetros de distancia.

—No me gusta cuando me ignoras. Definitivamente no me gusta que te guardes tus pensamientos cuando es obvio que me involucran y no van en una buena dirección. Ahora, ¿cuál es el problema?

Con un mohín, levanté el mentón.

—Si crees que mis amigas son despampanante, ¿por qué no las invitas a salir a ellas? —Mi tono fue desafiante e infantil. De inmediato, quise borrar mi respuesta, pero en su lugar me mantuve firme, no quería parecer débil.

—¿Por eso esta actitud? —Soltó una risita—. ¿Estás celosa?

Apreté los dientes y miré sus ojos avellana con dureza. Le brillaban de felicidad.

—¡Ja! No estoy celosa. Puedes salir con quien tú quieras.

—Eso es verdad, gominola, y te he escogido a *ti*. Todas las chicas del lugar, y son mujeres atractivas, palidecen a tu lado. ¿Me oyes? —Presionó sus enormes manos en mis hombros, los suavizó para enlazar sus dedos con mi pelo, donde jugó con el moño que tenía en la base de la cabeza, y lo alborotó.

Estaba a punto de protestar, pero sus manos eran tan agradables enredándose en mi pelo que perdí el hilo de mis pensamientos.

—¡Santo Dios! Mírate. No hay comparación. —Me acarició las mejillas con los pulgares—. Esta piel perlada me pone blando. El pintalabios rojo sangre me pone duro. Y esos ojos negros de gato hacen que quiera tenerte cerca y no soltarte nunca. Créeme, no hay otra mujer a la que quiera más que a ti. Métete eso en tu atractiva cabeza, ¿vale? Y rápido. Tenemos que practicar yoga y luego iremos a ver a tu hermano.

Después de su discurso, se acercó, me dio un beso intenso y profundo y tan húmedo que deseé hidratarme solo con sus besos; luego se volvió a su esterilla.

—De acuerdo, jefa, guíame en mis pasos. Tengo una cita que no me quiero perder.


# TRENT

—Row, ¿por qué está Mary contigo? —preguntó Genevieve cuando un hombre alto bajó del lado del conductor de un Shelby GT350 clásico de 1965, de color azul, con dos gruesas líneas de carrera en el centro.

Una niña rubia más pequeña, que era un calco de Genevieve, bajó del lado del acompañante, corrió a sus brazos y la abrazó con fuerza.

—Oye, calabacita, ¿estás bien? —dijo ella a la pequeña.

*¿Calabacita? ¿Era su hija?*

La niña la esquivó felizmente y se dirigió a la puerta.

—¡Muy bien! Hoy era media jornada —respondió al entrar en la pastelería.

Observé la escena entre Genevieve y su familia desarrollarse sin decir ni una palabra.

—Row, lo siento. No revisé el horario. De lo contrario, os habría llevado al instituto, habría acabado antes con Trent y habría ido a recogeros luego.

Su voz era amable pero sin ilusión, y esa falta de ilusión no estaba dirigida al adolescente bien parecido que tenía frente a ella. Estaba dirigida a sí misma, como si tuviera una lupa gigante y la sostuviera justo encima de ella. No me gustaba lo dura que era consigo misma. En absoluto. Las personas tienen permiso para olvidar cosas y cometer errores. Incluso una rubia curvilínea salida de mis sueños tenía permiso para un paréntesis, o un maldito retraso.

—Oye, Vivvie, no pasa nada. Yo puedo encargarme de nuestra hermanita. No me cuesta nada. Nos ayudamos el uno al otro. ¿O no?

¡Ah! Ella era su hermanita. Pero ¿dónde estaban los padres de estos niños si Genevieve estaba tan preocupada por recogerlos y llevarlos al colegio? Hablaría de eso con gominola después de nuestro encuentro con sus hermanos.

El adolescente que teníamos delante me miró, sonrió y arrastró los pies de un lado al otro. Genevieve se dio la vuelta y finalmente notó que yo esperaba paciente. Dejaría pasar su falta de interés... en esta ocasión, y solo porque no sabía los pormenores de su situación familiar.

—Rowan, él es mi...

Esperé con la respiración agitada hasta oír cómo iba a presentarle nuestra relación a su hermano. Primero, no habíamos tenido una cita.

Segundo, la había besado algunas veces y había hecho que se corriera contra la pared en su lugar de trabajo. Tercero, planeaba poseerla por completo y tener más de ella que un rápida fricción mutua, y ella lo sabía.

—Cliente, Trent Fox.

—¿Cliente? —gruñí en su oído, lo suficientemente bajo como para que solo ella pudiera oírme, y luego rodeé su pequeña figura.

La cara de Genevieve se endureció y frunció el ceño. Me lo tomé con tranquilidad. Tendría suficiente tiempo para definir los parámetros de lo que era en una cita más adelante. Por el momento, tenía a un niño que impresionar para poder meterme en las bragas de su hermana mucho más rápido. Triste, pero real.

En mi experiencia con las mujeres, si conquistaba a sus amigos y familiares, la chica suplicaría por mí. Al menos así me había funcionado en el pasado. No tenía mucha experiencia con las relaciones. Había tenido algunas chicas con las que había llegado a la cuarta cita, en la que quisieron presentarme a sus amigos o familiares. Por supuesto, eso fue hace mucho tiempo, antes de la fama y mi estatus de celebridad, pero solía tomarme cierto tiempo hasta llegar a su ropa interior. Todas las mujeres bajo el sol cedían a la cuarta cita. Por entonces, sin embargo, las mujeres que conocía —a excepción de Genevieve y su horda de despampanantes chicas de yoga— cedían en la primera noche con poco o nada de cortejo. La mitad de las veces, tenía los pantalones en los tobillos y mi verga en su boca incluso antes de llegar a mi habitación de hotel. Pero con una chica como Genevieve tenía que esforzarme, y estaba dispuesto a hacerlo. Por el momento. Hasta que comenzara la temporada, al menos.

—¡Ay, por Dios! Hola, soy Rowan Harper. Eres para mí el mejor bateador en la historia del béisbol. —El joven hombrecito, que no tendría más de dieciséis años, extendió la mano.

La estreché y después él se miró la mano perplejo, como si nunca más fuera a lavársela. Tuve que hacer grandes esfuerzos para no reírme, porque, honestamente, el chico me recordaba a mí diez años atrás, cuando conocí a uno de mis héroes del béisbol.

—¿Tú juegas? —le pregunté.

—Sí, claro. —Sus ojos color café se agrandaron—. En el instituto. Tengo el récord de más bateos del equipo.

—¿Hay cazatalentos a la vista?

El chico se encogió de hombros y yo presté mucha atención. Su lenguaje corporal cambió drásticamente cuando mencioné a los ojeadores. Casi como si se volviera hacia dentro, como si escondiera algo.

—Tal vez. No me preocupa eso. —Lo desestimó, como si nada.

En mis tiempos, me sentaba en el mismo banquillo. Que un cazatalentos lo viera jugar era algo grande para él.

Miré a Genevieve. Tenía las manos en jarras y una expresión firme y seria en la cara. Al parecer, también eran novedades para ella.

—Según lo que me ha contado el entrenador, él tiene el mejor promedio de bateos en todo el estado de California —agregó ella con orgullo.

—¿De verdad? Eso está muy bien, Rowan. Así empecé yo.

—Sí, bueno. —El chico se encogió de hombros—. Voy a ir a la Universidad de California en Berkeley. —Su tono fue firme, determinado. Genevieve volvió a entornar los ojos.

—El plan, Row, era que fueras adonde quisieras. El entrenador dice que muchas universidades estarán interesadas. Tendrás que elegir la mejor opción para tu carrera tanto en el béisbol como en tu educación.

La mirada de Rowan se dirigió a mí, y luego volvió a su hermana.

—Iré a la Universidad de California en Berkeley. Conseguiré un trabajo y ayudaré en casa. El béisbol es una posibilidad lejana de todas formas.

—No lo entiendo. —Ella negó con la cabeza.

—Hermana, hablaremos de esto más tarde, de acuerdo, pero ya lo he decidido. Ya le he pedido al entrenador que hable con los cazatalentos.

A Genevieve casi se le salen los ojos de las órbitas.

—¿Quieres decir que ya ha habido cazatalentos interesados en ti?

Rowan suspiró y se cruzó de brazos. Yo era un intruso en una conversación familiar privada, pero, por primera vez, no me sentía fuera de lugar. De hecho, quería intervenir y aclararle las cosas al chico con respecto al juego. Si tenía cazatalentos tras él, tenía que actuar con frialdad y dejar que se pelearan por él. Era joven. Le quedaban uno o dos años más de instituto, supuse, por su tamaño y su madurez.

—Sí, de acuerdo. ¿Podemos entrar y comer? Trent está esperando. —Me señaló con el mentón.

Correspondí a su gesto con buen ánimo.

—No, no entraremos. Trent esperará. ¿Verdad, Trent? —Genevieve se volvió para mirarme, con los mechones de pelo dorado sobre los hombros.

—Sí, cariño. Haz lo que tengas que hacer.

—Te ha llamado «cariño». —Los ojos de su hermano se abrieron tanto como los de un búho—. ¿Eres su novia?

—¡No! —dijo ella.

—Sí —dije yo al mismo tiempo.

Y no sé qué fue lo que me llevó a responder así, pero, al hacerlo, me sentí bien. Más que eso, sonó bien. Correcto de un modo que no podía describir. Fue una de esas cosas que penetraban en mi pecho y dejaban su semilla, y esa semilla echaba raíces que se extendían y entraban en mi corazón, donde hurgaban y se alimentaban, y me dejaban confundido y fuera de juego.

Ella se volvió de nuevo hacia mí.

—¡No le metas ideas raras en la cabeza! —me advirtió y luego volvió a Rowan—. ¿Cuántos ojeadores han llamado? Y no te *atrevas* a mentirme.

El chico cruzó los brazos frente a su pecho, en una postura más adulta de lo que le correspondía, pero lo felicitaba por intentarlo. Mi gominola se había convertido en una pequeña bola de fuego justo frente a mis ojos, caminaba de un lado al otro, murmurando por lo bajo de un modo que sonaba como un siseo. Oí pequeños fragmentos de «No me lo puedo creer...» y «...después de todo lo que han hecho por ti», y también «...tirarlo todo por la borda...».

Finalmente, dejó de caminar y puso un dedo en el pecho de su hermano. Él se sobresaltó, pero se mantuvo firme. Hombres más débiles se hubieran desmoronado bajo su peso.

—Organizarás una reunión con tu entrenador y conmigo. Discutiremos tus opciones juntos. No puedo creerlo. ¡Es tu sueño!

Me acerqué a ella y coloqué mis manos en sus hombros. Se hundieron aliviados, o quizá por reflejo, pero tenía esperanzas de que fuera lo primero, que mi contacto lo provocara.

—¿Qué te parece si pedimos algo de comer y hablamos sobre esto? Me cuentas lo que te han dicho y quizá pueda darte algún consejo, ¿de acuerdo? —propuse.

El chico asintió y, sin decir una palabra, se dio la vuelta y entró en la pastelería. Por la ventana, pude ver que su hermana, Mary, estaba en la cola. Tenía algunas personas delante de ella, pero, si Dara estaba en el mostrador, tardaría un rato en llegar.

Genevieve se dio la vuelta y hundió su cara en mi pecho. Algo inesperado, pero no indeseado. Le rodeé los hombros con mis brazos y la sostuve en silencio durante un instante.

—Sé lo que está haciendo. —Sollozó y se secó una lágrima que amenazaba con caerle por la mejilla.

—¿Qué ocurre, gominola? —Me incliné hacia ella.

—Él cree que está haciéndome un favor, renunciando a su sueño para ayudarme. —Resopló—. Pero ¿es que no se da cuenta de que yo ya he renunciado al mío? No hay razón para que dos niños Harper pierdan todo lo que siempre han deseado y por lo que se han esforzado. No es justo. Ya he renunciado al mío... por él. —Señaló a la pastelería y a la cola donde estaban sus hermanos—. ¡Y por ella!

—Cariño —Le sequé las lágrimas—, ¿dónde están tus padres? Un chico como él necesita a su padre para que lo ponga en su lugar en este momento.

—¡Qué más quisiera! —Resopló. Frunció el ceño y, si era posible, pareció aún más triste.

—¿No están en la ecuación? —pregunté.

Sus ojos estaban completamente llenos de pena cuando su mirada encontró la mía.

—Nuestros padres murieron en un accidente de coche hace tres años. He estado cuidando sola de ellos desde entonces. Y ahora él hará lo mismo que yo y echará su sueño por la borda por alguna clase de retorcida estupidez de macho alfa en la que debes cuidar de los tuyos o algo así. —Las lágrimas corrieron por sus mejillas.

—Genevieve, lo siento. —Sequé las lágrimas lo mejor que pude—. No lo sabía.

Sí, tenía mucho que aprender de Genevieve Harper y, por primera vez, anhelaba el lado bueno y el malo de ello. Sosteniéndola contra mí, permitiéndole recomponerse en mis brazos, deseé ser el hombre que se asegurara de que nada malo le pasara. Porque con ella no veía más que una luz clara y radiante en lugares en los que en mi vida solo había habido penumbras.

# 7

## *Postura sobre la cabeza*

### *(En sánscrito:* Sirsasana*)*

*En yoga, la postura sobre la cabeza está considerada una asana de nivel intermedio o avanzado y puede llevar semanas, meses y hasta años perfeccionarla. Requiere de una increíble fuerza central sostener la postura correctamente, con los antebrazos y la coronilla apoyados y las piernas extendidas hacia el cielo. Las posturas invertidas promueven el flujo de sangre a la cabeza, lo que dicen que ayuda a mejorar la memoria y la contemplación, y a liberar la tensión y el estrés.*

## GENEVIEVE

Pena. Todos en la casa Harper nos evitamos los unos a los otros, no compartimos más que frialdad, mentones en alto y suspiros suaves mientras nos sentamos a cenar ese domingo por la noche. Había preparado su comida preferida, tacos de pavo. Incluso tuve el detalle de ir al jardín y recoger cilantro fresco del huerto de plantas aromáticas de nuestra madre. Al menos esa parte de ella aún seguía viva. Sus plantas. Ella amaba la jardinería. Lo único que pude mantener con vida fueron sus hierbas, porque solo las regaba con agua una vez al día, las mantenía alejadas del sol directo y ellas hacían lo demás. El resto del jardín, no tanto. Con mis horarios, no podía hacer mucho. Rowan cortaba el césped cada semana, así que estaba corto y verde, y los arbustos estaban en orden, de alguna manera. Ocasionalmente, él cortaba un poco el follaje más alto, pero no parecía un trabajo meticuloso como el que hacía mi madre. Sin embargo, creo que ella hubiera estado orgullosa de que al menos pudiéramos mantenerlo en buen estado tanto tiempo, a pesar de que careciera de la belleza y la gracia que le daban sus manos expertas de jardinera.

Serví la cena y cada uno se puso a mirar las paredes, los platos, pero no a los demás. En cuanto salimos de nuestro encuentro con Trent el viernes, las cosas empeoraron. Row y yo llevábamos peleándonos desde entonces. Él sentía que era su deber como hombre de la casa ayudar a proveer a la familia. Aunque estaba segura de que nuestro padre habría estado de acuerdo con eso, no quería que él se perdiera su infancia. Divertirse, ir a fiestas, ver a sus amigos. Ya le tocaba ayudar con Mary cuando en realidad no debería preocuparse por nada más que el béisbol y el instituto. Rowan no estaba de acuerdo, de ahí las peleas.

Además del mal ambiente que había en casa, Trent me había escrito dos veces para saber el día y la hora en que tendríamos nuestra cita. Finalmente, cedí y le dije que podíamos cenar el viernes siguiente. No le gustó tener que esperar toda una semana para invitarme a salir, algo que me pareció raro. ¿No tenía una horda de mujeres bien dispuestas esperándolo? Lo que había entre nosotros no era una relación. Él era libre de salir con quien quisiera. Yo no quería saber nada de eso. Jamás. Podía parecerme bien salir con un jugador de béisbol que quedaba con otras mujeres, pero no quería que me lo restregaran por la cara. También le dije que era importante para mí que nuestra cita fuera discreta. Lo último que necesitaba era que un *paparazzi* difundiera mentiras o insinuaciones sobre mí cuando tenía a dos niños jóvenes e impresionables a mi cargo.

Técnicamente, Row no era tan joven. Parecía un hombre adulto, pero yo lo conocía bien. Detrás de toda su bravuconería había un chico que había perdido a sus padres y que no quería que su hermana mayor se desviviera para atender sus necesidades.

Tenía que solucionar eso. Con delicadeza, coloqué mi mano sobre la de Rowan. Él se tensó de inmediato.

—Row... —Esperaba que me mirara a mí y no su plato lleno hasta el borde de tacos y arroz rojo mexicano—. Oye, hermano, mírame.

Rowan levantó la vista. El dolor que le había causado podía verse en las líneas de tensión que se le marcaban en la piel del entrecejo. Su expresión era triste, y esa simple mirada me atravesó el corazón como una flecha cargada de culpabilidad.

—Sé que quieres trabajar, ayudar a la familia, y, créeme, lo que haces ahora en casa y cómo me ayudas llevando a Mary al colegio y a sus clases de danza es más de lo que hace cualquiera de tus compañeros.

—No es suficiente, soy un hombre, Vivvie. Un hombre cuida de su familia. Es lo que nuestro padre habría querido. Es lo que yo quiero.

—No, tú quieres ser jugador de béisbol profesional y estás muy cerca de lograrlo. Llevas años esforzándote mucho.

Él resopló y posó su tenedor lleno de arroz.

—¿Y tú qué? Ya casi habías terminado tus estudios cuando tuviste que dejarlo y abandonar tu sueño para ocuparte de mí y de Mary. ¿Es justo que tú hayas renunciado a todo mientras que nosotros podemos vivir libres y perseguir nuestros sueños?

Cerré los ojos y me esforcé mucho por encontrar una razón que le hiciera ver que no valía la pena que ambos renunciáramos a la oportunidad de tener una vida increíble.

—Mi sueño no se ha perdido. Con el tiempo obtendré mi título de peluquería, luego trabajaré un tiempo y abriré mi propio salón. ¿Lo ves?, mi sueño sigue vivo. Solo lo he postergado. Y, cariño —le presioné la mano—, lo volvería a hacer sin pensarlo solo por verte jugar en la universidad. Cada partido al que puedo asistir significa mucho para mí. Prueba que, a pesar de que hayamos perdido a nuestros padres demasiado pronto, seguimos con vida. Estamos luchando y, ¿sabes qué, hermano?, a pesar de todo, soy feliz. Creo que tú y Mary lo sois también. ¿Me equivoco?

—Soy feliz, Vivvie. —Mary sacudió la cabeza—. Voy al mismo colegio, vivo en la misma casa y puedo ir a danza y a conciertos todo el tiempo.

—Y eres una bailarina preciosa. —Le sonreí a mi hermanita—. Algún día podrías convertirte en una bailarina profesional y actuar en un espectáculo de Broadway o algo así. Nunca se sabe. Es importante soñar. Más que eso, es vital perseguir los sueños. —Dirigí mi mirada a Row—. Quiero verte en el campo algún día, jugando profesionalmente. Peleando con el viejo Trent Fox.

Eso le llamó la atención a Rowan. Echó la cabeza para atrás y rio.

—Hombre, sí que sueñas a lo grande, Vivvie.

—Y tú también deberías hacerlo. Así que, ¿podríamos reconsiderarlo, por favor? —Sostuve su mano con fuerza, con la intención de reflejar la seriedad de lo que él estaba planteándose hacer, directamente desde mis chakras del corazón hacia los suyos. Enfoqué cada porción de mi amor y mi energía en ese esfuerzo.

—No prometo nada, pero organizaré una reunión con el entrenador —asintió él—. Y también le diré que espero jugar para el equipo de la Universidad de California en Berkeley o de la Universidad de California en Davis. Es lo más lejos de casa que estoy dispuesto a ir por ahora. Mary solo tendrá diez años cuando me gradúe. No puede tener a su hermano tan lejos. No, de ninguna manera.

Eso era justo. Aunque no era lo ideal. Yo esperaba que él estuviera abierto a ir adonde fuera que se encontrara el mejor equipo y con quien pagara toda la matrícula. Pero, si eso era lo que él quería, no veía forma de hacerlo cambiar de opinión. Al menos seguiría jugando.

—Gracias, Row. No te arrepentirás. —Tomé mi taco y le di un gran bocado. El queso, el pavo, el cilantro y el tomate, todo se fusionaba para formar la más exquisita explosión de sabores—. ¡Dios, amo los tacos!

Una ronda de «yo también» dio inicio a la conversación habitual del domingo acerca del colegio, el béisbol, el centro de yoga, nuestros amigos y vecinos. Incluso sin tener a nuestros padres allí, aún nos sentábamos alrededor de la mesa familiar y nos dedicábamos tiempo los unos a los otros, al igual que lo habíamos hecho toda la vida. Solo que ahora había dos sillas vacías. Cada domingo en la cena colocaba una vela frente a cada silla y las encendía, para que su luz brillara junto a nosotros.

## TRENT

Ella todavía no me había visto. Estaba en completo silencio mientras observaba la sala privada que se había convertido en mi guarida habitual desde la semana anterior, cuando comencé con las clases particulares. Genevieve solo levantó las piernas en una postura peligrosa, que hizo que mi miembro se pusiera duro como una roca y que se me hiciera la boca agua. ¡Demonios! Seguía en la postura. Su cuerpo estaba invertido, sus manos unidas detrás de la cabeza sosteniendo el cuello. Su coronilla estaba apoyada en el suelo y sus pies apuntaban al cielo. Probablemente la postura se llamara «lápiz» o algo así, pero para mí tenía más sentido «postura sobre la cabeza». No creía que nadie mayor de diez años tuviera la capacidad física de sostener su propio peso de ese modo.

En el pasillo, me quité los zapatos, los calcetines y la camiseta y los coloqué con cuidado junto a la entrada. Sin hacer ruido, cerré la puerta casi por completo y agradecí a Dios que las bisagras no rechinaran. No dejé que la puerta se cerrara, porque eso definitivamente la sacaría del estado de coma inducido por la meditación o yoga en el que se encontraba, y quería contemplarla un poco más.

Su trasero era redondeado y los músculos de cada uno de sus muslos y pantorrillas estaban tensos hacia donde sus refinados pies apuntaban.

El barniz de color rosa intenso de las uñas de sus pies combinaba con el de sus manos y con sus labios. ¡Dios! Esa mujer era un sueño húmedo personificado. Si no lograba llegar allí pronto —y por *allí* me refiero al lugar entre sus apretados muslos, hasta la tierra prometida— moriría con los huevos hinchados. No podía recordar la última vez que había estado dos semanas sin follar. No entendía cómo no me había frustrado y no me había dado un calambre en el cuello. Era un récord.

Condenada Genevieve Harper.

Sus piernas se movieron, abriéndose en forma de V, básicamente ofreciéndome su sexo. Mi pene prestó mucha atención, y oleadas de deseo me recorrieron el cuerpo para instalarse con pesadez en mis huevos. Hasta ahí. Ya no pude contenerme.

Me acerqué de una manera tan silenciosa que ella no me vio hasta que estuve lo suficientemente cerca como para sentir su aroma a limón. Sus piernas se tambalearon, pero, antes de que pudiera cerrarlas, apoyé mis manos ligeramente en cada uno de sus tobillos.

—Esta postura, gominola, ofrece grandes posibilidades. —Me relamí y observé sus piernas, abiertas para mí.

Sus extremidades se movieron bajo mis palmas cuando deslicé las manos desde sus tobillos abiertos hasta dentro, hacia su centro. Cuando llegué al interior de sus muslos, casi a quince centímetros de su sexo, ella comenzó a temblar.

—¿Qué estás haciendo? —Su voz sonó densa y temblorosa, pero no asustada.

Sus piernas volvieron a temblar cuando acerqué un poco más mis manos, todavía a unos diez centímetros de donde quería estar. Aun así, ella no intentó cerrarlas ni me pidió que no la tocara. Si algo podía decir, era que tenía a mi chica flexible intrigada.

—¿Puedes mantener esta postura mucho rato?

—Sí. —Su voz tuvo una vez más un tono sensual, que me habló a un nivel primitivo y físico, y que hizo que mi miembro se pusiera alerta de inmediato.

Gemí mientras acercaba mis manos a su sexo, hasta casi tocarlo. Sus músculos estaban tensos debajo de sus holgados pantalones de estilo hindú. Se ajustaban en los tobillos y eran del más fino algodón; tan fino que un rastro de tela oscura y húmeda resaltaba en el centro del lugar al que quería llegar.

—Eso está bien, cariño, porque lo vamos a poner a prueba enseguida.

Cogí el bloque de yoga que estaba junto a su esterilla, me senté sobre él, con las rodillas bien abiertas alrededor de ella, casi encerrando sus costillas. Mi erección estaba en la posición perfecta para su boca, si decidía hacerse cargo de ella. Y, por lo más sagrado, esperaba que lo hiciera. Los frágiles rincones de mi mente se desgarraron cuando el punto húmedo delante de mí se hizo aún más grande y el dulce aroma de su sexo llenó el aire a nuestro alrededor. Sin perder el tiempo, me acerqué e inhalé su excitación. Eso le llamó la atención.

—No sé si voy a poder mantener la postura.

—¿Qué puedo hacer para ayudarte? ¿Por qué no pones las rodillas en mis hombros para que aguanten el peso de tus piernas? Pero primero... —Llevé mis dedos entre sus piernas, agarré la débil tela y abrí un agujero justo en el centro. Sus labios rosados brillaron bajo la luz cenital y yo empujé mis caderas al contemplar esa humedad y no querer otra cosa que entrar allí.

—Pon las rodillas en mis hombros, cariño.

Genevieve cerró las piernas y escondió el paraíso entre sus muslos durante un momento; un momento demasiado largo en mi opinión. Se me hizo la boca agua, la esencia de su excitación me provocaba. Luego flexionó las rodillas y se acercó, de modo que siguieran separadas, pero yo estaba soportando el peso sobre mis hombros. Eso me pareció bien. Colocó su sexo mojado justo frente a mi boca. Exactamente donde lo quería.

—¿Estás mejor, gominola?

—No, aún no. No puedo pensar con claridad, pero creo que eso tiene más que ver con el lugar en el que está tu cabeza.

—Bueno, prepárate para perder la cabeza, porque, cariño, te voy a hacer mía de un modo en que nunca lo he hecho con una mujer.

Ella tembló. Aferré un muslo con una mano y con la otra sujeté su cintura para mantenerla firme. Imaginaba que no podría mantener esa postura mucho tiempo, pero no esperaba tardar más que unos minutos. De todas formas, necesitaba darle la opción de liberarse de la postura.

—Dime que no y no lo haré. Contaré hasta tres. Si no dices que no, te voy a chupar hasta que te corras en mi lengua.

Gimió y sus piernas se apretaron contra mi cabeza. Las aferré mientras ella ajustaba su postura.

—Bájate los pantalones —ordenó.

Mi pequeña cabeza casi estalla cuando pensé en esos labios acaramelados alrededor de mi verga.

Hice lo que dijo. De inmediato, ella lamió la punta y, con esa simple caricia de su lengua, perdí la razón.

—Tres —anuncié sin contar y sumergí mi cabeza entre sus muslos. Su sabor único era dulce y especiado, como un rollo de canela. Delicioso. Estiré mi lengua, me acerqué para que mi miembro penetrara en su boca y me entregué por completo a su jugoso sexo.

Sus gemidos llenaron la habitación mientras lamía, succionaba y arremolinaba mi lengua en su clítoris. Caray, realmente era una ventaja estar con una mujer tan flexible. Llegó un punto en que abrió las piernas por completo y yo enterré mi lengua dentro de ella, más adentro de lo que había estado jamás en una mujer. Ese acto me hinchó el ego en enormes proporciones. Sostuve sus caderas para aliviarle cualquier presión que pudiera tener en el cuello.

—Levántame. Me sostendré con los brazos. Podré chupártela mejor así.

Jadeó cuando devoré su clítoris, succionándolo con fuerza y mordisqueándolo con mis dientes. Su cuerpo tembló bajo mis maniobras.

—¡Ay, Dios! Por favor, Trent. Ahora.

—Será un placer, gominola. —Sostuve su peso, aunque apenas pesaba. Ella levantó la cabeza del suelo y apoyó las manos en la esterilla.

Eso hizo que su cuerpo se elevara, así que me levanté sobre mis rodillas. Mi muslo se resintió ligeramente, pero ese era un ejercicio que mi pierna necesitaba sin duda.

En el instante en que la tuve sobre mí, prácticamente suspendida, ella chupó mi pene hasta el fondo. Fue lo mejor, se sirvió de mí como si fuera su última cena, como si estuviera hambrienta, y succionó, y movió la lengua a un lado y al otro. Mis testículos se tensaron, se elevaron y la presión de un orgasmo inminente punzó en la parte baja de mi espalda y me recorrió la columna.

—Me voy a correr. No quiero que te ahogues —dije con la boca llena de su dulce sexo. Introduje un dedo dentro de ella y lo moví.

—Yo también. —Su cuerpo se tensó—. Siéntate y luego recuéstate con las rodillas levantadas. Me apoyaré en ti.

Sin querer abandonar la miel entre sus piernas, gruñí, pero supuse que ella era la que había estado de cabeza y probablemente necesitaba estar erguida. Error. En el instante en que me recosté, ella volvió a elevar las piernas a la postura del lápiz antes de bajarlas lentamente, hasta que sus pies se apoyaron en la estera junto a mi cabeza. Fue como ver un espectáculo acrobático en cámara lenta. No le quitaba ojo al premio cuando bajó su mitad superior y se apoyó sobre mi cuerpo erecto. En ese momento me premió con su sexo justo frente a mi cara.

Le agarré las caderas con dedos firmes.

—¡Eres increíble! —Y la impulsé hacia mi boca.

—¡Ay, por Dios...! —dijo mientras tenía mi cara inmovilizada.

Me encantó cada segundo de su liberación sexual. Luego, mientras su cuerpo temblaba, devoró mi miembro furioso, pero esta vez lo llevó mucho más al fondo de su boca. Mucho más. Una vez que tocó su garganta, presionó un poco, pero pude sentir su espasmo y sus arcadas.

Así que eso fue lo que hice. Tomé ese dulce fruto, separé sus nalgas y la devoré como si estuviera comiendo mi cena de Acción de Gracias. Con una succión constante y con dos dedos presionando en el interior de su estrecha vagina caliente, donde toqué esa joya escondida, su cuerpo se arqueó. Sus caderas se sacudieron hacia abajo y tomó el control de su placer, llegando al éxtasis mientras yo la tocaba y ella se encargaba de mí de paso. Los apasionados sonidos de su orgasmo eran apagados, pues tenía la boca llena con mi pene. Cuando su cuerpo se tensó, preparado para la descarga, casi muero y voy al cielo. Presionó sus labios en la cabeza de mi miembro y lo apretó con pericia. Finalmente, gimió y una increíble rigidez se extendió por mis entrañas y salió por mi pene cuando me corrí en su garganta. Ella lo tomó todo, se tragó cada gota como si estuviera muerta de sed.

Cuando ambos acabamos, ella giró sobre mí, como si fuera la acróbata estrella del Cirque du Soleil. Estuvo brillante.

—¡Santo cielo! Eso ha estado... Guau... —Genevieve jadeó contra mi pecho, con su cabeza sobre mi corazón palpitante.

—Diría que increíblemente divertido. ¿Lo habías hecho antes?

—No. —Negó con la cabeza—. Pero siempre he querido aventurarme más con el yoga. Mi amigo Dash da las clases de tantra y lo he asistido cuando su compañera habitual no ha podido. Las cosas que hacen allí... —Volvió a negar con la cabeza—. «¡Guau!» no alcanza a describirlas.

—Apúntanos —dije en tono definitivo. ¿Más posturas sensuales de yoga que me permitieran saborear a Genevieve? Me apuntaba sin pensarlo.

Genevieve soltó una risita contra mi pecho. Sus mejillas eran de un suave color rosado y su pintalabios estaba corrido.

—Ven aquí, gominola. Déjame saborearte los labios. Quiero sentir mi sabor en ti.

Sus ojos negros se oscurecieron aún más, teñidos de lujuria. La sujeté por el cuello y la acerqué a mis labios. Primero aferré su labio interior en mi boca y lamí todo su dulzor junto con un rastro salado que no había notado allí en las otras ocasiones. Ese era yo. Sal y sudor. Mis dos sabores preferidos fusionados.

Nos besamos suavemente unos minutos, tocándonos de manera íntima. Era la primera vez que pasaba tiempo solo tocando y besando a una mujer, sin más motivación que llegar a conocerla. Lo que le gustaba, los sonidos que hacía cuando acariciaba un punto particularmente sensible era un misterio que quería resolver. La forma en que suspiró cuando pasé mi lengua entre sus pechos, el paraíso. En poco tiempo, comenzó a hacerse tarde y oímos pasos por el pasillo. Genevieve levantó la vista hacia la puerta.

—¡Por Dios! Hemos hecho todo eso y la puerta ni siquiera estaba cerrada del todo. —Su cara se puso de un color rojo intenso que pareció increíble en su piel blanca.

—Relájate. Ni siquiera tenía una rendija abierta, pero estoy de acuerdo, por poco. —Reí ligeramente.

Ella me golpeó el pecho, se levantó de un salto e intentó acomodarse los pantalones. Luego se acercó a su bolso en una esquina, sacó unas mallas y dejó caer los pantalones que estaba usando. Tuve la más bonita visión de su cuerpo a medio vestir. Sus piernas eran largas para su tamaño y estaban musculadas. La mata de pelo rubio entre sus muslos era una pulcra pista de aterrizaje que con gusto recorrería con mi lengua. Se enfundó las mallas demasiado rápido. Resoplé, me levanté los pantalones sobre mi semierección y me puse de pie.

Por alguna razón, en el tiempo que tardó en ponerse las mallas y guardar los pantalones en el bolso, se volvió tímida. Sus hombros se curvaron, se acarició el pelo repetidamente y lo miró todo menos a mí. Supuse que debía de estar haciendo control de daños, así que me acerqué cojeando al lugar donde estaba arreglando sus cosas. Llevé una mano a su nuca.

—Genevieve, cariño, no hay palabras para describir esta experiencia. La recordaré durante el resto de mi vida.

Ella me miró a los ojos, sus facciones parecieron temerosas, cubiertas con una ansiedad que no habían tenido antes. Una que francamente no comprendía. ¿Se estaba arrepintiendo de lo que habíamos hecho?

—¿Estás bien? —le pregunté y rodeé sus mejillas con ambas manos. Ella asintió.

—Di algo, gominola —dije y negué con la cabeza.

—Ha sido salvaje. —Genevieve echó un vistazo a la puerta—. Nunca he hecho nada así. No sabía que podía hacerlo. Sacas una parte de mí... Una parte salvaje que me hace perder el control. No debimos haber hecho esto aquí.

—Lo entiendo y tienes razón. —Me acerqué y apoyé mi frente en la de ella—. Nos dejamos llevar por el momento. Ha sido salvaje, pero nada de lo que hemos hecho ha estado mal. Solo ha sido el lugar equivocado. La próxima vez lo haremos en otro sitio más íntimo.

—¿La próxima vez? —Su voz tenía un ligero temblor.

—¡Oh, claro! Habrá una próxima vez, gominola. ¿Crees que puedo probar esa dulzura entre tus piernas y no querer repetir?

—Trent, dices unas cosas... —Suspiró y se apoyó contra mi mano.

¡Ah! Me gustaba eso. Mimosa, como una gatita. Hizo que me preguntara de qué otras formas podía hacerla ronronear.

Besé sus labios con suavidad, una, dos, tres veces, antes de alejarme y dejarla ir. Tuve que hacerlo, de lo contrario la habría empujado contra la pared y la habría poseído de una forma completamente nueva.

—Viernes, tú y yo. Cena. Luego a mi casa. Organízate para pasar la noche.

—No puedo. —Sus ojos se agrandaron y negó con la cabeza.

—¿Por qué demonios no puedes? —pregunté con el ceño fruncido—. Eres una mujer adulta.

—Sí, con dos niños a mi cargo —sentenció.

—Espera un minuto. ¿Eres la única responsable de tus hermanos? —No había notado cuánto peso recaía en ella realmente.

—Sí. —Sus hombros se desplomaron—. Y cuentan con que vuelva a casa cada noche.

—¿No tienes abuelos, tíos o tías que puedan ayudarte? —Suspiré y apreté los dientes. A juzgar por la expresión de amargura en su cara, estaba por apretarme los testículos, y no de una forma positiva.

—¡Qué huevos tienes! —Presionó un dedo contra mi pecho.

¡Ay! Ahora sabía cómo se había sentido su hermano el día anterior.

—Lo único que te preocupa es acostarte conmigo. Bueno, pues yo no soy una mujer cualquiera sin equipaje, como las seguidoras que te llevas a la cama. Tengo responsabilidades, personas que cuentan conmigo para que esté allí cuando pongan la cabeza en la almohada. Si no entiendes eso, allí está la puerta. —La señaló—. Siéntete libre de salir por ella.

—Gominola, lo siento. No conocía toda la historia.

—Bueno, quizá deberías preguntar antes de asumir que puedes llevarme a tu cama.

Tenía razón, pero yo también. Habíamos pasado la hora anterior haciéndonos cosas el uno al otro que sabía que nunca podría repetir con otro ser, y ese pensamiento me entristeció como el demonio. Mi corazón se comprimió de manera incómoda. Cualquier hombre asumiría que la mujer con la que lo había hecho querría repetirlo, solo que en posición horizontal, con mucha menos ropa, y preferentemente en una cama, no en el suelo duro de un estudio de yoga. Había sido demencialmente ardiente y no había bromeado al decir que nunca lo olvidaría. Esa escena estaba marcada en los más profundos recovecos de mi mente, donde podría recrearla a mi antojo.

—Genevieve, lo siento. No debí haber asumido nada. ¿Qué te parece si salimos mañana como habíamos planeado? Podremos hablar. Me contarás todo sobre ti y yo te contaré todo sobre mí. Comenzaremos de nuevo —dije, sin creer que esas palabras estuvieran saliendo de mi boca. Parecía un caso de posesión. Estaba diciendo las cosas correctas, y realmente las decía en serio, pero al Trent Fox que siempre había sido no le habría importado. Nada. Esta versión de mí estaba sencillamente humillándose frente a la profesora de yoga.

Debía de ser culpa de aquel increíble sexo.

# 8

## *Chakra raíz*

*La raíz de nuestro ser está fuertemente influida por nuestra energía*
*sexual. Una pareja guiada por sus deseos básicos está motivada*
*por el disfrute mutuo.*

## GENEVIEVE

Había accedido a comenzar de nuevo con Trent, algo sorprendente. Claro que era guapo, tenía un cuerpo maravilloso, era divertido, me decía palabras bonitas, como «gominola» y «cariño», pero era algo más que eso. Me hacía sentir cosas, más de las que había sentido con mi exnovio, Brian, y con él había creído que me casaría.

Debía de ser culpa de aquel increíble sexo.

Lo que habíamos experimentado en el estudio unos días atrás estaba sacado del Kamasutra del yoga. Lo busqué. No podía creer que hubiera mantenido esa postura tanto tiempo. Pero, nuevamente, que él aguantara mis piernas y me sostuviera como lo hizo ayudó. De todas formas, había accedido a mi poder de diosa sexual superfemenina que seguramente había tenido reprimida. Recordar su boca sobre mí hizo que me recorrieran escalofríos por las extremidades.

Suspiré y me abotoné la chaqueta de pana. El aire era fresco en el mes de octubre. La zona de la bahía no tenía fama de ser fría. Ninguna zona de California lo era, pero la bahía era mucho más fría que el valle. Los residentes del valle aún vestían pantalones cortos y camisetas sin mangas, pero en Berkeley nos llegaba la brisa del océano Pacífico.

Para verme el calzado, separé el pie hacia un costado. Me encantaban las botas altas y los vaqueros ajustados. Me hacían parecer más alta y, con un metro sesenta, cualquier centímetro extra era bien recibido. Sobre todo cuando tenía una cita con un hombre que medía casi un metro noventa. ¿Qué veía Trent en mí? Ni idea. Sabía que me veían guapa. Me habían confundido con Gwen Stefani algunas veces, y ella era muy guapa, aunque me doblaba la edad. Me dejé el pelo suelto, al recordar cómo Trent lo había deshecho de mi recogido habitual cuando me había besado esa semana. Voló detrás de mí al ponerme de cara al viento.

Esperé a que Trent llegara frente al estudio. No se había presentado a la clase de ese día porque tenía una reunión de negocios con su agente.

—¡Oye, Viv! —Dara corrió hacia mí, con su delantal de trabajo en la pastelería aún atado a la cintura.

Me rodeó con sus brazos y me abrazó con fuerza. Su cuerpo era cálido y olía a azúcar glas. Una de las ventajas de trabajar en una pastelería: siempre olía como los bollos y el pan que elaboraban.

—¿Qué haces aquí, en mitad de la calle, tan sexi?

Sonreí, moví los pies y aparté la vista hacia la calle bulliciosa. Era temprano y los residentes de la zona estaban yendo a sus lugares preferidos, tales como la pastelería, el café o el estanco, o corriendo para llegar a sus clases de yoga.

—Estoy esperando que mi cita pase a recogerme.

—¡Ah! Bien. —Los ojos de Dara se agrandaron—. ¿Y es alguien alto, como si fuera... realmente alto? —Puso su brazo por encima de su cabeza.

Sonreí y asentí.

—¿Y tiene el pelo espeso y castaño? —Arqueó una ceja.

—Tal vez. —Me mordí el labio inferior y una oleada de calor me recorrió las mejillas.

—¿Y puede que sea el jugador de béisbol más sexi del mundo, con un mentón anguloso, ojos sensuales de color avellana y un cuerpo que hace babear?

—¡Ajá! —Solté una carcajada. Dara se acercó y me golpeó en el brazo.

—¡Eres la peor! Tenía pensado tirarle los tejos. Es superapetecible. Buen punto. —Sus ojos centelleaban.

¿Qué más podía decir una chica? Ella no se equivocaba.

—Lo sé. —Me abracé a mí misma cuando un Maserati plateado pasó por delante y aparcó en la zona de carga y descarga. Un hombre duro de verdad.

Trent bajó del coche lentamente. Sus piernas eran largas y estaban enfundadas en unos vaqueros oscuros. Vestía una camisa entallada que resaltaba sus músculos como una segunda piel. Rayos, Trent Fox parecía sacado de un catálogo de deportistas buenazos. Cojeó hacia mí, pero su cojeo era un poco menos pronunciado. O bien tenía un buen día, o el yoga lo estaba ayudando. Esperaba que fuera lo segundo.

—Gominola... —Se inclinó justo delante de mí, hasta estar a mi altura, me rodeó el cuello con una mano, me levantó el mentón y me dio un beso suave—. Te he echado de menos hoy, cariño.

—¡Caray! —dijo Dara por lo bajo, pero lo suficientemente fuerte como para que ambos lo oyéramos.

Trent saludó de manera muy cordial moviendo el mentón.

—Dara, ¿cómo estás, preciosa?

Me ericé al oírlo decirle «preciosa». Cuando la primera punzada de celos me llegó a los nervios, me maldije. ¡Dios! Luna y Amber tenían razón. Llevaba demasiado tiempo fuera de juego.

—No tan bien como vosotros dos, por lo que veo. Vuestras auras brillan tanto que me dejan ciega. ¡Guau! Os vais a divertir con eso. —Sus labios se curvaron en una mueca.

—¿Con qué? —preguntó Trent.

No mucha gente sabía que la especialista en meditación de La Casa del Loto también leía auras. Y sus lecturas nunca fallaban.

—La diversión de esta noche. Uno con el otro. —Nos señaló a ambos y negó con la cabeza—. Vuestras auras arden en llamas rojas. —Se sacudió una mano frente a la cara como si le hubiera llegado una llamarada a la suya.

—¿Está chiflada? —Trent deslizó sus manos por mis caderas y me acercó a él. Yo solté una risita.

—Sí, y nunca se equivoca con sus lecturas. —Aunque no hacía falta ser muy listo para saber que la pasión bullía entre Trent y yo. Era como una corriente eléctrica que se activaba en el momento en que su mano tocaba mi cuello y sus labios rozaban un instante los míos.

—Me ha gustado verte, preciosa —le dijo Trent a Dara—. Te pasaré a ver la próxima semana para un par de pastelitos, ¿vale?

—Claro, guapo —respondió ella—. Adiós, Viv. Diviértete. —Sacudió los dedos y movió las cejas.

¿Yo? Yo estaba atónita. Él la había llamado «preciosa» y ella lo había llamado «guapo». A mí ni siquiera se me había ocurrido un apodo creativo para él y allí estaba ella, con uno apropiado. Y bueno. Hice un mohín.

—¿Y qué significa esa aura roja? —Trent volvió a acercarse a mí y frotó su frente contra la mía.

Sonreí y levanté la vista para poder verle mejor los ojos. Bajo la luz eran más de un color verde intenso que avellana.

—Significa pasión, amor, hambre, inmediatez, energía acumulada, cosas así. —Mi voz había adquirido un tono más bajo y seductor. Él gimió.

—Entonces esa chica tiene un don, gominola. Al verte con ese atuendo, ese pintalabios rojo brillante cubriendo tus labios tan besables, estaba pensando en muchas de esas cosas.

No pude contener una gran sonrisa, froté mi nariz con la suya y le dije exactamente lo que pensaba: «Yo también». Él bajó su mano por mi brazo y apretó.

—Si no vamos a cenar pronto, acabaré comiéndote a ti. —Al abrir la puerta, se acomodó la bragueta con descaro.

Contuve la risa que me amenazaba. Todo en ese hombre me hacía sentir ligera, aniñada e importante... Deseada. Había pasado mucho tiempo desde la última vez que me permití disfrutar del afecto del sexo opuesto, y, ahora que lo estaba haciendo, las compuertas se habían abierto y todo mi cuerpo estaba inundado de sensaciones. Un calor físico palpitó entre mis piernas, debajo de mi vientre, en mi pecho, mi cuello y por cada uno de mis brazos, hasta las puntas de mis dedos. Estaba encendida, cargada para lo que fuera. Un simple toque, aunque fuera mínimo, podría encenderme. Nunca me había sentido tan viva.

## TRENT

Genevieve estuvo en silencio en el coche camino al restaurante. Estaba llevándola al que había en el piso superior de mi edificio. Tenía un salón al aire libre que yo frecuentaba con regularidad. Conocía a las personas de ese lugar y tenía una reserva para el viernes por la noche. La comida era buena; el ambiente, informal, y la vista era espléndida. Sospechaba que Genevieve no era una mujer a la que hubieran invitado muchas veces a cenar.

Nos detuvimos en el servicio de aparcacoches del edificio de veinticuatro plantas en el centro de Oakland, justo al este del distrito comercial. Mi apartamento estaba ubicado en el piso veinte y tenía una gran vista del lago Merritt, pero no pensaba contarle eso. Creería que estaba pensando en llevármela a la cama. Lo que, para ser sinceros, era bastante cierto. No había tenido a una mujer en mi cama en dos semanas. Claro que había podido saborear a la dulce Genevieve, y cada porción de ella era suculenta. Pero quería más. Mucho más.

—Espera aquí —indiqué.

Con las curvas de mi coche como apoyo, lo rodeé tan rápido como mi pierna lesionada me lo permitió y le abrí la puerta. La sonrisa en su cara cuando levantó la vista y bajó una bota al asfalto valió el esfuerzo. ¡Dios! Tenía la cara más exquisita que había visto jamás. Su piel brillaba como si estuviera tallada en marfil. El rojo de sus labios sobre su piel perfecta hacía que algo en mi corazón se tensara, al igual que algo en mis pantalones.

—¿Has estado aquí antes? —pregunté.

—No. —Negó con la cabeza—. No suelo pasar mucho tiempo en Oakland. Aunque suene raro, siempre estoy en Berkeley. Trabajo allí, mis amigos viven allí y mis hermanos van al instituto allí. —Se encogió de hombros—. En realidad no he tenido muchas razones para volar.

—¿Ningún partido de béisbol?

—No he asistido a un partido profesional en años —respondió con una sonrisa—. El último fue cuando mi padre nos llevó a Rowan y a mí. Yo tenía su edad entonces, dieciséis. Él tenía ocho. Apoyábamos a los Ports, por cierto. —Su sonrisa se volvió tímidamente burlona.

—¿De verdad? —La guie por las escaleras hacia donde el portero sostenía la puerta.

—Sí.

—Bueno, entonces habrá que conseguirte un asiento en la tribuna en uno de mis partidos, ¿no te parece?

Todo mi cuerpo se tensó cuando ella se detuvo en seco. Levantó la vista y pareció analizar cada centímetro de mi rostro al mirarme.

—Trent, no digas cosas que de verdad no pienses, ¿de acuerdo?

Sus palabras fueron un susurro, pero el golpe emocional que cargaban me dio justo en las entrañas.

—Gominola, yo...

—No te preocupes. —Sacudió la mano y caminó hacia el ascensor, conmigo pisándole los talones—. Es solo que no quiero involucrarme.

—¿Y si yo quiero que te involucres? —Una vez más, como un estúpido, fruncí el ceño y respondí sin un maldito filtro. Genevieve se volvió rápidamente.

—En serio, ambos sabemos lo que es esto. No lo hagamos más grande.

Entramos en el ascensor.

—Con tu infinita sabiduría yogui, ¿qué dirías que es esto? —Me acerqué a ella.

Ella retrocedió hasta que la acorralé. Sin poder contenerme, me apreté contra ella. Jadeó cuando mi cuerpo en toda su extensión entró en contacto con el suyo.

—Diversión. Casual. Tal vez algo más. —Habló en ese tono bajo y sensual que llenaba mi mente con puros pensamientos de penetrarla hasta hacerle perder la razón.

Mientras intentaba controlar mi deseo, pasé mi nariz sobre la suya, y luego bajé por su cuello. Inhalé el aroma dulce y especiado que escondía y la besé justo ahí. Ella suspiró y se derritió contra mí.

Gruñí contra su piel cálida y bajé besándole el cuello.

—¿Casual? Tal vez. —Beso—. ¿Diversión? Definitivamente. —Beso—. ¿Más? Absolutamente. —Y luego llevé mis labios a los suyos y reclamé su boca.

Se abrió a mi lengua penetrante, colaborando de manera inmediata. Salvaje, intrépida, apasionada.

Nos besamos sin pensar si alguien había subido o bajado del ascensor. De pronto, las puertas se abrieron y alguien se aclaró la garganta. Sentí deseos de darle un golpe al hombre que sostenía la puerta cuando me separé de sus labios cubiertos de azúcar.

—Creo que este es su piso.

Reconocí al anfitrión del restaurante y él tuvo la decencia de bajar la vista.

—¿Los servicios? —preguntó Genevieve de inmediato mientras se limpiaba los labios irritados.

Quedó un rastro sexi de nuestro beso y, por Dios que, para el final de la noche, esperaba tener ese color rojo manzana por todo mi cuerpo en lugar del suyo.

El anfitrión le enseñó el camino y preparó nuestra mesa. Cuando ella volvió al cabo de un rato, sus labios estaban perfectamente rojos y brillantes. Genevieve era la mujer de los sueños de cualquier hombre. Su pelo estaba otra vez en su sitio y le caía en suaves ondas sobre los hombros.

—Eres preciosa —dije al instante. Ella chasqueó la lengua una vez antes de responder.

—¿Como Dara, quieres decir? —Hizo un mohín con sus hermosos labios. Cerré los ojos al reírme.

—No pensaba que fueras celosa, gominola.

—No lo soy. Pero cuando el hombre con el que tienes una cita te llama «preciosa» después de habérselo dicho también a la amiga que acabas de ver en la calle, el piropo pierde fuerza.

—Tomo nota. —La guie a mi mesa habitual con una mano en la parte baja de su espalda.

¡Dios! Además de rápida, esa mujer, era un desafío. Y yo estaba absolutamente dispuesto a aceptarlo.

Una vez que nos sentamos, pedí una cerveza para mí y un Cosmopolitan para ella y comencé con las preguntas. Hasta entonces, mi *modus operandi* era conocer a una chica, beber algo juntos y luego penetrarla hasta que ninguno de los dos pudiera caminar. Con Genevieve, estaba realmente interesado en saber más de ella.

—Por favor, explícame la situación con tus hermanos. ¿Cómo es que eres la única responsable de ellos?

Genevieve tomó un trago de su bebida. Al verla rodear el borde azucarado con esos labios rojos rubí, mi pene palpitó dolorosamente en mis vaqueros.

—Mis abuelos murieron. Ambos, mi madre y mi padre, eran niños cuando sucedió. No tengo tías o tíos en el sentido convencional. Tengo a mi vecina, Amber, que es también mi mejor amiga, y a sus abuelos, que ayudan cuando pueden, pero Amber es estudiante a tiempo completo. Y cuando digo «tiempo completo», no me refiero a doce créditos. Me refiero a dieciocho. Estudia Medicina.

Asentí, enfocado en la forma en que hablaba, lo que estaba diciendo y los movimientos de sus manos. Era grácil y directa, todo era libre y sencillo con Genevieve. Hacer una pregunta y que ella la respondiera. Sin juegos. Sin estupideces. Sin intentar meterse en mis pantalones. Esto último me jodía bastante. La mujer no tenía dobles intenciones. No iba detrás del dinero ni buscaba aprovecharse de mi éxito, tampoco parecía la clase de chica que se sentaría como un trofeo en los brazos de un hombre, aunque era lo suficientemente atractiva. La mujer desafiaba todo lo que sabía de las mujeres.

—Así que has dicho que querías ser peluquera. Y eso no sucedió porque...

La tristeza atravesó sus facciones y de inmediato deseé retirar la pregunta para salvarla de la evidente pena que apareció en su cara y del peso en sus hombros.

Apartó la vista hacia el lago, que en realidad era una laguna artificial.

—Mis padres tuvieron el accidente cuando me faltaban pocos meses para sacarme el título. Cuando quise retomar mis estudios, había perdido mucho tiempo. Tendría que repetir el semestre y no podía permitírmelo.

—¿Tus padres no te han dejado una herencia?

—Sí —resopló—. Pero la casa en la que vivo es antigua, bonita y cuesta muchísimo dinero. El dinero que teníamos cubrió la hipoteca, pero no los impuestos de la propiedad ni lo que cuesta mantener la casa. Vendí los coches de mis padres para pagar los impuestos de los últimos años y he estado trabajando tanto como he podido para pagar lo demás: los suministros, comprar comida para los tres, el equipamiento de béisbol para Row, maillots de danza y clases de baile para Mary. —Escondió los ojos, con la vista baja o apartada—. Simplemente no quedó nada. Alguien tenía que trabajar y mantener las cosas a flote. Así que enseño yoga y corto el pelo en mi garaje para ganar dinero extra.

Pensar en ella trabajando hasta el agotamiento para cuidar de sus hermanos y de su hogar me enfadó y me sorprendió a partes iguales. Aquella mujer era increíble. Renunció a su sueño para cuidar de su familia, trabajaba sin descanso y, a pesar de todo, parecía una de las personas más felices que conocía. No entendía de dónde sacaba las fuerzas sin quejarse. Todas las mujeres que había conocido hasta entonces, a excepción de mi madre, eran de la clase: «Sálvame, Trent, paga mis cuentas y hazme regalos». Genevieve no había pedido nada. Incluso había intentado evitar salir conmigo.

—¿Las personas con dinero te hacen sentir incómoda? —pregunté de la nada. La pregunta pesaba sobre mí.

Ella arrugó la nariz de esa forma adorable que me gustaba, con una mezcla entre disgusto y confusión.

—No. ¿Qué te hace pensar eso?

—Nada. —Me encogí de hombros—. Pareces muy segura y no te impresionan las mismas cosas que a otras mujeres que he conocido.

—¿Te refieres a tu coche caro o a tu carrera profesional? —preguntó entre risas.

—Algo así. —Sonreí e incliné la cabeza.

—El dinero es solo dinero. —Negó con la cabeza—. Antes de que mis padres murieran, podría decirse que nos iba bien. Nuestra casa cuesta mucho dinero. No tanto como el de un contrato de béisbol... —Guiñó un ojo—. Pero mi padre era un abogado importante. Murieron jóvenes, solo tenían cuarenta años, así que no habían llegado a ganar lo que esperaban para sus vidas.

—¿Tus padres tenían solo cuarenta años?

—Sí, me tuvieron muy jóvenes. —Una sonrisa triste le atravesó la cara—. Con diecinueve años, apenas habían terminado el instituto. Eran dos adolescentes enamorados. Luego esperaron hasta que mi padre se graduó en la escuela de Derecho y se convirtió en abogado. Después tuvieron a Rowan, y Mary fue una sorpresa. Mi madre la llamaba «el regalo». Decía que no planeaban tener más niños, pero se emocionaron cuando descubrieron que estaba embarazada otra vez.

Mientras reía, hice las cuentas.

—Al parecer, tenían un plan de ocho años. Cada ocho años, tuvieron un hijo.

—Cierto. —La mirada de Genevieve se animó—. Supongo que tenían un patrón. ¿Qué hay de ti? ¿Tienes hermanos?

—*Nop* —respondí y negué con la cabeza—. Mis padres querían una casa llena de niños. Me tuvieron a mí, y luego, cuando intentaron tener otro hijo, a mi madre le hicieron alguna clase de prueba que mostró que tenía los primeros indicios de un cáncer cervical. Tenían la opción de intentar salvar el útero, pero mi padre estaba decidido a que se lo extrajeran. Juntos decidieron que lo mejor era una histerectomía. La madre de mi madre murió de cáncer cervical y prefirieron no arriesgarse. Me tenían a mí y ya eran felices.

Genevieve me escuchaba con atención, con los codos sobre la mesa y el mentón apoyado en las palmas de las manos. Parecía estar totalmente concentrada en mí y en la conversación. Estaba claro que no era como las fans que solía conocer en el ambiente del béisbol. Ni siquiera parecía de la misma estratosfera.

—Tus padres tomaron una decisión inteligente. Probablemente, así se aseguró una vida más larga. Háblame de ellos.

Jamás una mujer había preguntado por mis padres. Sin duda, Genevieve Harper era única. Tenía la voz dulce, era una bomba sexual y, sin lugar a dudas, la mujer más devastadoramente hermosa que había conocido. Tenerla cerca era como estar sentado frente a una fogata durante un día frío en la bahía. Era cálido, tentador, con toda la comodidad del hogar. ¿Qué demonios significaba eso para el futuro? No tenía ni idea.

# 9

## *Postura del camello*

*(En sánscrito:* Ustrasana*)*

*Se considera que esta postura es de un nivel intermedio. Aunque es
beneficiosa para aliviar el dolor de espalda, la ansiedad y la fatiga,
debe prepararse el cuerpo para entrar en una postura que abre el pecho
con intensidad. Arrodillado con las piernas separadas el ancho de las
caderas, arquéate hacia atrás desde la cintura, desplegando el pecho hacia
el frente, antes de llevar los brazos hacia atrás para apoyarlos sobre los
talones, y luego permite que el cuello descanse suavemente hacia atrás.
También abre el chakra del corazón.*

## TRENT

Habíamos pedido nuestra comida y el camarero nos trajo los platos.
Yo pedí el filete, con patatas rojas asadas y verduras. Genevieve pidió el plato menos caro del menú: unos simples espaguetis con una
suave salsa roja con pollo. Sin ensalada, sin sopa, y no había probado el pan que nos habían traído, mientras que yo había tenido que

pedir otra cesta. La mujer tenía curvas y definitivamente se comió la pasta cuando se la trajeron, pero en las dos ocasiones en que había invitado a una fan a cenar allí, habían ordenado la langosta más cara o gambas, vino elegante, con ensalada y sopa, que luego apenas tocaron. Me volvía loco. Cuando las invité a mi apartamento, no tuve ningún problema en llevarlas a la cama y echarlas de mi casa después.

Entendía a las fans. Me usaban. Yo las usaba. Ambos obteníamos lo que queríamos del trato. Siendo honesto, no sabía cómo demonios actuar muchas veces con Genevieve. Me tenía fuera de juego, hasta el punto en que ya ni siquiera sabía dónde estaba la pista o cómo había conseguido controlar mis pasos para marcar algún punto.

Como con todas las cosas de las que no sabía mucho, había decidido dejar que las cosas fluyeran e improvisar.

—Mis padres son geniales, increíbles de verdad. Mi padre es dueño de Mecánica Fox, que pertenecía a mi abuelo y donde él aún trabaja hasta el día de hoy. No hace mucho, ya que tiene más de setenta años, pero se ocupa de los automóviles más antiguos, pasa tiempo con mi padre y recibe a los clientes. Mi padre tomó las riendas del negocio hace años, pero el abuelo aún recibe su paga. Mis dos abuelos paternos viven. Los maternos han fallecido.

—Cuéntame más sobre tu madre.

—Ella es genial. —Pensar en ella siempre me hacía sonreír.

Genevieve rio y sonó como una canción. Una que me gustaría escuchar mucho más.

—Tiene su propia locura. Cocina como Betty Crocker y se encarga de la casa. Trabajó en el distrito escolar de Oakland durante treinta años. Ahora disfruta de exasperar a mi padre, pintar, cocinar y cuidar de su jardín.

—Eso es increíble. Eres afortunado.

A pesar de que todo aquello debía entristecerla, tras haber perdido a sus padres, Genevieve era optimista. Se la veía feliz hablando de mi familia.

—Lo soy —asentí—. Y, por supuesto, presumen de su hijo siempre que pueden. Al ser hijo único quería que estuvieran orgullosos. Mis padres se han esforzado toda la vida para llevarme a cada clínica de béisbol, liga interestatal, torneo de otoño, primavera y verano. Era algo que yo quería, me comprometí y ellos me lo recompensaron.

—Lo ves, eso es lo que quiero para Row. Él es bueno, Trent. Bueno de verdad. No quiero que pierda la oportunidad. —Genevieve frunció el ceño.

—¿Le hablaste del partido en la universidad? —pregunté, nervioso de que eso pudiera amargar un poco el ánimo, pero me interesaba de todas formas.

—¡Sí! —Los ojos como el carbón de Genevieve se encendieron desde dentro—. Finalmente conseguí que accediera a que yo me reúna con su entrenador. —Se llevó un bocado de pasta a la boca y masticó—. Dijo que consideraría a los cazatalentos de la Universidad de California en Davis y Berkeley, pero está determinado a quedarse en casa, quiere estar donde pueda tenernos a Mary y a mí cerca.

Que un chico de tan solo dieciséis años quisiera renunciar a su futuro para proteger a mi mujer me irritó.

—No debería asumir esa responsabilidad —dije, creyéndome lo que decía. Quería añadir: «Eso puedo hacerlo yo», pero no lo hice. ¡Gracias a Dios! Por un momento casi pierdo la cabeza.

—Es verdad. —Ella asintió y le dio un trago a su bebida—. Le he dicho eso muchas veces, pero él siente que es el hombre de la casa y que nuestro padre querría que cuidara de sus hermanas.

No podía haber palabras más ciertas... Un buen hombre, cualquier buen hombre, a quien le importaran las mujeres de su vida, debía protegerlas. Desafortunadamente, el chico sentía la necesidad de dar un paso al frente y estaba arriesgando su propio futuro para hacerlo. Tenía que reconocérselo, a pesar de que me irritara.

—Es algo respetable. Pero no dejes de decirle que tiene que pensar en él también. Quizá pueda ayudar, hablar con él por ti. Ya sabes, ¿de hombre a hombre?

Levantó la vista de su plato y casi se ahoga con la comida. Después de tomar un trago de agua, se llevó la servilleta a la boca y tosió en ella. Creí que me moría de miedo y me levanté.

Genevieve evitó que me acercara a ella extendiendo una mano delante de mí.

—Estoy bien, estoy bien. Lo siento. Es solo que tu propuesta me ha cogido por sorpresa. —Bebió varios tragos de agua y luego me miró con sus ojos oscuros—. ¿Realmente harías eso? ¿Hablar con él?

¡Qué dulce era! No solo olía a azúcar y especias, *era* azúcar y especias y todas las cosas buenas. Mierda. Se me hizo un nudo en el estómago.

—Sí. Por ti y por él. Me gusta el chico. Parece que tiene la cabeza en su sitio, y que quiere cuidar de su familia. No hay nada malo en un hombre que tiene valores. En especial cuando está entregado a las mujeres de su vida. Si mi padre no estuviera, te aseguro que cuidaría de mi madre. Sin pensarlo.

Se mordió el labio y sus ojos se suavizaron, de un color chocolate más que carbón. La mujer me miró como si yo fuera el sol, la luna y las estrellas. A pesar de que las sirenas de alarma estaban sonando, las aparté para disfrutar de cada segundo en que una buena mujer me miraba como si solo yo pudiera hacer que cada día fuera mejor que el anterior. ¡Demonios! Era muy agradable. Mejor que cualquier jonrón, y eso, más que cualquier otra cosa, era muy revelador. Tenía que ponerle freno a lo que fuera que me estuviera sucediendo. Volver a centrarme en el premio. Y eso era Genevieve, en mi cama, gritando mi nombre con todas sus fuerzas. Sí, allí era adonde apuntaba el tema. Todo lo demás no importaba.

# GENEVIEVE

Trent era una caja de sorpresas. Había compartido conmigo cosas que normalmente no habría pensado que se darían en una cita casual, cuyo fin ambos sabíamos que era la cama. ¿Quería llegar a conocerlo mejor?

Sí. ¿Tenía miedo de hacerlo? Sin duda. Sabía que, una vez que Trent volviera a estar en forma, se iría al próximo partido y probablemente con la siguiente mujer atractiva dentro de un radio de diez metros de distancia. No habíamos establecido parámetros para lo que había entre nosotros, pero conocía la ecuación. Diversión ahora y corazón roto después si no lo protegía. Era hora de dejar de pensar en él como un posible novio y enfocarme en los beneficios físicos de un encuentro casual con Trent.

Sexo.

Sexo realmente ardiente, satisfactorio, que dejara volar mi mente y me derritiera el cuerpo, era lo único que había sobre la mesa. Y sonaba muy bien.

Trent pagó la cuenta y me guio desde la mesa hasta el ascensor. En lugar de presionar el botón hacia la recepción, presionó silenciosamente el número dieciocho. Alcé las cejas y él me rodeó los hombros con su brazo.

—Mi apartamento está en el piso veinte —dijo.

—De acuerdo —respondí.

—De acuerdo. —Cerró su mano sobre mi hombro.

Además de la animada conversación, él me había estado tocando todo el rato. Estábamos sentados uno enfrente del otro, pero a cada lado de una mesa cuadrada. Me tocaba la mano, apretaba su rodilla contra la mía, me apartaba el pelo de la cara. Incluso intercambiamos un breve beso después de compartir una porción de pastel de *mousse* Kahlúa. Me hubiera gustado decir que no al gasto adicional. Aunque el restaurante tenía comensales vestidos con vaqueros y camisas bonitas, los precios de los platos eran elevados. Mi pasta costaba veintiséis dólares y era lo más económico de la carta. Trent había pedido un filete de cincuenta dólares. Con todo lo que yo podía hacer con cincuenta dólares...

Sacudí la cabeza para alejar ese pensamiento y dejé que me guiara desde el ascensor hasta su apartamento. No podía creer que estuviera a punto de ver dónde vivía el famoso Trent Fox.

Abrió la puerta y me invitó a pasar al recibidor. Estaba un escalón por encima de un cuarto de estar a ras de suelo. La estancia tenía paredes totalmente blancas, sin nada más que un televisor en ellas. Frente al televisor había un sofá de cuero, una mesa de centro de cristal y una mesita auxiliar con una lámpara. No había chucherías ni revistas por ahí. Trent caminó hacia la izquierda y encendió las luces de una gran cocina.

Era bonita. Muebles blancos con tiradores de acero brillantes. Encimeras de un granito negro que destellaba bajo las luces, y electrodomésticos de acero de primera calidad. Una tostadora y una cafetera era lo único que había sobre la encimera. No había frascos, especieros, recuerdos hechos a mano ni nada que diera ni una remota pista de qué tipo de cosas le interesaban a Trent. A través de la cocina pude ver un comedor, donde había una mesa de cristal con seis sillas. Nada más. No había fotografías en las paredes, ni una vitrina con vajilla china especial ni nada remotamente acogedor.

—Ven, te haré la visita completa. —Me miró con lujuria. No de un modo grosero, sino provocador, como diciendo: «Te voy a enseñar mi habitación y vamos a pasar un rato allí».

—Adelante. —Reí, pero seguía impactada por la ausencia de fotografías en los pasillos—. ¿Cuánto tiempo llevas viviendo aquí? —pregunté, pensando en que tal vez se había mudado hacía poco.

—Cinco años.

Me detuve justo en mitad del pasillo.

—¿Qué pasa? —Llevó las manos a mis brazos—. ¿Sabes, cariño? No tienes que hacer nada conmigo esta noche. Es decir, sí, obviamente no he pensado en otra cosa desde que tuvimos el mejor sexo oral de toda mi vida. —Sonrió y se relamió los labios—. Pero no tenemos que dar el último paso ahora.

Por supuesto que creería que yo tenía mis reservas. No las tenía, pero estaba teniendo un dilema mental por la falta de personalidad de aquel lugar. Solo tenía los elementos que necesitaba para sobrevivir. Sofá, mesa, lámpara, televisión, mesa en la cocina, tostadora, cafetera.

—Estoy bien, solo me sorprende que hayas vivido aquí tanto tiempo.

—Sí. Y eso ¿por qué? —preguntó mientras me acariciaba los brazos arriba y abajo.

Le sujeté las manos para quitar la tensión que había penetrado en su cuerpo. Me gustó que se preocupara por que estuviera cómoda y por cómo me sentiría dando ese paso. No parecía que estuviera intentando persuadirme, aunque sabía que lo que estábamos a punto de hacer significaría mucho más para mí que para él. Solo había tenido intimidad con un hombre y, entonces, creía que se convertiría en mi marido. Con Trent planeaba tener sexo, compartir mi cuerpo con él; y también sabía, sin una pizca de dudas, que eso sería todo para él: un alivio físico.

Siguió caminando por el pasillo hasta que llegamos a un par de puertas dobles. Las abrió y entró. La cama de madera más grande que había visto jamás ocupaba el centro de la habitación. Tenía una mesita de noche a cada lado. La madera era de fino cerezo y robusta, no del todo masculina, pero elegante y fuerte. Un edredón azul oscuro con un brillo muy ligero cubría la bonita cama. En una esquina había una cómoda con un espejo sobre ella. En línea diagonal a la cama había otra cómoda, más alta, y sobre ella, otro televisor de pantalla plana colgaba de la pared.

Esa habitación tenía un poco más de vida. Sobre la cama había una preciosa fotografía del Golden Gate.

—Esa fotografía es preciosa. —Señalé el enorme marco. Los tonos rojizos del puente parecían sobresalir de los confines de la espesa niebla que lo rodeaba.

—¿Te parece?

—Sí. ¿Se la has comprado a un fotógrafo local?

—No, la hice yo.

—¿En serio? —Exhalé sorprendida.

Él suspiró, levantó la vista hacia la imagen y se frotó la nuca.

—Sí, hice una breve incursión en la fotografía. Pero no la enmarqué ni la colgué yo. Se ocupó mi madre. De los muebles de la habitación y el edredón también. Me lo compraron cuando firmé el contrato con los

Ports. Fue su regalo. Me regalan ropa de cama nueva cada Navidad, pero, sí, mi madre tiene buen gusto.

Eché un vistazo a los muebles para apreciar su belleza una vez más. Había una única fotografía enmarcada de diez por quince sobre el tocador. Me acerqué y la sujeté. Se veía a un hombre alto de pelo gris de pie, abrazando a una mujer rubia muy pequeña. Ambos parecían rondar los cincuenta años.

—Tus padres.

Trent me tomó entre sus brazos desde atrás. Con el mentón apoyado sobre mi hombro mientras los dos mirábamos a la feliz pareja, que era muy evidente que seguía enamorada. Mis padres hubieran sido como ellos también.

—Sí, Richard y Joan Fox. —Su mentón calentó el costado de mi cuello.

—Parecen felices.

—Creo que lo son. —El aliento de Trent cosquilleó en mi oreja—. Encontraron a la persona adecuada cuando eran muy jóvenes.

—Mis padres también —asentí.

Trent me rodeó, sujetó la fotografía y la dejó de nuevo sobre el tocador.

—Se acabó hablar de mi familia y romper el clima. Tengo algo que creo que te interesará mucho conocer. —Apoyó su erección contra mi trasero.

Automáticamente, mis manos bajaron a los costados de sus firmes muslos, de donde lo agarré. Trent apartó el pelo de mi cuello, extendió sus brazos a mi alrededor, me desabotonó la chaqueta hasta que la abrió por completo y me la quitó. Luego la lanzó sin cuidado sobre la cómoda.

—Me moría por tocar tu cuerpo toda la noche. ¡Demonios! Hace dos semanas. ¿Sabes lo que me provocas?

Negué con la cabeza mientras sus manos se deslizaban por debajo de mi camiseta suelta hasta sentir mis pechos sobre el sostén. Me arqueé contra sus manos, y el placer se arremolinó a nuestro alrededor casi como una niebla que llenó la habitación. Nuestra respiración se combinaba en suspiros suaves y jadeos ansiosos al tiempo que él exploraba mis curvas. Había descubierto que mi sostén tenía cierre delantero y lo había abierto con pericia. Intenté no pensar por qué se le daba tan bien la ropa interior y me dejé llevar.

Trent gimió contra mi cuello y mordió. Simultáneamente, aferró cada pezón erecto entre sus dedos y yo suspiré. Estaba sorprendida de que mi cuerpo estuviera respondiendo tan rápido y agradecida de que él supiera exactamente cómo tocarme para conseguir el resultado más placentero.

—Cariño... —solté en un suspiro acalorado.

Él gimió contra mi oreja, que recorrió con la punta de la lengua. Cálida y húmeda, justo como el espacio entre mis muslos, que aumentaba su intensidad con cada nueva sensación. Trent era un maestro en el arte de la seducción y yo era su dispuesta discípula.

—Mmm... Me gusta que me llames «cariño». Me pone tan duro... —Se apoyó contra mí una vez más y luego me giró para que estuviéramos frente a frente—. Creo que deberíamos ir a un lugar más cómodo.

—¿Ah, sí? —Rodeé su cuello con mis brazos y sonreí—. ¿Qué tienes en mente?

Se acercó, colocó sus manos en mi trasero y me levantó. Yo crucé las piernas alrededor de su delgada cintura.

—¿Para qué hablar cuando puedo enseñártelo? —Con pasos rápidos, me dejó en el lateral de la cama y cayó justo sobre mí—. Mmm... ¿Por dónde iba? —Llevó un dedo a mi oreja, descendió por mi mejilla, luego por mi cuello y bajó entre mis pechos—. ¡Ah, sí! Justo por aquí. —Recorrió la punta de mi pezón endurecido, que era visible a través de la delgada tela de mi blusa.

—Trent... —Jadeé cuando pellizcó la punta a través de mi camiseta. La acción envió una corriente de intensa necesidad directamente al tenso centro nervioso que no quería otra cosa que liberar la presión, aliviar el dolor.

—Relájate. Tenemos tiempo. Aún es pronto... —Me levantó la blusa. Alcé los brazos para que pudiera sacármela junto con el sujetador mientras se sostenía sobre mí.

—¡Dios, gominola! Tus tetas... —Las acunó con ambas manos, como si las sostuviera para venerarlas—. Son lo mejor que he visto. —Usó sus pulgares para jugar alrededor de la areola y tocar cada punta.

Temblé y agarré el edredón mientras él descubría mis atributos más femeninos. El punto más fuerte de Trent, su paciencia, estaba resultando ser mi mayor debilidad.

Trent me acarició los pechos, los levantó, apretó, frotó, tocó y estiró cada pezón, hasta que me sacudí por mi deseo carnal insatisfecho. Todo lo que quería era tener su boca sobre mí y partes más grandes de su cuerpo *dentro* de mí. Ya.

—Por favor —susurré, mirándolo fijamente.

Una perezosa sonrisa de suficiencia atravesó sus facciones cuando se inclinó hacia mí y tomó un pezón enrojecido en su boca.

La sensación fue tan extrema que estuve a punto de correrme por el simple movimiento de su lengua bañando mi pecho.

—¡Qué placer! —Gemí y moví las piernas.

Él besó y lamió cada centímetro de piel sobre mi pecho. Decir que se esmeraba en su tarea es quedarse corto. Estaba totalmente entregado.

Chupó y succionó cada pezón antes de intentar llevar a su boca tanto como pudo de cada seno de una sola vez. No era una tarea fácil, porque mis pechos son grandes; una copa D en un cuerpo de un metro sesenta es enorme en mi opinión, pero tenían su aprobación. Trent Fox tenía adicción por las tetas.

—Son simplemente perfectas. —Se echó atrás y empujó cada una de modo juguetón, para que se golpearan una con la otra—. Cariño, podría morir feliz tan solo por chuparlas. —Otra vez, se agarró a un seno, arremolinó su lengua con los mismos círculos enloquecedores que había dibujado en mi clítoris días antes en la sala de yoga, y entonces sucedió.

Mi móvil vibró contra mi trasero. Me levanté de un salto.

—¿Qué ha sido eso? —Trent retrocedió como si me hubiera picado una abeja—. ¿Qué pasa? —Echó un vistazo alrededor.

Reí y, con un contoneo, encontré el móvil en mi bolsillo trasero y lo saqué.

Era Row. Presioné el botón verde y me llevé el móvil al oído. Trent gruñó y se sentó en cuclillas.

—¿Row?

—Vivvie, yo... —La voz de mi hermano era temblorosa—. He oído un ruido. Bueno, no un ruido, muchos. Creo que alguien intenta entrar en casa. Mary está en su cama, pero Viv, yo... ¿Llamo a la policía?

—¿La alarma está activada? —Me senté y aparté a Trent de mí. Cerré el sostén y busqué mi blusa.

—¿Genevieve? —preguntó Trent. No tenía tiempo de responder. Puse el móvil en altavoz.

—Sí, la alarma está activada —respondió Row—. Pero la luz cerca del garaje y del jardín trasero, la que tiene el sensor de movimiento, sigue encendida. No se ha apagado, Viv.

—Vale. —Deslicé la camiseta sobre mi cabeza—. Si oyes o ves algo, llama a la policía. Trent y yo vamos de camino. No cuelgues.

La voz de Row sonaba baja y atemorizada. Me recordó a su voz cuando le dije que nuestros padres habían muerto en un accidente de coche y que en adelante estaríamos los tres solos. ¿Por qué demonios habría salido? Si hubiera estado allí, él no estaría atemorizado. Él y Mary no estarían en peligro.

Apreté los dientes mientras Trent me guiaba para atravesar su casa, llegar al ascensor y cruzar el aparcamiento.

—Iremos en la Harley. Es más rápida.

—Voy en moto y estaremos allí en diez minutos. Por favor, llama a la policía si tienes miedo. ¿De acuerdo?

—De acuerdo. ¿Vivvie?

La voz de Rowan era tan baja que presioné el móvil con tanta fuerza contra mi mejilla que estaba segura de tener una marca con su forma.

Trent me colocó un casco en la cabeza y lo abrochó. Sin saber qué hacer, simplemente salté al asiento trasero. Él me puso los pies en el lugar correcto.

—Guarda el móvil. ¡Ahora! —ordenó.

—¿Vale? —le dije a Rowan mientras asentía para Trent.

—Te quiero —dijo Rowan y colgó.

Un hueco del tamaño del Gran Cañón se abrió en mi estómago. Trent me sujetó las manos y guardó el móvil en el bolsillo de su chaqueta.

—Todo va a ir bien.

—¿Cómo lo sabes? —Mi voz temblaba y mis ojos se llenaron de lágrimas al imaginar a mi hermano solo en casa, asustado, y a mí sentada en la parte trasera de la moto de un chico sexi. Nunca me lo perdonaría si algo les sucediera, porque yo estaba siendo egoísta y estaba dedicando el tiempo a una cita en lugar de cuidar de ellos.

—No dejaré que pase, cariño. Punto —declaró en ese tono alfa hombre duro que tanto me gustaba y que estaba segura de que me rompería el corazón.

—¿No dejarás que pase qué? —pregunté y me agarré a su cintura.

—Nada —gruñó. Con eso, llevó la mano al acelerador, encendió el motor, arrancó la moto y nos llevó a través de la ciudad, zigzagueando entre los coches como un loco, pasando semáforos en ámbar sin ninguna precaución.

Si no hubiera estado tan preocupada por lo que podía estar sucediendo en mi casa, habría estado aterrada hasta los huesos por esa carrera infernal. En vez de ello, agradecí a las estrellas por haber estado con alguien que fuera capaz de moverse veloz y reaccionar incluso más rápido.

La alarma de la casa estaba sonando cuando llegamos. Salté de la moto y subí los escalones de la entrada de dos en dos. Me desabroché el casco, me lo quité y lo dejé tirado en el césped mientras buscaba las llaves. Cada vez que el pitido de la alarma alcanzaba su punto más álgido, se llevaba una parte de mi corazón con él.

—¡Por Dios, gominola, espera! —Trent corrió detrás de mí.

No me importó. Era inútil intentar detenerme. Tenía que llegar hasta mi familia y pasaría sobre cualquiera, me moriría. Si algo malo les pasaba a mis hermanos; me daba igual ir desarmada o sin protección.

La puerta por fin se abrió, corrí por el enorme espacio abierto y grité más alto que el sonido de la alarma.

—¡Rowan! ¡Mary! ¿Dónde estáis?

# 10

## *Chakra raíz*

*A este chakra lo dirige el instinto de supervivencia, el mismo que nos lleva a procrear y a perpetuar nuestro linaje. El chakra raíz está conectado con nuestro ser más primitivo y controla los instintos básicos. A través de este chakra, tenemos la necesidad inherente de protegernos a nosotros mismos a cualquier precio... para sobrevivir.*

## TRENT

Genevieve cruzó la puerta de aquella casa de aspecto antiguo como una bola a toda velocidad lanzada por un jugador de primera. Sin detenerse, sin preocuparse por su propia seguridad. Corrí tras ella, al demonio mi lesión. Esta se quejó con cada golpe que daba mi pie contra la gravilla de la entrada mientras hacía lo que podía para seguirla.

—¡Rowan! ¿Dónde estás?

En cuanto llegué a la entrada, oí una refriega detrás de mí y pude ver a dos hombres vestidos con sudaderas negras, corriendo por el ala de la casa donde imaginé que estaría el garaje. Ágiles como adolescentes, saltaron un pequeño muro y corrieron a toda velocidad por la calle hasta que los perdí de vista.

—¡Mierda! —Giré y deseé haber estado en forma para correr tras ellos, pero si lo hacía dejaría a Genevieve sola. No podía correr el riesgo de que hubiera más intrusos en la casa.

—¡Genevieve! —Rugí por encima de las sirenas que me taladraban los oídos. ¡Santo Dios! Alguien tendría que apagar la alarma.

—¡Aquí arriba! —gritó.

Maldije esas casas antiguas y su arquitectura única, con sus escaleras dobles, y emprendí la tarea de intentar subirlas. Al llegar arriba, encontré una puerta abierta. Sobre la cama, Genevieve estaba sentada abrazando a sus hermanos. Su pequeño cuerpo temblaba mientras los sostenía.

Rowan levantó la cabeza y su mirada encontró la mía. Me saludó con un movimiento del mentón y mi corazón se llenó de orgullo. El chico estaba convirtiéndose en un hombre y necesitaba algo de guía.

—Oye, gominola, ¿crees que podrías apagar la alarma mientras yo reviso la casa?

—La policía llegará en cualquier momento —dijo Rowan, justo cuando se oyó el sonido de una sirena más aguda en las inmediaciones.

Luces rojas y azules brillaron en las ventanas de la habitación de la primera planta. Me acerqué para asegurarme. No cabía duda de que los hombres de azul habían llegado.

—La policía está aquí. Iré a hablar con ellos.

Bajé las escaleras, justo cuando los policías entraron, con sus armas en alto. Levanté las manos.

—Acabo de llegar con la dueña de la casa.

—¿Alguien más está aquí?

—Una mujer adulta y dos niños. El chico nos llamó cuando oyó ruidos atrás. No he ido a comprobar, pero he visto a dos hombres abandonando el lugar. No me he molestado en detenerlos para charlar mientras escapaban.

—Quédese aquí, señor. Echaremos un vistazo. —El policía le hizo una seña a su compañero para que fuera a la parte trasera, mientras él se ocupaba de la casa.

Permanecí al pie de la escalera, como centinela. Cualquiera que intentara subir tendría que pasar por delante de mí.

—¿Está despejado? —preguntó Genevieve desde arriba, con sus hermanos detrás.

—No. Los policías están revisándolo todo. —Negué con la cabeza.

No quería que bajaran a la planta baja de la casa, así que volví a subir y abrí los brazos. La cabeza de Genevieve se desplomó justo en el centro de mi pecho cuando llegué arriba. Las ganas de pelea, que me habían invadido cuando ella saltó de mi moto, comenzaron a disiparse, pero no desaparecieron por completo.

—Pueden bajar —anunciaron los policías al entrar de nuevo—. ¿Alguien puede apagar la alarma?

Genevieve se acercó a la puerta principal, donde había un panel blanco. Presionó algunos botones y la alarma se detuvo. Bendito silencio.

—Ahora, ¿alguien puede explicarme con detalle qué ha pasado? —preguntó uno de los policías.

Rowan dio un paso al frente, con la espalda erguida y voz tímida, lo que reveló el miedo que tenía mientras relataba lo que había pasado. No llamó a la policía hasta que oyó el vidrio romperse. Al oír el ruido de que definitivamente alguien había irrumpido en la casa, sujetó su bate de béisbol, se refugió con Mary en la habitación y llamó a la policía.

—Sí, tenemos una ventana rota y un contenedor de basura derribado. Sería conveniente cambiar esa puerta trasera por otra más sólida. Esas viejas puertas con ventana de cristal en la parte de arriba son un juego de niños para los bandidos. Todo lo que tienen que hacer es romper una pequeña ventana, meter la mano y destrabar la puerta. Hay un cerrojo y un pestillo, pero ese vidrio no evita que entren. Al menos la alarma ha funcionado.

—Gracias, agentes, por haber venido tan rápido. —Genevieve asintió—. ¿Hay algo más que tengamos que hacer?

El policía estaba de pie, alto y corpulento; era uno de esos hombres que se toman el ejercicio con tanta seriedad como su trabajo. Tenía la mano sobre el arma enfundada.

—Estoy seguro de que su marido puede arreglar la puerta.

—Ah, él no... —Su mirada perpleja se disparó hacia mí, con los ojos como platos, y su boca se movió deprisa—. Eh..., no es mi marido.

—Bueno, su novio entonces. Lo que sea.

Antes de que pudiera volver a corregir al policía, intervine.

—Me encargaré de la puerta. Gracias, agentes. —Extendí mi mano. El oficial que estaba más cerca de mí procedió a estrecharla y sus ojos se entornaron.

—¡Eh! Le conozco. Trent Fox. ¡El mejor bateador de béisbol!

—Sí, ese soy yo. —Reí.

—Un placer conocerlo, señor Fox. Soy un gran fan de los Ports.

—¿Sí? —Al ver una oportunidad de oro delante de mí, hice mi jugada—. Si tiene un cuaderno, con gusto le firmo un autógrafo. ¿Tal vez, a cambio, podría patrullar el vecindario en los próximos días con más frecuencia? ¿Cuidar de mi chica y de su familia? —Señalé al grupo apiñado detrás de mí.

Genevieve estaba en modo madre osa, mirando a Rowan y Mary para asegurarse de que no tuvieran rasguños y abrazándolos sin parar. Tuve la sensación de que los mantendría vigilados toda la noche.

—Seguro, amigo. —Ambos policías asintieron y me entregaron sus cuadernos.

Escribí mi nombre y un breve saludo, les di las gracias una vez más y los acompañé afuera. Otra vez adentro, esquivé a la familia abrazada, de camino a la parte trasera. Una pequeña ventana de la puerta estaba rota y había cristales en el suelo. La rabia me quemó el pecho. ¿Qué clase de bastardos mocosos invadirían la casa de una mujer con dos niños? Pura escoria, eso eran.

Encontré una escoba y una pala cerca de la puerta y barrí los cristales rotos. Lo último que quería era que mi chica yogui descalza se cortara sus pies divinos. Después de limpiar, salí al jardín, donde encontré un cobertizo que contenía herramientas y pesas. Cerca de la parte trasera, hallé una tabla de madera que cubriría todo el vidrio de la puerta.

—Oye, Trent, ¿necesitas ayuda? —Rowan entró detrás de mí y me observó mientras revisaba las herramientas, metidas de cualquier manera en cajas.

—¿Sabes? Deberías organizar mejor tus herramientas. No solo porque serían más fáciles de encontrar, sino porque te durarían toda la vida si las cuidaras. —Supuse que al chico podrían servirle algunos consejos masculinos. Eso era algo que mi padre me había inculcado desde que era un bebé y entraba trastabillando en su taller mecánico.

—Eran... de mi padre.

—Entonces deberías tratarlas mejor por él. —Lo miré fijamente a los ojos, con tanta convicción como pude transmitirle.

Rowan bajó la vista, como si estuviera avergonzado.

—Buen trabajo esta noche, chico. —Llevé una mano a su hombro y lo apreté—. Pudo haber sido peor. Fuiste listo. Mantuviste la calma y protegiste a tu hermana.

Rowan levantó la cabeza. La esperanza que vi en sus ojos casi me fríe.

—Estoy orgulloso de ti.

Él asintió, se dirigió hacia una caja y allí encontró el martillo que yo buscaba y una caja de clavos.

—Gracias. Ahora, ven y ayúdame a cubrir la ventana. Mañana llamaré para que cambien la puerta.

Rowan entornó los ojos y se toqueteó el labio con el pulgar.

—¿Cuánto cuesta algo así? Vivvie se volverá loca si es caro. Tenemos un presupuesto algo ajustado. —Apartó la vista y arrastró los pies. Volví a apretarle el hombro.

—¿Qué te parece si dejas que yo me ocupe de la puerta y tú te ocupas de cuidar de tus hermanas? ¿Vale?

—De acuerdo, sí. —Rowan volvió a la casa.

*Un presupuesto ajustado.* Era un código para decir que andaban pelados. Tras haber oído cómo había liquidado la herencia para pagar la casa y cómo seguían teniendo dificultades, supe que probablemente no tenían dinero para comprar una puerta nueva. Algo insignificante para mi cuenta bancaria. Conseguir que ella aceptara que yo la comprara, por otro lado, requeriría de una seria estrategia.

## GENEVIEVE

Trent me encontró arriba, justo cuando conseguí que Mary se durmiera. Que saltara la alarma y que Rowan hiciera una barricada en su habitación la habían aterrado por completo. Mi pequeña necesitó estar un rato más conmigo para dormirse. Cuando miré hacia la puerta, Trent estaba de pie, apoyado en el marco, con sus enormes brazos cruzados en el pecho. Durante un momento, hice una mueca al sentirme frustrada por no haber podido saciar mi hambre de ese hombre antes. Al instante, una sensación de culpa inundó mi cuerpo como un cubo de agua helada, que congeló y me paralizó las extremidades y la mente.

No. Para empezar, el hecho de estar con Trent era lo que me había llevado a esa situación. Si no hubiera estado con él, habría podido espantar a los potenciales intrusos y no tendría a dos niños aterrados y una ventana rota. ¡Uf! No era culpa suya. Solo quería tener a quién culpar, pero en ese tipo de cosas no había culpables. De todas formas, eso no cambiaba el hecho de que estar con Trent era una mala idea.

Me levanté, subí las sábanas hasta el mentón de Mary y la besé en la frente. Cerré la puerta casi por completo, apagué la luz y seguí hasta la habitación de Row. Por su puerta se filtraba suave rock alternativo. Llamé.

Un «¿sí?» apagado llegó a través de la vieja puerta de madera.

La abrí y sostuve el pomo. Él estaba sentado con las piernas cruzadas sobre la cama, escribiendo furiosamente en su móvil. Seguro que estaba contando a sus amigos el encuentro con los vándalos. Solo pensarlo me provocó escalofríos.

—Me voy a dormir, pero antes quería decirte lo feliz que estoy de que estuvieras aquí y cuidaras de tu hermana.

El rostro de Rowan se iluminó por el cumplido.

*Nota mental: decirle más a menudo lo maravilloso que es.*

—No hay de qué, Vivvie. Es lo que hace un hombre. Proteger a su familia. Que tenga dieciséis años no significa que no sea capaz. —Rowan me miró directo a los ojos, y luego a un punto detrás de mí.

El cuerpo de Trent estaba cerca. Lo sentí antes de poder verlo. Su calor alcanzó mi espalda mientras mi atención estaba fija en Rowan.

—No, tienes razón, y definitivamente lo has demostrado esta noche. Gracias, Row. Te quiero.

—Yo también te quiero. ¿Tortitas mañana? —Sonrió.

No podía decirle que no después de semejante nochecita. Chantaje emocional. Rowan era un experto.

—¡Por supuesto! —Sonreí y le cerré la puerta; mi trasero chocó con Trent en el proceso.

—¿Dónde está tu habitación? —Trent me agarró las caderas con sus grandes zarpas.

Señalé la habitación al final del pasillo con la cabeza. Tenía su propia escalinata.

—No puedes quedarte —dije para cortar esa idea de cuajo.

—¿Perdona? —Las manos de Trent se apretaron a mis caderas.

—Los niños te oirán. —Lo hice callar.

—Gominola, los niños ya saben que estoy aquí. —Se pasó una mano por el pelo y suspiró—. Ahora vamos a tu habitación u oirán mucho más de lo que esperaban. —Sus labios se curvaron en una ligera sonrisa.

Los ojos le cambiaron de color, parecían más brillantes, avivados por el fuego que habíamos encendido antes. ¡Oh, no! Resoplé y lo guie a la antigua habitación de mis padres. Era bastante grande y estaba lo suficientemente lejos de las de mis hermanos, así que no me preocupaba que nos oyeran. Abrí la puerta y lo dejé pasar. Su gran silueta en la habitación hizo que el amplio espacio pareciera más pequeño, más acogedor.

—Bonita habitación —comentó mirando alrededor.

Mis padres habían tenido muy buen gusto. Los muebles eran de color nogal y contrastaban muy bien con el tono verde de las paredes, las molduras y los zócalos blancos. Al igual que muchas casas en las colinas de Berkeley, la nuestra había sido renovada con cortinas de primera, muebles y todo lo necesario para hacer de una casa un hogar. Mis padres habían invertido bastante dinero para que fuera un lugar bonito y acogedor, y yo estaba orgullosa de su logro. Deseaba con todas mis fuerzas poder conservarlo.

—Gracias, era de mis padres. Yo ya no vivía aquí cuando murieron, así que mi padre convirtió mi antigua habitación en una oficina. Tenía sentido que ocupara la suya después, y además me hace sentir más cerca de ellos. Aunque cambié algunas cosas.

Pasé un dedo lentamente sobre el edredón que había comprado. Era de un reluciente color gris topo y dorado. Tenía pequeñas margaritas bordadas a intervalos pequeños. Me recordaba a los tiempos felices, cuando recogía margaritas con mi madre en el jardín trasero en primavera. Pero entonces crecían salvajes y Rowan las cortaba cuando se quemaban con el sol de California. Mi madre era capaz de conseguir cualquier cosa con su habilidad en la jardinería.

—Mira, gominola, la casa no es segura. —Trent se llevó las manos a las caderas y adquirió una postura de liderazgo—. No voy a ir a ninguna parte hasta que lo sea. ¿Entiendes?

Entorné los ojos y enfoqué la mirada en él. Vestía el mismo atuendo que se había puesto para nuestra cita, solo que se había quitado la chaqueta. Su camisa se ajustaba a su figura musculosa en todos los lugares correctos.

—No creo que tú quieras tampoco que me vaya.

—Por supuesto que quiero que te vayas. —Analicé su cuerpo firme de la cabeza a los pies—. Soy una mujer adulta y puedo cuidarme sola. Además, Rowan ha demostrado que puede manejarse bajo presión.

Hacía un momento estaba a dos metros de distancia de mí y de repente se acercó. Se acercó *mucho*. Sostuvo mi cuello y levantó mi barbilla con sus pulgares.

—Ni lo sueñes que os vaya a dejar a ti o a esos niños solos esta noche. No hasta que esa puerta sea segura. Ahora podemos continuar donde lo dejamos antes. —Su tono se volvió sugerente—. O dormir un poco. Tú eliges, pero voy a dormir en esa cama y no hay mucho que puedas hacer al respecto.

Sus palabras eran confiadas y activaron mi corazón con una punzada y una fuerte dosis de palpitaciones. Si no tenía cuidado, caería rendida por ese macho alfa y sus actitudes cautivadoras, por las que ni siquiera se esforzaba. Y eso no solo se debía a que su sensual cuerpo fuera un regalo del cielo para cualquier mujer. Más que eso, se debía a que la razón por la que estaba empleando ese tono protector, era *yo*. Se preocupaba por *mi* seguridad. Desde la muerte de mis padres nadie se había preocupado por mí, y mentiría si dijera que no me encantaba.

Trent entró en la ducha cuando yo salí con una camiseta y unos pantaloncillos de algodón. Eran discretos, pero dejaban ver mi figura de todas formas.

Al pasar junto a mí, me rodeó con un brazo por la cintura y me llevó a su lado.

—Hueles tan bien... —Inhaló profundamente en la curva de mi cuello. Con un beso suave, me soltó y se dirigió al baño. Ni siquiera cerró la puerta.

Yo me metí en la cama, pero no dejé de mirar disimuladamente al baño. Desde mi posición, podía ver directamente el cubículo de la ducha. Era de vidrio esmerilado, pero, incluso entreviendo su silueta, Trent Fox era un magnífico ejemplo de hombre viril. Sus piernas eran fuertes como troncos de árboles; su trasero, una masa muscular redondeada en la cima de esos asombrosos muslos. Su cintura se afinaba para formar esa V por la que todas las chicas de yoga babeaban.

Todo mi cuerpo ardía desde el interior. Intenté decirme a mí misma que se debía a la ducha caliente, pero sabía que no era así. Trent me había encendido en su casa sin apenas tocarme. Con solo saber que su cuerpo desnudo estaba debajo de la ducha y que mi jabón cubría su cuerpo, se me erizaba toda la piel. Cuando cerró el grifo, tomé el primer libro que encontré en mi mesita de noche, lo abrí al azar y fingí leer mientras lanzaba miradas hacia el baño. Me perdí su salida de la ducha en mi apuro por encontrar una coartada... ¡Maldita sea!

Trent estaba de pie frente al lavabo y se pasaba los dedos por el pelo mojado y alborotado. Gotas de agua se deslizaban por su torso húmedo, como si estuvieran corriendo una carrera para llegar a la tierra prometida. Había tenido mi boca en el órgano escondido debajo de la toalla atada a su cintura. Recordaba su sabor, los rastros sutiles a sal y a masculinidad. Mis rodillas se golpearon entre sí debajo de la sábana. Esa experiencia sexual con Trent había sido la más extraordinaria que había tenido jamás. Cada noche desde entonces, había soñado con ella y había usado mi vibrador mientras la recreaba una y otra vez.

Trent se volvió hacia el tocador junto a la ducha, dejó caer la toalla y se alargó para buscar algo. ¡Ay, Dios mío! Trent tenía el mejor trasero que había visto jamás. Y, sorprendentemente, estaba tan bronceado como el resto de su cuerpo. Me mordí el labio y pensé que preferiría estar mordiendo su firme nalga. Un calor me subió por el pecho, el cuello, y me llevé una mano a mi rostro encendido. Cuando se inclinó, contuve un gemido. Cerré los ojos y respiré.

Oí correr el agua del lavabo y cómo se cepillaba los dientes. Sin abandonar mi meditación, recité un cántico interno.

*No puedes tener sexo con él aquí.*

*No puedes tener sexo con él aquí.*

*No puedes tener sexo con él aquí.*

—Gominola, ya te he dicho que no tienes que hacer nada para lo que no estés preparada. Y, si este lugar es un problema para ti, improvisaremos. —Apagó la luz del baño y se dirigió al lado vacío de la cama.

¡Ah, rayos! Debí de haber recitado en voz alta. Mi piel se acaloró. Continué con la respiración controlada para intentar tranquilizarme.

—Lo sé.

No pude evitar mirar su cuerpo cuando extendió los brazos sobre la cabeza. No vestía nada más que unos calzoncillos ajustados de color rojo. Su miembro parecía enorme detrás del delgado algodón.

Apartó el edredón y se deslizó en la cama. Gracias a Dios era una cama de dos metros o no habría cabido. Ocupaba mucho más espacio que yo.

—He usado tu cepillo de dientes. —Sonrió maliciosamente. Claro que lo hizo. Lo miré de reojo.

—¿Has dicho eso para molestarme?

Resopló y frotó su nariz cálida contra mi brazo. Me pasó un brazo por la cintura e hizo algo que no habría esperado de un hombre como Trent. Se acurrucó a mi lado. Literalmente enroscó su cuerpo alrededor del mío hasta que estuvo cómodo. Yo, por otro lado, me sentí caliente, en todos los sentidos de la palabra. La temperatura y el deseo estaban en guerra en mi interior mientras él se acomodaba como un gato que gira en círculos hasta encontrar el lugar perfecto. Un movimiento por aquí, un giro por allí, un muslo pesado sobre el mío, mucho más pequeño, y —*voilà!*— dejó de moverse. Por fin. Creí que tendría que golpearlo con el libro para que se quedara quieto. ¡Cielos! Me recordó a Mary y su hiperactividad.

—¿Cómodo? —susurré.

—Mucho. —Su cabeza descansaba entre la almohada y mi brazo y gimió.

Resoplé e intenté inspirar algunas veces para relajarme. No funcionó. Estaba demasiado encendida. Habían pasado tres años desde la última vez que tuve a un hombre en mi cama, abrazándome, encontrando comodidad en mi cuerpo. Lo quise y lo odié al mismo tiempo, porque sabía que no duraría.

—¿Qué tal tu libro? —preguntó, con un dejo de risa en la voz.

—Bien. Bien —respondí sin siquiera mirar el libro.

—¿Sueles leer del revés?

Cuando miré en detalle las letras negras sobre el papel blanco delante de mí, todas estaban del revés. *Me había pillado.*

—¡Acabo de empezarlo! —Lo empujé.

Trent se sentó, sujetó el libro y lo dejó sobre la mesita de noche.

—Suficiente. Estoy muerto. Tú también debes de estarlo, después de la clase de yoga y todo lo demás. Ahora bésame, mujer, para que pueda dormirme.

—¿Qué? —Alejé mi cara tanto como pude para poder verlo mejor.

—Ya me has oído, gominola. Quiero mi beso de buenas noches. Entornó los ojos y sonrió—. Dámelo.

—¿Hablas en serio? —Sostuve la sábana ajustada contra mi pecho.

—Tan serio como un ataque al corazón. Si no me lo das, tendré que robártelo.

—No lo harías. —Fruncí el ceño.

—Ponme a prueba, cariño. Ya verás.

No quería hacerlo. Quería darle un beso de buenas noches. Parecía tan... normal. Y yo no había tenido normalidad en mucho tiempo.

—Está bien... —Hice que sonara como si fuera un gran sacrificio.

No le importaron mis trucos y, lo mejor, él hizo la mitad del camino. Cuando nuestros labios se encontraron, el fuego que rugía justo bajo la superficie volvió a arder. El beso fue húmedo, profundo y despiadado en su capacidad de llevarme del cero al cien en un solo segundo. Trent me besó dándome largos golpecitos con la lengua y presionando fuerte con los labios, como si fuera a detenerse. No quería que lo hiciera nunca. En poco tiempo, estaba sobre mí, tendido entre mis piernas abiertas, con el tronco apoyado en los codos, con una mano sobre mi pecho y la otra sosteniendo mi cara para poder consumirme con sus besos lentos y devastadores.

Froté mi pierna detrás de su pierna buena, presionando su erección contra mi cuerpo. Ese movimiento terminó en un gruñido y un mordisco en el labio.

—¡Cielos, gominola! Quiero tenerte aquí, ahora, pero te respeto demasiado como para ir en contra de tus deseos.

Se movió a mi lado, se puso detrás de mí y acercó mi cuerpo al suyo, mi espalda presionada contra su pecho. Sujetó una de mis piernas con la suya, deslizó una mano por mi cintura y entre mis pechos.

—Sujeta mi mano, cariño. Quiero sentirte cerca mientras duermo.

Jamás me habían dicho palabras más dulces. Estaba atrapada. En ese momento, mientras Trent me tenía agarrada dentro de los confines de sus seguros brazos, me sentí un poco enamorada de él, incluso sabiendo que él nunca sería realmente mío.

# 11

### *Postura de la vaca*
*(En sánscrito:* Bitilasana*)*

*Esta postura alarga la columna y levanta el pecho, lo que permite que
se libere cualquier rigidez en la parte baja de la espalda y en el cuello.
Para hacer esta postura, coloca las rodillas separadas el ancho de las
caderas, los brazos en un ángulo de noventa grados, baja el vientre
hacia la estera, y levanta la cabeza, la mirada y el mentón hacia el cielo.
Para mejores resultados, alterna entre la postura del gato al exhalar
con la espalda arqueada y la postura de la vaca al inspirar,
con el vientre hacia abajo y la cabeza en alto.*

## TRENT

Ver a una mujer dormir era una novedad para mí. Desde que me había
convertido en jugador profesional, jamás me había despertado junto
a una mujer. Por supuesto que algunas veces se quedaban dormidas a
mi lado, pero entonces me levantaba y me iba al sofá. No quería que
ninguna de mis conquistas de una noche sintiera que nuestra velada
de desenfreno sería más que eso. Pero allí estaba, abrazado a esa

mujer, en *su* cama, con la luz de la mañana brillando y llenando la habitación con un halo casi divino. Como si hubiera despertado en una cama de nubes.

Me quedé recostado tranquilo. Tenía una pierna debajo de la de Genevieve y mi brazo alrededor de su cuerpo, aferrándola contra el mío. Pequeñas bocanadas de aire cosquilleaban contra mi muñeca frente a ella, confirmación de que seguía tranquilamente dormida. Moví las caderas y froté mi erección matutina contra su trasero redondeado. Suspiró cuando presioné entre sus nalgas. ¡Santo cielo! Estaba caliente como el demonio. No quería más que caer sobre su cuerpo mientras dormía, pero no lo haría. No. La próxima vez que me corriera, mi pene estaría enterrado profundamente en su cuerpo. ¡Dios! Recordar cómo la tomé con mi boca hacía que babeara por repetirlo. Podía girarla con facilidad y bajar por su cuerpo. Despertarla haciéndola gritar con un orgasmo.

Pero eso no era lo que ella quería. No me daba la impresión de que fuera una puritana, pero sí noté que se ponía nerviosa por no saber cómo actuar ante sus hermanos. Es probable que quisiera dar un buen ejemplo. Que yo estuviera allí ya iba en contra de esa idea. Para ser caballero, me alejé con sigilo de su cálido cuerpo y salí de la cama. Necesitaba un café, desayunar y llamar a alguien para que viniera a arreglar la puerta rota, en ese orden.

Eché un último vistazo a Genevieve y me detuve donde estaba. Su pelo rubio platino estaba desparramado sobre las sábanas pálidas. El tono marmoleado de su piel centelleaba donde el sol brillaba sobre ella a través de la ventana sobre la cama. Esos labios como el chicle, que habían llamado mi atención la primera vez que la vi, aún tenían un tono rosado, solo que sin la capa de brillo que les ponía para resaltarlos, lo cual me la ponía dura de inmediato. La observé y mi pecho se llenó de orgullo. Me sentí diferente.

La hermosa mujer que yacía dormida había confiado en mí. Había dormido toda la noche en una cama donde yo la había protegido. *Yo*. Un hombre que definitivamente no era digno de su atención. Fruncí el ceño y me regañé a mí mismo. ¿Qué demonios estaba haciendo allí? No me lo merecía.

Cuando conocí a Genevieve por primera vez, mi objetivo había sido claro. El mismo método que utilizaba con cualquier chica que me provocara una erección. Lanzarme. Invitarla a salir. Acostarme con ella. Dejarla.

Entonces ¿por qué demonios estaba durmiendo con ella? ¿Abrazándola toda la noche? ¿Asegurándome de que estuviera a salvo? La conocía hacía apenas dos semanas y aún no había conseguido mi objetivo. La miré. Era tan bonita dormida como despierta. Más incluso, porque la preocupación y el estrés de sus responsabilidades no pesaban sobre ella. Quería poder darle esa ligereza siempre. Liberarla de algunas de sus cargas.

*¿En qué mierdas estoy pensando?*

Con el ceño fruncido, me puse los pantalones y la camisa antes de salir al pasillo. Necesitaba un café... de inmediato. Tal vez entonces mi cabeza dejaría de ser un embrollo. De momento, estaba en las garras de una pequeña rubia que era endemoniadamente flexible y sabía a gominola de azúcar.

Que Dios me ayude.


Algo con lo que no esperaba tener que lidiar al conquistar a una mujer... Niños. Cuando llegué a la cocina para disponerme a despertar de mi mundo de sueños, había dos niños sentados a la mesa jugando a las cartas.

Rowan levantó la vista hacia mí. Sus ojos se agrandaron y sus cejas se le arquearon hacia el pelo.

—Hola, tío. No esperaba verte aquí.

—Hola, Trent —dijo Mary sin apartar la vista de sus cartas—. ¡Pesca! —agregó y se mordió el labio inferior.

Se parecía mucho a su hermana. Pelo rubio dorado largo hasta los hombros, labios rosados y gruesos y ojos enternecedores. Los chicos se volverán locos por ella dentro de unos años. Una instantánea sensación de enfado me golpeó el pecho. Unos pequeños capullos con pene no iban a tocar a esa niña. Mi bate se aseguraría de eso.

¡*Mierda!*

Sacudí la cabeza. Se me había vuelto a meter en la cabeza la idea de estar junto a Genevieve a largo plazo. Debía de ser por la intrusión en la casa. Cualquier hombre decente daría un paso al frente por una mujer necesitada. En especial por una mujer amable, amorosa y cuidadosa como mi gominola. Sí, era eso. Cosa de hombres. Proteger a la mujer que te importaba. Todos los hombres lo hacían.

Solo que no nos interesábamos por la mujer con la que jugábamos. ¿Yo estaba jugando con Genevieve? Al principio, ese había sido el plan, pero dejó de serlo en el momento en que inspiré su orgasmo cuando se entregó a mí contra la pared del estudio de yoga. Luego, cuando estuvimos uno sobre el otro, tuve la intención de tener más. Muchísimo más. Hasta la invité a salir. No había invitado a una mujer oficialmente en años.

Entonces la revelación me golpeó. Como un bate de béisbol en el rostro. Estaba *saliendo* con Genevieve Harper. ¡*Maldita sea!*

Cerré los ojos y respiré hondo varias veces. Saliendo. Estaba saliendo con una mujer. Yo no salía con mujeres. Tenía sexo con mujeres. En mi experiencia, las mujeres que se acercaban a mí solo querían estupideces: mi cuerpo, mi dinero, mi estatus. Genevieve no era como esas aprovechadas que se acostaban conmigo por motivos egoístas. ¡Demonios! Estaría encantado de que ella se acostara conmigo. Había tenido los testículos hinchados durante las dos últimas semanas por el deseo de llegar a eso. Solo que, cuanto más tiempo pasaba con ella, más sabía que una vez no sería suficiente. Quería tomarla de cada forma posible; hacerla gritar de gozo, de placer, y hacerle perder la cabeza. La quería con fuerza, con suavidad, y todo a la vez. Esa clase de aventuras sexuales llevaban un tiempo. Más que una noche o dos.

*¡Rayos!* Me apoyé en la encimera y negué con la cabeza. Mi madre estaría muy contenta. Su hijo por fin estaba saliendo con una mujer que valía la pena. Solo necesitaba convencer a Genevieve de que yo la merecía.

¿Cómo demonios haría eso? Un tigre no podía borrar sus rayas. Un perro viejo no aprendía trucos nuevos, ¿cierto? Necesitaba ayuda. Alguien que pudiera aconsejarme. Consejos para citas realmente honestos.

Resoplé, saqué el móvil de mi bolsillo trasero y presioné algunos botones mientras Mary le pateaba el trasero a Rowan en «¡Pesca!».

—Hola, campeón —contestó después de que el móvil sonara varias veces.

Su voz me calmó los nervios de inmediato.

—Hola, mamá. Estaba pensando en ir a cenar mañana por la noche.

—¿En serio? —Su voz se llenó de esperanza. Mi madre era tan auténtica...

—Sí, en serio. Yo... Me gustaría que me aconsejaras sobre un asunto. —Pude oírla dando vueltas por la cocina, probablemente estaba preparándole a mi padre su suculento desayuno del sábado.

—¿Tienes bien la pierna, cielo?

—Sí. —Reí y abrí la despensa sobre la cafetera. ¡Bingo! Los filtros de café y el café estaban colocados con cuidado ahí, junto con un molinillo y varias tazas multicolores.

—¿Va bien el trabajo? —Quería pescarme. Mi madre siempre podía ver a través de mí.

—El trabajo va bien. Estoy enfocado en rehabilitar la pierna. Todo bien. Estoy practicando yoga, ¿te lo puedes creer?

—Mmm... Eso es bueno, cielo. Me encanta el yoga. Es un ejercicio buenísimo. Siempre me ayuda a tener perspectiva en mi día a día. Entonces, ¿en qué necesitas que te aconseje, cariño? En lo único que has estado siempre interesado es en tu salud y en el béisbol. Eso nos deja solo una posibilidad: una mujer. —El tono esperanzado de su voz estaba casi suplicando que estuviera de acuerdo con ella.

¡Diablos! No sabía si estaba haciendo lo correcto, pero encendí la cafetera, me volví y miré la nevera. Ella estaba allí, en una infinidad de imágenes en posturas que desafiaban la gravedad, abrazando a sus hermanos, con una morena muy guapa... Había varias fotografías de ella y los niños con otras dos personas mayores, que supuse que eran sus padres. Todas eran imágenes felices de una buena vida. La que ella continuaba cada día, a pesar del esfuerzo que le requería.

—Sí, es por una mujer. —Asentí para mí mismo.

—¡Ah, gracias, Jesús, María y José! ¡Aleluya! ¡Finalmente mis plegarias han sido escuchadas! ¿Cómo se llama? ¿A qué se dedica? —Las preguntas se sucedieron rápidamente.

—¡Mamá! —Intenté detener el caballo desbocado, sin éxito.

—¡Ay, Dios! ¿Es guapa? Por supuesto que es guapa, ha captado tu atención. Apuesto a que es deslumbrante. —Suspiró ruidosamente al teléfono—. No puedo esperar a decírselo a tu padre.

Recorrí la cocina y encontré la mezcla para hacer tortitas, la sartén y una espátula.

—No cantes victoria todavía. —Bajé la voz para asegurarme de que las pequeñas orejas en la mesa no oyeran—. No la tengo. De eso necesito hablar contigo.

—Tonterías. Es imposible que una mujer joven que ponga los ojos en ti no esté interesada.

—Ella no es como otras chicas, mamá. —Resoplé y eché un vistazo a la mesa, donde Rowan y Mary estaban en medio de una amistosa batalla—. Hay otros factores que considerar. Hablaremos en la cena. Mañana por la noche. ¿De acuerdo?

—Claro, claro. —Su respiración fue forzada al responder—. Lo que tú digas. Prepararé tu comida preferida. Carne asada, patatas, zanahorias y pastel de chocolate.

Comencé a salivar al imaginar la famosa carne asada de mi madre. Cocinaba la carne lentamente hasta que era tan buena que no parecía de este mundo.

—Suena increíble. Y... ¿mamá?

—¿Sí, campeón?

—Gracias. Me encanta saber que puedo contar contigo. —Me forcé a tragarme el nudo de mi garganta. Miré a los dos niños que reían y golpeaban sus manos en la mesa—. No todos cuentan con sus padres. Solo estoy agradecido. Te quiero.

—Yo también te quiero, Trent. Siempre, campeón. Siempre.

—Te veré mañana.

—De acuerdo. Hasta mañana.

Su voz era suave y dulce. Me recordó a la mujer que dormía tranquilamente arriba.

Guardé el móvil y aplaudí con fuerza para llamar la atención de Rowan y Mary.

—¿Alguien dijo algo de tortitas? Mi madre me enseñó a preparar las mejores. ¿Quién quiere?

Rowan sonrió y asintió.

Mary se sacudió en su asiento y levantó una mano como si estuviera en clase.

—¡Yo, yo! ¡Me encantan las tortitas! —Su sonrisa iluminó la habitación.

Sí, definitivamente podía acostumbrarme a esa familia.


## GENEVIEVE


Me desperté con el aroma a café y tortitas. Me di la vuelta y abrí los ojos. Trent ya no estaba acurrucado a mi lado. Fruncí el ceño. Habría sido bonito despertar y sentir su calor.

Llegaban risas por las escaleras; me levanté de la cama, cogí mi bata y me la puse. Tras deslizar mis pies dentro de las pantuflas de piel de mi madre, me dispuse a bajar las escaleras, mientras me apartaba el pelo de la cara.

No esperaba ver lo que vi al llegar a la cocina. Trent, de pie con sus vaqueros, su camisa y descalzo, preparando tortitas. ¡Dios, qué sexi era!

Lanzó una tortita al aire y Mary chilló cuando él la alcanzó al vuelo y la devolvió a la sartén.

—¡Genial! —dijo entre risitas.

Él se acercó y le pellizcó la nariz. Ella sonreía de oreja a oreja. ¡Ay, no! Al parecer, todas las mujeres Harper estabámos hechizadas por ese hombre.

Me apoyé en el marco de la puerta. Trent era un experto en darles la vuelta a las tortitas en el aire. También parecía estar totalmente cómodo con mis hermanos. Como si fuera algo habitual.

—¿Puedes hacer eso con huevos? —preguntó Rowan.

—Claro, amigo —asintió Trent. Sonaba muy californiano.

—¿Me enseñarías?

—Por supuesto. Puedes cautivar a muchas chicas con estos trucos. A las mujeres les encanta un hombre que sepa cocinar.

Resoplé y las tres cabezas se volvieron hacia mí.

—No le enseñes tus trucos a mi hermano. Él es un buen chico y va a seguir siéndolo.

Me dirigí hacia la cafetera, me serví una taza de café y agregué leche y azúcar. Antes de beber un trago, dos grandes brazos me atraparon por detrás. Noté sus manos pesadas sobre mi cintura, su pecho caliente contra mi espalda. Suspiré.

—No desprecies mis trucos, gominola —susurró—. Además, un hombre tiene que aprender a alimentarse.

—Así es. —Bebí de mi café para que el suave brebaje del desayuno despejara los últimos rastros de sueño.

—¿No estás de acuerdo? —Su voz era cálida contra mi cuello. Y me mordió.

El deseo atravesó mi cuerpo para asentarse entre mis muslos. Choqué contra él para empujar su cuerpo hacia atrás y luego me di la vuelta. Como era de esperar, dos pares de ojos estaban fijos en cada movimiento que hacía.

—Trent... —Miré a mi hermano y a mi hermana—. Aquí no —balbuceé.

—Nos verán juntos tarde o temprano —respondió, sonriente—. Y estoy pensando que temprano es mejor plan. —Con esa última palabra, entrelazó sus dedos en mi pelo, y usó el pulgar para alzar mi mentón y forzarme a levantar la vista—. Empecemos de nuevo. Buenos días, gominola. He dormido muy bien. Mejor que nunca —susurró antes de pegar sus labios a los míos.

Su beso fue suave, un ligero roce con sus labios, un ligero contacto con la lengua y una ligera succión al apartarse.

—Mmm... Besos de café. —Sonrió.

Durante un momento, nos miramos a los ojos. Algo que no podía definir estaba sucediendo entre los dos y me aterraba por completo.

—¡Eh...! ¡Que nos morimos de hambre! —nos recordó Row.

—¡Tortitas! —anunció Trent. Lanzó unas perfectas tortitas tamaño CD de la sartén a los platos frente a Row y Mary. Cuatro cayeron en el plato de Row y dos, en el de Mary—. ¿Cuántas quieres, gominola?

—Una está bien. —Me bebí el café.

—Hasta tu hermanita se va a comer dos. —Frunció el ceño—. Te prepararé tres.

—¿Quieres que engorde? —Reí y crucé los brazos sobre el pecho. Trabajaba muy duro para mantenerme en forma. Las mujeres con figura de reloj de arena por naturaleza ganan peso si no trabajan duro. Yo no era la excepción. Cuando mi madre murió, usaba una talla cuarenta y, aunque era definitivamente atractiva, lucía sus curvas como nadie. Yo no tenía esa sensación de sensualidad innata y no había descubierto mis curvas hasta después de su muerte.

Trent sostenía la espátula contra la encimera con una mano y con la otra levantó su café. Simplemente allí de pie, con aspecto informal en mi casa, preparando el desayuno, me parecía más sexi que nunca. Tenía que andarme con cuidado o mi corazón no sobreviviría.

—Estás de broma, ¿verdad?

—No, no es así. —Negué con la cabeza—. Trabajo duro y no quiero estropearlo con calorías inútiles. Las tortitas no son más que carbohidratos llenos de azúcar cuando les añades sirope. Tengo que limitar esas cosas en mi dieta o me inflaré como uno de esos balones del desfile de Acción de Gracias de Macy.

—Lo quemarás después con ejercicio. —Puso los ojos en blanco.

—No doy clases de yoga después. —Me llevé una mano a la cadera.

—Conozco otra forma de quemar calorías. —Él bajó el fuego, dejó seis tortitas perfectas cocinándose y se acercó a mí.

Su voz era baja, el tono hablaba directamente a la serpiente sexual que se ocultaba en mi interior. La que solo había salido dos veces antes, cuando Trent y yo jugamos en el estudio.

—¿Ah, sí? —Antes de que él pudiera responder, continué—. Bueno, creo que te equivocas. —Seguí el juego, me sentía como una fiera sexual. Él me provocaba eso. Sacaba una parte de mí que tenía enterrada. La parte sexual. La que quería rodear su cintura con mis piernas y cabalgar hasta la gloria.

Una vez más, me levantó el mentón y posó sus labios sobre los míos mientras hablaba. Sin besos, solo habló contra ellos. Ríos de excitación corrieron a través de mí. Lo deseaba. Tanto, que el ardor comenzó a dolerme.

—Cariño, te enseñaré todas las formas en las que equivocarse puede estar *muy* bien.

Justo cuando los labios de Trent estaban a punto de llevar nuestra pequeña charla a un lugar más productivo, la voz de Rowan pinchó nuestra burbuja de lujuria.

—¡Trent, tus tortitas se queman!

—¡Mierda! —Trent se dio la vuelta y maldijo mientras les daba la vuelta. Todas tenían una marca negra quemada debajo.

—Está bien. Podemos rasparlas —dije.

Él gruñó disgustado. Sin decir nada, llevó su pie al cubo de basura, levantó la tapa y tiró allí las seis tortitas. Para mí, fue como tirar dinero a la basura.

—Cariño, no vas a comer tortitas quemadas. Cuando pruebes mis famosas tortitas, tienen que ser perfectas.

—Pero es un desperdicio de comida —dije con el ceño fruncido.

—No. —Él negó con la cabeza—. Compraré más. Relájate.

¿Relajarme? Jugué con la cinta de mi bata. *Déjalo pasar esta vez, Vivvie. Él no sabe que la mezcla cuesta diez dólares, y eso si la compras en Cosco, al otro lado de la ciudad.* Él compraría más. Puse los ojos en blanco. Sí, claro. Como si un famoso jugador de béisbol fuera a preocuparse por comprar más mezcla para tortitas para mi pequeña familia.

Trent trabajó rápidamente y vertió el resto de la preparación sobre la sartén. Tenía suficiente para seis más. Luché para que solo me diera dos. Finalmente, gané la batalla y nos sentamos en las sillas de la barra de desayuno. Los niños ya habían terminado y habían salido de la cocina.

Las tortitas probablemente fueran las mejores que había probado. Le había agregado algo a la preparación que no lograba descubrir.

—¿Un ingrediente especial?

—Notas la diferencia, ¿eh? —preguntó con una sonrisa.

—¿Qué es? —Asentí.

—Secreto. Mi madre me lo enseñó. Nunca lo diré. Tradición familiar.

Con otro generoso bocado, gemí ante la masa esponjosa y el delicioso sirope.

—¿Te gusta? —preguntó él mientras me colocaba un mechón de pelo detrás de mi oreja en un gesto realmente dulce. Un contacto al que podría acostumbrarme con facilidad.

—Son muy buenas. Tendrás que venir cada sábado por la mañana a prepararnos tus famosas tortitas —bromeé.

Él dejó su tenedor, apoyó el codo sobre la barra y descansó el mentón sobre la palma de su mano. Luego me miró. No solo me miró. No, observó mis ojos como si estuviera viendo directamente mi alma. Se lamió los labios y sus fosas nasales se agrandaron. Después se mordió su carnoso labio inferior, se frotó el mentón y siguió mirándome e inquietándome con la intensidad de su mirada.

—Podría hacerlo, Genevieve. —Sus palabras fueron firmes y honestas.

¡Guau! Eso no me lo esperaba. Con esas palabras había insinuado que aquello era más que una aventura fugaz y casual. Terminé de masticar, dejé mi tenedor y sujeté sus manos. Eran cálidas y, en el instante en que nuestras palmas se tocaron, los chakras de nuestras manos se activaron. Sentí cómo corría nuestra energía en direcciones opuestas, como atraídas magnéticamente la una por la otra.

—No digas cosas que no puedas cumplir. —Parpadeé y bajé la vista a nuestras manos unidas.

—A ti no te haría eso. —Trent bajó la cabeza y aferró mis manos con más fuerza.

—Pero lo has hecho con otras mujeres.—Miré hacia la derecha. Si quería saber lo que era aquello, tenía que ser honesta con él y conmigo misma—. Me han dicho que eres un jugador.

—Sí. —Asintió e inspiró profundamente—. Diría que eso resume con bastante certeza mi experiencia con las mujeres.

Intenté apartar las manos, pero él las sostuvo con fuerza.

—Trent... —Mi voz temblaba. Ese era un territorio sin explorar para mí. Mi único romance serio había terminado en un fracaso rotundo. Comenzar algo con un reconocido mujeriego, arriesgar mi corazón, conociendo el resultado, era una mala idea. No solo mala. Era un error colosal.

—Genevieve, no estoy seguro de lo que hay entre nosotros. Nunca había sentido nada igual. Pero te prometo que no estoy jugando contigo. Siento como si todas las reglas hubieran cambiado al tratarse de ti. Las mujeres siempre me han utilizado y, a su vez, yo las he utilizado a ellas. Era algo mutuo. A ti no te estoy utilizando y sé que tú tampoco a mí. Así que, ¿podemos ir viendo adónde nos lleva esto? ¿Día a día?

Día a día.

Apreté los labios y pensé en ello. Él esperó paciente, sin presionarme ni incitarme, solo se quedó sentado tranquilo y me sostuvo las manos.

—Eso suena razonable —dije.

—Día a día. —Una sonrisa de felicidad asomó en sus labios—. A partir de hoy, ¿qué planes tienes?

# 12

## *Chakra raíz*

*Los chakras son los centros energéticos del ser espiritual.*
*Cada chakra controla diferentes ámbitos de tu vida. Cuando logras*
*equilibrar tus chakras, empiezas a encontrar equilibrio y paz en tu vida.*

## TRENT

Después de desayunar, nos dividimos y vencimos. Genevieve hizo lo que fuera que hiciera con los niños un sábado por la mañana y, después de varias llamadas, yo encontré a un tipo que podía venir a la casa de inmediato. Lo recibí en la acera, le enseñé la puerta rota y le expliqué lo que quería para reemplazarla. No solo quería una puerta, también quería una puerta mosquitera de acero de seguridad. Así, cuando Genevieve estuviera en el jardín o en el patio trasero, podría dejar la puerta de madera abierta para que entrara la brisa. Claro que no se lo consulté. Sabía que contaría los dólares y no estaría de acuerdo, aunque eso mejorara su calidad de vida. Si dejaba que fuera ella quien se ocupara, taparía el vidrio roto con una tabla de madera y listo. Como si aquí no hubiera pasado nada. Para mí, eso era un gran riesgo para su seguridad, y no pensaba dejar que la mujer con la que salía y los dos niños de los que cuidaba vivieran en una casa insegura. De ninguna manera.

El técnico y yo escogimos algo más sólido, junto con una puerta mosquitera metálica de seguridad con detalles artísticos y un cerrojo. Incluso si un delincuente conseguía atravesar la puerta mosquitera por casualidad o con una enorme palanca y fuerza sobrehumana, después tendría que atravesar la puerta de madera sólida que tenía otras dos cerraduras.

El tipo prometió volver al día siguiente con las dos puertas nuevas listas para instalarlas. Eso significaba que tendría que quedarme otro día más y que debería ir a mi casa a buscar algo de ropa. Genevieve dijo que tendría clientes en su garaje y que estaría ocupada al menos dos horas. Aproveché ese tiempo para pasar por mi apartamento, recoger ropa para algunos días, prendas deportivas y un calzado viejo. El aspecto del jardín trasero era infernal y necesitaba que un hombre le metiera mano.

Cuando volví a la casa, Rowan estaba sentado en el sofá jugando a los videojuegos. Mary se encontraba recostada en el suelo, sacudiendo las piernas a un lado y al otro mientras coloreaba un libro con hadas y criaturas míticas. Eché un vistazo a la página que estaba pintando. Se le daba bien. No solo no se salía de las líneas, sino que usaba los colores de forma única y diferente, coloreando patrones en las alas de las hadas que no estaban dibujados, delineando secciones mucho más oscuras y llenándolas con el color más claro. Yo no sabía mucho de niños ni de sus habilidades, pero ella parecía una pequeña artista.

—Mary, estás haciendo un gran trabajo artístico. Me gustan los detalles que les pones a las alas.

—Gracias, Trent. —Su pequeña cabeza se levantó, el pelo rubio le cayó alrededor de la cara y me miró animada—. Me encanta pintar.

—Se le da muy bien —agregó Rowan—. Mary es un as de las cosas artísticas y la danza.

—¿Eres bailarina? —Quería saber más sobre la pequeña. En el pasado jamás había dedicado ni un minuto a relacionarme con un niño como ahora.

Mary se sentó sobre los talones de un modo que solo los niños pueden hacer sin romperse un hueso.

—Sí. Participaré en un recital dentro de tres semanas. En noviembre, así que es justo antes de las vacaciones de Navidad. Vamos a representar *El cascanueces loco.* Así que no será como el original con bailarinas de ballet y movimientos aburridos, será de hip-hop y danza contemporánea. ¿Vendrás? —Aplaudió—. Vengaaaa...

Reí y le di una palmadita en la cabeza.

—Miraré mi agenda, pequeña, y ya veré. Si estoy en la ciudad y mi agente no ha planeado ninguna sesión publicitaria o fotográfica, puedes contar conmigo. ¿Te parece bien?

Ella asintió, se dio la vuelta y volvió a su libro para colorear.

—Oye, *Row-man.* Voy a trabajar en el jardín, a poner las plantas a punto para el invierno. ¿Quieres echarme una mano?

Los ojos de Rowan se agrandaron, se levantó, apagó su Xbox y dejó el mando sobre la mesa.

—Deja que me cambie de ropa y voy.

—Buen chico. Te veo allí. —Le di una palmada en la espalda mientras él rodeaba el sofá—. Te ensuciarás, así que ponte algo que no te importe manchar.

Asintió y subió corriendo los escalones de tres en tres. Era un buen chico, pero necesitaba un hombre que lo acogiera bajo su ala. Estaba ansioso por ayudar a su familia. De todas formas, no parecía seguro de qué hacer además de cortar el césped. Le daría una buena lección acerca de cómo cuidar del jardín, cortar las malas hierbas, recortar los arbustos para que se vieran más bonitos estéticamente, y cómo cuidar de las flores y de los árboles.

En el cobertizo, encontré las herramientas de jardín todas tiradas en una zona. Deberían estar colgadas en las paredes, fáciles de encontrar. Lo ayudaría a colocarlas al día siguiente, cuando termináramos con el trabajo pesado.

Sujeté la podadora eléctrica, la enchufé y arremetí contra los arbustos descuidados. Rowan había intentado mantenerlos bajo control, pero tenía que hacerlo con más frecuencia y cortarlos mucho más.

—Entonces, Trent, ¿qué quieres que haga?

Le enseñé cuáles eran las malas hierbas en las macetas de flores, alrededor de los árboles, y cómo usar el herbicida en las grietas del camino. Luego trabajamos juntos para dar forma a los arbustos y cortar las ramas de los árboles que estaban demasiado cargadas y pesadas.

Rowan aprendía rápido, al igual que yo cuando mi madre me enseñaba. Mi padre me enseñó de herramientas, cómo arreglar un coche, cómo reparar cosas, trabajos de mantenimiento. Mi madre me educó en el trabajo del jardín y la cocina. Mi padre jamás cortó el césped en su vida. Lo hacía mi madre, hasta que yo tuve edad suficiente para empujar la podadora. Entonces lo hacía yo. Incluso ahora, que mi madre estaba jubilada, tenía a un niño vecino que cortaba el césped por ella. Ella cuidaba de los árboles, de sus plantas, hierbas y flores, y podaba sus arbustos a diario. Era su tarea y su jardín era el mejor que había visto.

Después de dos horas, Rowan y yo estábamos muertos de calor y habíamos avanzado mucho con el trabajo, pero nos faltaba mucho para terminar. Me quité la camiseta y me sequé el sudor de la cara.

—¡Chicos! —llamó Genevieve desde la puerta trasera—. He preparado sándwiches y limonada.

Sonreí. Mi chica me había preparado un sándwich. Subí los escalones de la entrada cojeando y encontré dos platos llenos hasta arriba de gruesos sándwiches de pavo y jamón en pan de trigo, y junto a ellos había macedonia de frutas en cuencos y vasos altos de limonada. Rosada. El mismo color que sus labios. Genevieve dio la vuelta para dejar servilletas y cubiertos junto a los platos.

—Cariño... —Le pasé un brazo por la cintura y la acerqué contra mi pecho.

Ella levantó las manos y se apartó de mi pecho desnudo.

—Estás sudado. —Me miró a los ojos y parpadeó dulcemente. ¡*Cielos! Podría devorarla.*

—¡Qué bonita eres! —dije, antes de llevar mis labios a los suyos. Sabía como el ácido de la limonada y a su sabor único.

Durante un momento, se retorció e intentó apartarse. Probablemente por Rowan, pero yo no pensaba rendirme. Esos niños se acostumbrarían a verme por allí y tocando a su hermana, porque no era capaz de mantener mis manos fuera de su delicioso cuerpo por más de unos minutos. Deslicé mi lengua entre sus labios. Ella suspiró y la abrió para mí. Unos pocos movimientos dentro de su boca y se derritió contra mí como si no hubiera nadie alrededor.

—¡Iros a un cuarto! —dijo Rowan entre risas.

Genevieve se alejó y llevó una mano a su boca. Se la veía ruborizada y preciosa.

—¡Compórtate! —Me golpeó jugando mientras le lanzaba miradas a su hermano. Rowan no parecía para nada perturbado por la muestra pública de afecto. Probablemente disfrutaba provocando a su hermana, algo que imaginé que hacían siempre los hermanos. Por supuesto, nunca lo sabría porque no tenía hermanos, pero tenía sentido. Yo siempre molestaba a mi madre.

Me senté, tomé la bebida refrescante y me bebí la mitad de una vez. Dio en el blanco.

—¿La haces tú, gominola?

Ella asintió y sus mejillas volvieron a sonrojarse.

—No tenías por qué trabajar en el jardín. Es decir, si tienes otras cosas que hacer... —Se retorció los dedos. Eché un vistazo a Row, su expresión era nerviosa e insegura.

—No, no hay nada mejor que trabajar bajo el sol con uno de mis hermanos. ¿No, *Row-man*?

Sus labios se curvaron en una gran sonrisa mientras le daba un gran bocado a su almuerzo. Luego habló con la boca llena de comida; una actitud totalmente adolescente.

—Estamos... haciendo trabajo... de hombres. —Se tragó la comida—. Déjanos. Tenemos mucho que hacer todavía.

Genevieve se movió para esquivarnos. La sujeté por la cintura y la atraje a mi regazo. Su trasero tocó mi pene y acomodé mi posición y lo presioné contra ella. Tuve una semierección desde el momento en que la vi salir de la casa con unos pantalones cortos ajustados y una camiseta sin mangas. Su pelo estaba recogido en una cola de caballo y llevaba unas sandalias plateadas. Incluso sus dedos eran bonitos, con las uñas pintadas de rojo brillante, a juego con su pintalabios.

—Gracias por el sándwich, gominola. Delicioso. Casi tan sabroso como tú. —Sus mejillas se sonrojaron. Amaba su rubor. Tan genuino y todo mío.

—Ahora, dame un beso de despedida antes de seguir con tus cosas.

Echó un vistazo a Rowan. Él sacudió una mano para indicar que no le importaba.

—No lo mires a él, cariño, mírame a mí. Tus ojos en mí. —Moví su cabeza con mi pulgar y mi dedo índice—. Gracias. —Y tomé sus labios.

Con el simple contacto, su cuerpo se volvió más pesado. Justo cuando creí que retrocedería, colocó ambas manos en mi cara y fue a por un beso profundo y mojado que me hizo ver las estrellas. Tomó el control de mis labios, succionó mi lengua y me dio todo lo que tenía. Me mordió el labio superior, el inferior y luego se apartó. Seguí su cabeza mientras se movía, quería más de su dulce sabor.

Gruñí, hice que se levantara y le susurré al oído.

—Más tarde te pillaré. Después de ese beso, noto lo mucho que lo necesitas también. No vamos a esperar más. Será esta noche.

—Eso está hecho —susurró. Sonrió traviesa y alzó una ceja. Me besó en los labios una vez más y se alejó antes de que pudiera atraparla.

—Condenada mujer. —Puse las manos en jarras y negué con la cabeza.

—Te gusta mucho mi hermana. ¡Qué asco, tío! —Rowan negó con la cabeza, se levantó y volvió al jardín.

Me senté y me comí aquel increíble sándwich de pavo. Competía con el del Rainy Day Café, donde iba a diario. Hacían un sándwich excelente, pero que una mujer cocinara para un hombre era algo especial. Imaginé que agregaba su amor y cuidado en cada condimento e ingrediente para crear una pieza maestra. ¡Mierda! Sonaba terriblemente sentimental. Necesitaba salir a cortar algunos arbustos, ponerme los pantalones de hombre, golpearme el pecho y recordarme que no era un hombre sensible y dominado. Aunque, si alguna mujer podía dominarme, apostaría todo mi dinero a Genevieve. No podía esperar a recorrer todo su cuerpo con mi boca esa noche. Para eso, tendría que planificar el escenario.

—Así que, *Row-man*, ¿crees que podrías organizarlo para que tú y tu hermanita paséis hoy la noche en casa de algún amigo?

—Claro, tío. —Rowan dejó de recortar la forma cuadrada en los arbustos y rio—. Creo que lo puedo solucionar.

—Te estaré muy agradecido. Te lo compensaré.

—No, está bien —dijo con voz baja—. Ya lo has compensado poniendo esa sonrisa en la cara de Vivvie. Te debo una.

## GENEVIEVE

Suspiré aliviada cuando terminé de peinar el último mechón de pelo del recogido de la señora Turner para su cita aquella noche con su marido.

—Está perfecto, Genevieve, y justo a tiempo. —Bajó la vista a su reloj—. Hora de encontrarme con el señor Turner. —Sonrió y dejó dos billetes de veinte dólares sobre mi mesa de trabajo.

—Señora Turner, son solo veinte dólares.

—Querida, no cobras lo suficiente —dijo con una sonrisa—. Habría pagado al menos cuarenta por un lavado, peinado y recogido en un salón de peluquería. No regales tu trabajo.

—Gracias, señora Turner. —Bajé la vista al suelo de hormigón y arrastré los pies.

—Pásalo bien esta noche, Genevieve. —Recogió su abrigo y fue deprisa hacia su coche en la entrada.

La saludé con la mano mientras se iba. Tal vez la señora Turner tenía razón y yo no estaba cobrando lo suficiente, pero no podía arriesgarme a que mis clientes se fueran a otro sitio. Muchas personas de esa zona no querían cortarse el pelo en un garaje. Querían ir a un salón profesional. Y aún me faltaba un semestre en la escuela de peluquería antes de poder practicar en un salón.

Resoplé, limpié mi lugar de trabajo y volví dentro.

—¡Hola! —Mary y Rowan bajaron las escaleras corriendo justo cuando llegué al cuarto de estar. Estaban vestidos para salir, a pesar de que era la hora de cenar, y llevaban sus mochilas.

—Oye, Vivvie, Mary y yo pasaremos la noche en casa de Jonathan y Carrie.

Jonathan era un jugador de béisbol del equipo de Rowan en el instituto Berkeley y su hermana menor, Carrie, estaba en la misma clase que Mary. Eran muy amigos y sus padres realmente no ponían reparos a que mis hermanos se quedaran los fines de semana. Decían que eso mantenía a sus hijos entretenidos y alejados de los problemas. Normalmente, a mí tampoco me importaba. Pero, después de la noche anterior, me sentía algo alterada y egoísta. Quería que se quedaran en casa donde pudiera verlos.

—¿Estáis seguros? Podríamos ver películas, hacer una noche de pijamas improvisada con palomitas. Puedo hacer *pizzas*.

Ambos negaron con la cabeza.

—Imposible. La madre de Carrie nos llevará a ver la nueva película de hadas. ¡Sabes que me muero por verla! —La voz de Mary era aguda, como si pudiera *morir* si decía que no.

—De acuerdo, niñita. Está bien. Row, no la pierdas de vista. —Me quedé sin voz por una oleada de emociones que no esperaba.

Rowan terminó de bajar las escaleras y me abrazó, uno de sus abrazos de cuerpo entero, que decían que quería a su hermana mayor y que a mí me encantaban.

—Sabes que sí. Sus padres estarán allí, ¿de acuerdo? Y, además, Trent está en la cocina preparando una cena para ti. Dice que se ocupa de ti esta noche, así que me llevaré el Stang.

El Stang era el Mustang de nuestro padre y nuestro único coche. Normalmente nos avisábamos cuando lo necesitábamos para que el otro pudiera organizarse.

Antes de que pudiera preguntar qué quería decir con eso de que Trent estaba preparando la cena, los dos salieron corriendo con un concierto de «te quiero» y «hasta mañana». Negué con la cabeza y me dirigí a la cocina. Trent estaba inclinado sobre la cocina y un maravilloso aroma a ajo y especias invadía el ambiente.

—¿Qué haces? —Llevé las manos a sus caderas y miré dentro de una olla de salsa burbujeante. Era espesa, llena de verduras y carne. Era la clase de salsa para pastas que podía comerse sin los espaguetis, y olía divinamente. Mi estómago rugió.

—¡Guau! —Trent me agarró con sus manos desde atrás—. Parece que mi chica está hambrienta. ¿Lista para comer?

Resoplé y eché un vistazo alrededor de la cocina. La mesa ya estaba puesta, con platos y cubiertos. No había puesto velas o flores como en las películas románticas, pero el efecto fue el mismo. Trent Fox, el famoso jugador de las Grandes Ligas de béisbol, había puesto la mesa y preparado la cena para mí. *Para mí.* Una simple chica de Berkeley, California.

—No puedo creer que hayas hecho todo esto.[

—Bueno, mi objetivo es llegar a tu ropa interior. ¿Ha funcionado? —Sus manos jugaron con el botón de mis pantalones.

Giré y puse mis brazos alrededor de su cuello.

—¡Ah, sí! Funciona.

—Ve a la mesa, mujer. —Sonrió, me besó muy ligeramente y me dio un golpe en el trasero—. Serviré la comida. Primero a comer, el plato sexi para después.

Sirvió una gran ración de comida. Mucho más de lo que yo podía comer. Tanto para mí como para él, pero no dije nada. Era su cena. Llenó mi vaso con un vino de una bodega local que había visitado con una amiga antes de que mis padres fallecieran.

—Gracias. —Levanté la copa. Él llenó la suya e hizo lo mismo—. ¿Por qué brindamos?

Él sonrió y luego hizo una mueca con los labios.

—¿Por hacerte el amor hasta volverte loca? —Su sonrisa se volvió traviesa.

—Habla en serio por una vez. —Mi corazón se aceleró al imaginar todas las formas posibles en las que podía volverme loca por completo en la habitación. Trent puso los ojos en blanco.

—¿Qué te parece si brindamos por las nuevas experiencias, hacer algo loco, y esperar los mejores resultados?

—Por *eso* sí puedo brindar. —Sonreí ampliamente.

Los dos bebimos y charlamos despreocupados. Él me habló de la Liga Universitaria, luego de las Grandes Ligas, y de cómo sobrevivió a sus años de novato con esperanza y fe. Me explicó que su madre se había asegurado de que aprendiera a cuidar de un jardín y a cocinar. Al parecer, solo sabía preparar unos pocos platos. Los espaguetis y las tortitas eran su especialidad en la cocina. Me encantó que hubiera compartido sus dos mejores platos conmigo.

La cena fue el paraíso y la conversación fue incluso mejor. Trent parecía interesado en saber más de mí, no solo en meterse en mis bragas. Por otro lado, yo estaba tan preparada para llevar aquella fiesta a otro nivel que podría haber estallado en cualquier momento. A lo largo de la cena, me tocó tanto como pudo. Cada contacto lo noté como una marca crepitante sobre mi piel, que encendía cada nervio de mi cuerpo con la anticipación de lo que estaba por llegar.

Mientras lavábamos los platos, la faceta juguetona de Trent se desató. Me lanzó gotas de agua. Yo respondí arrojándole espuma. Llegó un momento en que se apoderó del grifo y me mojó la delantera de mi camiseta. Las puntas de mis pechos asomaron a través del sostén de encaje debajo de ella. Sus ojos brillaron con fuego abrasador. En ese momento hizo su jugada.

Me aparté de él para dejar el último plato en el escurreplatos. Él me hizo girar y presionó mi espalda contra el fregadero. Me miró con ojos sensuales y recorrió mi figura como una caricia física, para quedarse hipnotizado con la tela amarilla ceñida sobre mis pechos. Agarré la encimera detrás de mí, con los dedos curvados sobre la cerámica. Esperando. Expectante. Él se inclinó y lamió la punta de mi pezón endurecido, directamente sobre el algodón. Le sujeté la cabeza y enterré mis dedos entre las capas de su pelo largo.

—Trent... —Suspiré, las chispas de deseo subían en espirales, desde la succión y presión de mi pecho entre sus dientes.

Trent gruñó y bañó la punta con su lengua. La tela mojada se ajustó sobre mi pezón sensible y envió oleadas de calor por toda mi piel mientras mis bragas se humedecían.

—Por favor...

Se apartó de mi pecho y me levantó, de modo que mis piernas envolvieron su cintura.

—Trent, no puedes. Tu pierna...

Me interrumpió con un beso. No uno dulce. No, fue carnal: labios, dientes y lenguas.

Lentamente, me cargó por las escaleras, y, aunque sabía que no debía subirlas con el peso extra, mantuve la boca cerrada. Esa era, con diferencia, la experiencia más romántica de toda mi vida. Un hombre llevándome en brazos a la cama.

Cuando llegamos a mi habitación, deslizó mi cuerpo por el suyo, mis pechos rozando su torso. Enterró las manos entre mi pelo, acunó mis mejillas y levantó mi barbilla.

—Te deseo más que a cualquier mujer que haya conocido. Lo desdibujas todo, Genevieve, y lo reemplazas con luz y cosas buenas. Necesito eso en mi vida.

Sostuve los lados de su cara y recorrí su labio inferior con mis dedos pulgares.

—Entonces, tómalo. Ahora es tuyo. Soy tuya. —Respiré hondo. Las palabras iban cargadas de sentido y probablemente significaban mucho más para mí de lo que significaban para él, pero, en ese momento, no podía negar lo que deseaba. Más.

Más de Trent.

Más de su tiempo.

Simplemente más.

—¡Dios! ¿Cuándo fue la última vez para ti? Necesito saber cuánto me deseas, porque yo apenas puedo contenerme, cariño. El animal que hay dentro de mí quiere desgarrar tu ropa y estar dentro de ti hasta que grites mi nombre. Y luego volver a empezar otra vez. —Su voz era agitada y profunda.

Eso sonaba totalmente fantástico, pero había pasado mucho tiempo desde la última vez.

—Más de tres años.

Sus ojos se agrandaron tanto que pude ver cada destello de color dentro de ellos, como si estuvieran brillando.

—¿Cuántos hombres? —Apretó los dientes con la mandíbula firme.

—Solo uno —susurré tímida. Lo miré a los ojos y catalogué cada detalle de su rostro. Quería recordar ese momento. Sus fosas nasales se abrieron e inspiró profundamente. Sus ojos color avellana se llenaron de pasión y sus pupilas se dilataron.

—Me gusta eso, cariño. Me gusta mucho. Porque justo ahora voy a hacer que te olvides de ese único hombre.

Sin pensarlo, deslicé mis manos por su camisa y la desabotoné hasta abrirla por completo, para presentarme a su pecho desnudo. Coloqué cada uno de mis dedos cerca de sus clavículas y recorrí suavemente su amplio pecho con mis uñas. Él gimió y la protuberancia en sus pantalones se hizo más grande.

Me sujetó por la cintura y presionó, mientras yo me acercaba y besaba su pecho una y otra vez. Saboreando su piel cálida, oliendo su esencia única a cuero y a hombre, mordí su pectoral y luego lo suavicé con mi lengua. Él soltó un gruñido largo y profundo.

Por fin, levanté la vista y miré dentro de sus ojos avellana.

—Cariño, ya lo he olvidado.

# 13

## *Postura del puente*

### *(En sánscrito:* Setu Bandha Sarvangasana*)*

*Esta asana ayuda a estirar la espalda, alivia la tensión en la columna y en los hombros, y a su vez fortalece los músculos de los muslos, los glúteos y el centro. La postura del puente está considerada una de las retroflexiones más versátiles en el yoga. Recostado en el suelo, con las piernas y los pies separados el ancho de las caderas, rota los hombros debajo del cuerpo y une las manos. Levanta las caderas hasta que estén por encima del corazón.*

## TRENT

Genevieve llevaba a un hombre hasta sus instintos más básicos, donde el ser primitivo tomaba el control. Al mirar sus ojos negros y sus labios irritados por los besos, tenía que controlar a mi animal interior. De pie delante de mí, era la fantasía de cualquier hombre, con sus grandes pechos jadeando debajo de su camiseta húmeda. Sus labios destellaban con la luz suave de la lámpara junto a su cama. Quería poseerla, marcarla, sellarla en mi mente, hacerla mía.

Elevé su mentón y volví a besarle los labios. Pasé mi lengua sobre ellos, saboreé cada centímetro, fijé el beso en mi memoria; cómo notaba sus labios contra los míos, cómo suspiraba mientras la besaba. ¿Qué mujer suspiraba? La que ponía su cuerpo entero en cada contacto conmovedor de nuestros labios. Enterró sus manos en mi pelo sobre mi nuca y se aferró por su vida. Mientras la deslizaba hacia la cama, ella se dejó caer, sin que nuestros labios se separaran. Magia.

Estar sobre ella era como colocar una pieza del rompecabezas en su lugar. Apoyar mi pelvis contra la de ella era plena dicha. Nunca antes me había sentido complacido solo por recostarme sobre una mujer.

Que nadie se hubiera ocupado de ella en tantos años me hacía desear arremeter contra ella. Arrancarle la ropa y servirme de cada centímetro de su cuerpo. Menos mal que teníamos toda la noche, porque un encuentro acelerado no iba a bastar. De ninguna manera.

Me abrí camino besando su cuello y saboreé su garganta. Justo como lo sospechaba, era suculenta. Me levanté sobre ella, deslicé mis dedos por los extremos de su camiseta y levanté la tela sobre su cabeza. Subí su sostén sobre sus enormes tetas y se lo pasé por la cabeza sin tan siquiera desatarlo. Quería que el objeto opresor desapareciera de inmediato. Si hubiera dependido de mí, sus pechos serían libres y estarían siempre listos para mí. Metí un pezón rosa dentro de mi boca. Se irguió en una dura protuberancia. Ella me tiró del pelo y alzó sus caderas para encontrarse con las mías.

—Es tan sensible… —Bañé su pezón dándole toques con la lengua.

Sus ojos se llenaron de calor.

—Me encanta eso de ti. Esta noche, gominola, encontraré cada punto sensible de tu cuerpo y te haré perder la cabeza. ¿Cuántas veces puedes correrte, eh? —Sujeté el otro pezón entre mis dedos y lo moldeé hasta que estuvo tan erguido como el que estaba saboreando.

Su respiración era forzada y entornó los ojos. Sus caderas volvieron a elevarse y yo las presioné con las mías, froté mi erección cubierta por el vaquero sobre su sexo para crear una placentera fricción. No me haría estallar, no esta vez. No, tenía toda la intención de explotar dentro de los confines de su pequeño cuerpo.

—Respóndeme, cariño. ¿Cuántas veces puede correrse este dulce cuerpo? —Comencé a succionar el otro pecho.

—Solo... una vez.

Me detuve donde estaba, succioné su pezón hasta que brilló y luego la miré y esperé hasta que sus ojos encontraron los míos.

—Eso es ridículo, gominola. Este cuerpo fue hecho para el placer. Te mostraré todo lo que puede hacer. —Me senté y aferré sus caderas—. Apostaré a tres esta noche y veré si puedes con eso. Quizá vaya a por cuatro. Depende de si ya quiero descargarme para entonces.

El modo en que sus ojos se agrandaron me indicó que no me creía. Aceptaba el desafío.

—No puedes hablar en serio. ¿Tres orgasmos en un encuentro?

Asentí, desabotoné sus pantalones y los bajé por sus largas piernas. Para ser tan pequeña, tenía un buen par de piernas. Comencé por los pies, le levanté la pierna y ascendí dándole besos hasta el sexo. Sus bragas de algodón estaban totalmente mojadas y el aroma de su excitación envió a un enjambre de abejas zumbando por mi piel.

—Tu ropa interior está mojada para mí, cariño. —Froté mi nariz sobre la tela húmeda e inspiré hondo para fijar la esencia de esa mujer en mi mente. Mi cabecita se puso dura de deseo por entrar allí. Acomodé mi miembro, dándole un poco de atención mientras deslizaba mi dedo entre sus senos, hasta la punta de sus bragas y hacia su clítoris. Me detuve en ese punto rígido y presioné. Sus caderas siguieron el estímulo de inmediato, en un movimiento circular que hizo que mis neuronas se incendiaran y acortaran.

Bajé las bragas por sus piernas y las separé.

—¡Cielos! Eres flexible. Parece como si pudiera abrirte en dos.

Su sexo se abrió como una flor. Enterré mi nariz justo entre sus labios menores. Luego extendí mi lengua y la lamí entera, hasta el clítoris, en un solo movimiento. Genevieve intentó tensar y cerrar las piernas, pero no pensaba permitirlo. No, planeaba oírla perder la cabeza esa noche y ese era solo el primer paso.

—¿Te gusta, gominola?

—Sí —susurró y cerró los ojos.

—¿Qué te gusta, cariño? Dime. —Me alejé y usé mis dedos para jugar con sus jugos.

—Mmm... —suspiró—. Lo que estás haciendo.

Levantó una mano y se llevó uno de sus dedos con uñas rojas a la boca, donde succionó la suave carne en una muestra gráfica de lo que quería hacer con mi miembro. Reviví fácilmente la sensación de sus labios alrededor de mí. La base de mi columna se tensó y cosquilleó mientras ella jugaba con su dedo.

—No, cariño. No es suficiente. —Volví a moverme entre sus piernas y extendí sus muslos, como si estuviera sosteniendo algo pesado. Era sencillo mantenerla abierta, porque ella me quería allí. La humedad en su sexo brilló y volví a chuparlo, con más atención en su clítoris. Rodeé el punto endurecido con mis labios y lo acaricié con la lengua. Repetidamente.

Ella comenzó a temblar.

—Dime qué te gusta. Dilo con tus palabras.

Ella gimió y sacudió la cabeza de lado a lado sobre la cama.

—Me gusta tu lengua.

—¿Así? —Le di más de eso. Ella suspiró.

—Sí. Y tus labios.

Mi pene se endureció. Froté mis labios por su sexo, besé y chupé cada centímetro.

—¿Qué más te gusta? —Quería oírla decir cada cosa picante que estaba haciéndole, pero con sus propias palabras tiernas.

Yacía desnuda y temblando, mientras yo la sostenía abierta para mí y la hacía hablarme en mitad de su placer. Fue una de las experiencias más eróticas y bonitas de mi vida. Nunca antes me había tomado tanto tiempo con una mujer, pero con Genevieve no quería parar jamás.

Me ofreció otro suspiro y una inspiración profunda cuando impulsé mi lengua hacia el corazón de su entrepierna. Todo su cuerpo se tensó y supe que se correría.

—Me gusta... Me gusta cuando saboreas mi interior. —Enterró sus dedos en mi pelo y lo agarró por las raíces.

—¿Ah, sí? Entonces será mejor complacer a mi mujer. —Presioné mi lengua en lo más profundo de su ser, tan lejos como pude llegar, y deseé tener una lengua más larga. Luego, me serví de la siguiente mejor arma y penetré su sexo con mi dedo índice, la complací cuando gritó, sus manos se estrecharon sobre su cabeza al tiempo que su cuerpo se tensaba como una cuerda.

Sus caderas y piernas temblaron mientras la satisfacía con mis dedos; añadí mi lengua, sentí su clímax y amé el sabor dulce de mi chica. Presté atención a su cuerpo, a sus ligeros sobresaltos y espasmos, a la espera de llevarla al precipicio de su descarga.

—¡Ay, Dios mío! —jadeó.

La sostuve allí, envolví su clítoris con mis labios, añadí otro dedo y la llevé al clímax. Gimió y su cuerpo convulsionó, pero no me detuve. Justo cuando comenzaba a relajarse, fui a por más. Presioné mis dedos, los curvé para encontrar ese punto en su interior que hacía que su cuerpo se volviera rígido y toqué a mi chica como un instrumento musical. Succioné su clítoris, mordí esa porción de su carne y la toqué en lo profundo de su ser, sin abandonar ese punto que la hacía temblar.

—¡Trent, Trent, Trent, ay, por Dios!

Sus piernas se sacudieron, sus enormes pechos se mecieron y yo devoré a mi hembra como si nunca fuera a tener otra oportunidad. Ella se retorció. Luego tiró de mi camiseta y la arrancó sobre mi cabeza. Liberé su jugoso sexo apenas lo suficiente para dejar ir la prenda.

—Te deseo, te deseo, te deseo... —repitió y tiró de mi cabeza.

—Quiero que te corras una vez más en mi boca, cariño. Lo necesito. —Gruñí. Algo me ocurrió cuando ella comenzó a exclamar mi nombre en mitad de su placer. *Necesitaba* hacer que se sintiera bien. Necesitaba sentir cómo su cuerpo explotaba con mi ayuda. Lo deseaba incluso más que mi propio orgasmo.

—Desnúdate, cariño, por favor —exclamó, con la voz afectada.

Me separé de ella, me desabroché los vaqueros y me los quité, junto con mi ropa interior y los zapatos, y luego salté sobre la cama.

—¿Quieres mi pene? —Repté sobre su cuerpo y lamí su vagina una vez más, luego su vientre y finalmente cada uno de sus redondeados pechos. Estaba adorándolos cuando ella sujetó mi miembro entre sus manos. Estaba tan duro que podría haber golpeado acero hasta agujerearlo.

—Sí, cariño. Date la vuelta. Ven a mi boca.

Oír a mi correcta chica yogui zen ser tan explícita me puso todavía más duro. Giré sobre ella y mi pierna protestó. Me estremecí, pero ella no lo notó, gracias a Dios. Se habría detenido si pensara que sentía dolor, y necesitaba tener sus labios envolviendo mi miembro más que respirar.

En el momento en que rodeé su cabeza, me tomó dentro de su ardiente boca.

—¡Dios!

Embestí su boca varias veces. A ella le gustó. Su placer se desató. Gimió en mi pene, al tiempo que lamía la punta y succionaba la base con gran habilidad. Esa mujer me iba a arruinar todo mi futuro sexual.

## GENEVIEVE

Trent gimió y embistió mi boca. Su sabor salado llegó a mis papilas gustativas y casi me desvanezco. Me encantaba practicarle sexo oral. Tenerlo sobre mí, perdiendo la cabeza por su pasión por mí, hizo que me sintiera mareada, embriagada de mi poder femenino. El orgasmo con el que ya había sido bendecida había sido un diez, y me había prometido dos más. Ese era un territorio nuevo para mí. Nunca había tenido orgasmos múltiples, ni siquiera con mi novio a pilas. Tampoco es que lo usara demasiado. Solo cuando la tensión excedía lo que podía aguantar, entre el trabajo, los niños y la casa.

Me di la vuelta para ajustar nuestros cuerpos. El descenso de la boca de Trent entre mis muslos me hizo olvidarme de todo a excepción de su lengua, sus labios y sus hábiles dedos. Aquel hombre era un dios del sexo y yo intenté no pensar en lo mucho que había practicado para llegar a ese punto.

Tener su miembro erecto en mi boca, con pequeñas gotas de su esencia mojando mi lengua, y su boca entre mis piernas hizo que mi cuerpo temblara una vez más. Lo conseguiría. Haría que me corriera otra vez. Bendita locura. Intenté enfocarme en su falo y lo chupé de arriba abajo en movimientos largos y provocativos. Él gimió, flexionó mis piernas a noventa grados y las elevó hacia mis axilas. Yo estaba abierta, vulnerable y totalmente a su merced. Él bloqueó mis piernas para que no pudiera moverlas ni un centímetro. Estaba atrapada, expuesta y tan encendida que lo chupé tan profundo como mi garganta lo permitió, impulsada por el deseo de volverlo tan loco de pasión como él estaba haciendo conmigo.

—¡Ah, no, no lo harás! —Elevó sus caderas de forma que no pudiera chuparlo tan profundo otra vez—. Tengo que tenerte controlada, bola de fuego.

Ya había usado ese apodo antes, en circunstancias similares. Me encantó. ¡Cielos! Me encantaban todos sus apodos.

Con las piernas bloqueadas, sentí cada toque que me daba con las manos y con la lengua. Mi cuerpo se encendió; estaba tan caliente que una fina película de sudor cubrió mis extremidades mientras lo acerqué a mí. Los músculos en las nalgas de Trent eran duros como rocas, y en ellos enterré mis uñas con cada roce. Comencé a jadear y a tener problemas para mantener el control sobre su sexo. Su boca era tan buena... Sabía exactamente dónde lamer y dónde añadir la cantidad correcta de presión. Pero, con la combinación de su dedo, el bloqueo en mis piernas y su boca succionando mi clítoris, creí que había muerto y ascendido al cielo.

Oleadas de placer atravesaron mi ser. Destellaron luces en mis ojos y todo mi cuerpo se endureció, mucho más que antes.

—¡Ay, por Dios..., Trent! —grité hasta que mi voz se volvió ronca.

El placer comenzaba por mi sexo y se extendía por mi cuerpo, penetrando cada poro con un calor tan intenso que apenas podía soportarlo. Me sacudí sobre él cuando recorrió mis piernas, pero Trent no me liberó; hizo que el orgasmo siguiera y siguiera y se meció sobre mí por el esfuerzo. Su pene latía delante de mí con cada sorbo que tomaba de mí. Su lengua penetró profundamente mientras gemía entre mi carne. Increíble. De esas experiencias que te cambian la vida y todo a su paso.

Antes de que pudiera decir algo, Trent se dio la vuelta, se puso un condón, abrió mis piernas y arremetió con su erección dentro de mí. Gemí cuando tocó fondo y presionó. Era enorme y atravesaba tejidos excesivamente sensibles, que se cerraron y pinzaron ante su intromisión.

—¡Cielos! Genevieve... —Su boca descendió sobre la mía y susurró contra mis labios—. Perfecto. Estoy dentro de ti, cariño... —Sus palabras sonaban duras, astilladas, y luego negó con la cabeza. Presionó sus caderas—. ¡Dios, qué bueno es esto!

Trent me besó intensamente y pude sentirme a mí misma. Sentir mi sabor en los labios de un hombre era una experiencia nueva e indudablemente erótica. Lamí sus labios y moví mi sexo, dándole luz verde para que él se moviera. Inclinado sobre sus rodillas, me levantó la cadera y embistió dentro de mí. Sacudí la cabeza de lado a lado y mis dedos se enterraron en su espalda mientras me penetraba. Trent no perdía el tiempo cuando estaba satisfaciendo a una mujer. Era confiado, entregado y sensual; era todas esas cosas y más cuando me hacía el amor.

Cuando se acercó para besarme, envolví su trasero con mis piernas y lo presioné contra mí una y otra vez. Su sonrisa ardiente y perversa me dijo lo mucho que le gustaba eso. Sus labios se curvaron en un rugido, su placer intenso al poseerme. No sabía si él estaba loco o dominado por la locura que se estaba desatando entre nosotros. Notaba su erección como una enorme barra de acero que me invadía de la mejor manera posible.

Aplacó sus pulsiones, se inclinó sobre mí y una mueca empañó su cara.

—¿Cariño, qué sucede? —pregunté entre embestidas, con una voz de gata sensual que no reconocí como propia.

—Mi pierna... —Un gesto de dolor atravesó su expresión.

La culpa que me golpeó hizo que mis ojos se llenaran de lágrimas. No debí haberme recostado y dejar que él hiciera todo el trabajo.

—Recuéstate. Déjame tomar el control —le susurré al oído, y luego le lamí el lóbulo de su oreja y mordí la carne suave.

Él me recompensó por ese acto con una fuerte embestida. ¡Dios! Sentía como si fuera mi cumpleaños y Navidad al mismo tiempo dentro de mí.

Nos hizo girar para que estuviera encima de él. Pero, en lugar de dejarme hacer lo propio, nos deslizó hacia el cabezal. Alcé una ceja.

—Quiero ver tus ojos.

Pero sabía que eso no era todo. En el instante en que me elevé y lo deslicé dentro de mí, su cabeza cayó contra el cabezal, aferró mi cintura y me ayudó a subir y bajar. Su erección era más dura, más gruesa e implacable en esa posición, penetraba fuertemente contra mi cérvix.

Mi cuerpo se endureció, era el comienzo de otro intenso orgasmo que ascendía por mis piernas. Comenzó entre mis muslos, el placer irradiaba con cada una de sus pulsiones ascendentes. Me sujeté al cabezal y usé mis rodillas como apoyo. Quería que eso fuera tan bueno para él que nunca quisiera volver a estar con otra mujer.

Con las rodillas cerradas en sus caderas, me elevé y descendí con fuerza; mis dientes estaban apretados por la fuerza de mi movimiento. En cuestión de segundos, los dolorosos golpes se convirtieron en un placer tan agudo que me concentré únicamente en su extensión friccionando el punto de placer en mi interior una y otra vez. Jadeé y fijé mi mirada en la suya.

—Es ahí, cariño, ¿verdad?

—Sí —gemí.

Sus ojos eran verdes y un remolino de lujuria. Llevó las manos a mis pechos y, con sus pulgares y dedos medios, giró y presionó.

La habitación a mi alrededor desapareció. La cama, el cabezal al que me aferraba; no existía más que el placer que corría por mi cuerpo, como gotas de lluvia fluyendo por mi pecho desde el cielo. El placer era vivo, espeso, como una neblina que me rodeaba mientras me movía de punta a punta de su miembro sin pensarlo.

—¡Cielos...!

»¡Me encanta!

»¡Más...!

»¡Ahora...!

»¡Cariño...!

Había estado descendiendo sobre él, con un anhelante manojo de nervios atado entre mi cuerpo y el de Trent con cada embestida. Cada vez que nuestros cuerpos se encontraban, enviaba una tormentosa presión entre los dos, que aumentaba continuamente. El placer fue tortuosamente exquisito cuando todo mi ser se fusionó en ese poderoso instante en el que exploté en sus brazos.

—¡Dios mío...!


# TRENT

La tensión era enorme cuando su sexo se cerraba sobre mi miembro en un perverso y sensual puño. Estaba envuelto con fuerza mientras me empujaba en su cuerpo una y otra vez, con sus hombros y caderas como apoyo para tomarla con fuerza. Ella gritó, aquellas azarosas palabras sin sentido continuaron mientras sentía espasmos sobre mí.

—¡Amor...!

»¡Dios...!

»¡Qué duro...!

»¡Aire...!

»¡Genial...!

»¡Ah...!

Siguió así, dejando escapar palabras cortas de su boca, al tiempo que yo me corría en lo más hondo de su interior. Me exprimió como ninguna otra lo había hecho jamás. Mi visión se cubrió de estrellas y la oscuridad amenazó con consumirme. No podía oír nada. Cada molécula de mi ser estaba concentrada en mi pene y todo allí era condenadamente bueno. El mejor sexo de toda mi vida.

Ninguna mujer, palabra de honor, ninguna experiencia sexual previa podía compararse con la de poseer a Genevieve Harper. Me incliné hacia ella, tomé un pecho y me prendí al globo carnoso justo sobre el pezón. Succioné con fuerza y lamí hasta que mi lengua comenzó a doler y apareció una marca redonda de color fresa, prueba de que Trent Fox era dueño de ese cuerpo. ¡Sí, rayos!

Cuando terminamos, Genevieve se recostó rendida sobre mi pecho. Jugué con su pelo, froté su cabeza y la acaricié hasta que pude jurar que se había dormido. Sobre mi pecho. Con mi miembro aún en su interior.

Me gustó dejar a mi mujer rendida a través de múltiples orgasmos. Eso conectaba con el hombre primitivo que había en mí. Intenté no moverme demasiado y acomodé nuestro cuerpo hasta quedar recostados sobre el colchón. Ella ni siquiera se despertó y todavía la tenía tendida sobre mí como una manta caldeada de extremidades desnudas y con mi miembro enterrado en su calor. La rodeé con mis brazos, la sostuve cerca de mí y me quedé dormido.


Desperté sintiéndome tan bien como cuando me había dormido. Seguía con mi mujer, con mi pene seguro acunado dentro de ella, solo que esta vez eran sus dulces labios los que envolvían la punta de mi miembro.

—Eres una caja de sorpresas —murmuré mientras me la chupaba. ¡Dios! Su boca era buena. Casi tan buena como su sexo. Definitivamente, un segundo puesto peleado. Aposté a que tenía un trasero virgen también. Justo allí y en ese momento, me hice una promesa a mí mismo: todas las partes de Genevieve Harper serían reclamadas por mi miembro.

Pensar en poseerla por detrás me puso el pene muy duro. El placer de su succión, sus labios húmedos recorriéndolo, estaban haciéndome perder la cabeza.

—Harás que me corra. —Le sujeté el pelo con mi puño, envolví sus mechones rubios en mi mano y embestí su boca.

Estaba muy atenta a los movimientos que yo deseaba, una alumna exigente que me permitía guiarla y mantenía una diabólica cantidad de succión en el ritmo de lamidas. El líquido preseminal estaba goteando mucho más rápido de lo normal. Podía contenerme y hacer que ella me chupara durante mucho rato antes de correrme, pero no en ese momento.

Ver a Genevieve desnuda, de rodillas, con esas grandes tetas meciéndose de forma exquisita mientras la observaba llevando mi pene tan dentro de su garganta como podía... Dios. Magnífico. Su boca solo llegaba a cubrir la mitad de mi erección. Tengo un buen tamaño, probablemente un poco por encima del promedio, y ella era pequeña. A excepción de sus pechos y su trasero, en todo caso. Ni siquiera podía cubrirme con sus delicadas manos, pero ciertamente sabía cómo usar la boca.

Le sujeté el pelo con más fuerza e impulsé su boca más abajo en mi erección.

—Chupa hacia arriba, gominola. Déjame ver cómo tu lengua moja mi pene.

Sonrió con timidez, pero hizo lo que le pedí. Ver su lengua rosada asomar y recorrer mi miembro hizo que rugiera por la necesidad de tomarla con fuerza y penetrarla, pero no lo iba a hacer. Me importaba demasiado. La dejé tener el control y solo descansé mis manos a los lados de su cabeza; deseaba que me tomara como ella quisiera. Redobló sus esfuerzos, me chupó con intensidad, me rodeó con ambas manos y alternó succión en la punta y masaje con las manos. Luces, todo fueron fuegos artificiales, y una especie de polvo de hadas danzó detrás de mis ojos cerrados. Fue totalmente mágico.

—Voy a correrme en tu lengua, cariño.

Prestó atención y aumentó el ritmo para chuparme lo mejor que pudo.

—Lo digo en serio —gruñí, apenas capaz de contenerme.

Genevieve me tomó tan profundo como pudo llegar y gimió sobre la punta de mi miembro. Eso fue todo. Perdí el control. Me sacudí y mi descarga se disparó en su garganta al tiempo que ella tragaba. Cuando hubo terminado, me recorrió con su lengua y concluyó la mejor mamada de mi vida con un dulce beso en la punta antes de reptar por mi cuerpo y recostarse sobre mí como mi propia manta marca Genevieve otra vez.

—Tengo hambre —dijo.

—Acabas de comer —respondí entre risas.

Ella arrugó la nariz y exageró un gesto de provocarse el vómito con los dedos.

—De acuerdo, de acuerdo, un mal chiste. ¿Qué tienes en mente?

—Mantequilla de cacahuete y mermelada —dijo con timidez.

¡Cielos, qué bonita era! Lo habíamos hecho como conejos, habíamos dormido, me había despertado con ella chupándomela, y ahora mi chica quería un sándwich de mantequilla de cacahuete y mermelada. Negué con la cabeza.

—¿Quieres que me ocupe de ti primero? —Moví las cejas.

Ella se sentó, con sus enormes tetas rebotando delante de mí como dos melones maduros. Quería pegarme a ellas y penetrarla otra vez. Estaba poniéndome duro solo con pensarlo. Tal vez me dejara hacerlo con sus tetas. *Sí, añadiré eso a la lista de las cosas que debemos hacer.* Las agarré y las presioné entre ellas, y luego lamí las puntas simultáneamente. Gimió y arqueó su espalda de manera sugerente.

—Trent, estoy realmente hambrienta y, si te ocupas de mí, tendremos sexo otra vez y nunca me comeré mi sándwich. —Hizo una mueca, con su carnoso labio inferior hacia fuera.

Casi funciona. Reí con disimulo y apoyé la barbilla entre sus pechos.

—Tendremos sexo después. —Besé las cimas de mis gemelas favoritas.

—Bueno, ese es el plan. —Ella rio.

—Gominola, estaba hablando con tus tetas —dije con una sonrisa.

—¿Qué? —Su cara se puso roja como un tomate y se llevó un brazo al pecho.

—Gominola, ¿nunca lo has hecho con tus tetas? —Crucé los dedos detrás de su trasero con la esperanza de que dijera que no.

Ella negó con la cabeza.

Inspiré hondo al pensar en mi pene erecto rodeado por sus suaves globos, sus pezones rosados amoratados por tanta succión.

—Levántate. —Le di una una palmada en el trasero.

—¡Auch! —Se frotó las nalgas enrojecidas.

—Si no te levantas, nunca te comerás ese sándwich.

Su estómago rugió. Rayos, el sexo realmente debía de ponerla hambrienta. Era bueno saberlo.

En cuestión de segundos, saltó de la cama. Se puso mi camiseta como si fuera un vestido. Ver mi camiseta sobre su cuerpo desnudo me produjo una inusual sensación de paz. Siguiendo a la rubia sensual, me deslicé en mi ropa interior y fui tras mi mujer.

# 14

## *Chakra raíz*

*El chakra raíz es responsable de la sensación de seguridad.*
*Un chakra raíz bloqueado te hace sentir mentalmente vagabundo*
*y suele ser el responsable del deseo de estar siempre de paso.*

## TRENT

Llegar cojeando a casa de mis padres con una sonrisa abrasadora en mi cara fue inevitable. Acababa de dejar a la mujer más deseable del mundo recién penetrada, adormecida en el sofá, antes de que sus hermanos volvieran de la casa de sus amigos. Estaría en deuda con Row por haberme concedido tiempo a solas con su hermana. Después de cenar la noche anterior, hacer el amor por primera vez y luego despertarme con su boca la segunda vez, habíamos dedicado un tiempo a llenar el estómago. Luego me dispuse a que mi chica tuviera dificultades para caminar al día siguiente. Cuando la dejé sentada en el sofá ambos acabamos con cojera. Me aseguré de que estuviera decente, a pesar de haber llevado ese trasero al límite y haberla embestido con fuerza tras hacer los sándwiches y volver a su habitación.

¡Cielos! Deseaba a esa mujer todo el rato. Cuando no estaba con ella, pensaba en ella. Después de haberla poseído, estaba seguro de que el deseo descendería a niveles tolerables, pero no lo había hecho. La dejé para cenar con mis padres, con el anhelo de darme prisa para poder volver. No quería que Genevieve asumiera nada, ni que pensara que iba demasiado rápido. Todo eso implicaba que tendría que dormir en mi casa. La nueva puerta de seguridad ya estaba instalada, así que mi chica y su familia estaban a salvo... de momento. No tan a salvo como podrían estar, si mi cabeza estuviera descansando en su almohada.

¡Maldición! No sabía lo que estaba haciendo ni qué pensar al respecto. Nunca había sentido algo asís por una mujer. Las mujeres para mí siempre habían sido algo efímero. Una vez y luego adiós. Satisfacción mutua garantizada y... se acabó. De viaje al siguiente partido y al trasero que me pillara más cerca.

No había pensado en otra mujer en casi tres semanas. Genevieve controlaba todos mis pensamientos desde el día en que la conocí. Después de haber probado su cuerpo, besado sus labios candentes y dormido a su lado dos noches seguidas, ya no sabía qué pensar. Mi sistema para lidiar con la locura estaba averiado y nada de lo que sabía hasta entonces tenía sentido.

Negué con la cabeza y me agarré la pierna al entrar en casa de mis padres. El isquiotibial palpitaba y se resentía por la actividad reciente, pero era un pequeño peaje por el tiempo que había pasado con ella. El aroma a carne, patatas y la cocina especial de mi madre llenaban el aire. Mi estómago rugió mientras me abría paso hacia la cocina. Mi diminuta madre preparaba la comida, con su melena rubia larga hasta los hombros meciéndose con ella al revolver algo en una olla.

—¡Qué bien huele, mamá! —La rodeé con mis brazos desde atrás y besé su mejilla, al mismo tiempo que echaba una ojeada a la cocina.

Tenía un puré de patatas, al que estaba añadiéndole ajo y crema agria.

Se echó hacia atrás, su cabeza apenas a la altura de mi pecho, y le dio unas palmaditas al brazo que tenía a su alrededor.

—¿Cómo está mi campeón hoy? Déjame verte.

Mi madre se dio la vuelta, con el pasapurés en la mano.

Me acerqué a la nevera para buscar una cerveza, la abrí y lancé la tapa haciendo canasta en el cubo de basura metálico que había al otro lado de la estancia.

—¡Punto! —Alcé un puño al aire y me apoyé en la encimera.

—Aquí hay alguien que parece feliz hoy... y cansado. ¿Supongo que eso tiene que ver con la joven de la que me querías hablar? —Sus cejas se alzaron y esperó para interrogarme.

Mi madre no era estúpida. Conocía a los hombres. Al menos nos conocía a mi padre y a mí. Teníamos nuestras cosas. No era posible sacarnos información a la fuerza. Si no queríamos hablar de algo, simplemente no lo hacíamos. Mi madre aprendió pronto que yo tenía exactamente el mismo sistema que mi padre cuando se trataba de hablar las cosas. Hasta entonces, lo había respetado.

—Creo que estoy feliz —dije tras darle un largo trago a mi cerveza.

—¿Eso crees?

—Sí. —Me froté el mentón con una mano—. Ella es diferente, mamá.

—¿Ah, sí?

—Sí. —Puse los ojos en blanco—. Genevieve no es una fan. No es una mujer con la que pasas... eh... una noche y no vuelves a verla. —Me estremecí.

La línea de sus labios no se inmutó mientras pinchaba la carne en el horno. El aroma me asaltó y se me hizo la boca agua. Mi madre era la mejor cocinera del mundo, y su carne asada era para morirse.

—Ya veo. Y hasta ahora ¿solo has salido con mujeres de una noche? —Sus palabras fueron suaves, pero directas.

—Básicamente. —Dio en el clavo. Golpe perfecto en el primer intento.

—¿Te resistes a seguir viendo a esa chica?

Tarareaba mientras cocinaba, pero sabía que estaba atenta a nuestra conversación. Había estado insistiéndome en que sentara la cabeza, encontrara a la mujer adecuada y la conquistara —mientras me recordaba que ya no era tan joven—, si quería tener niños antes de ser un anciano.

Pensé en ello. ¡Demonios! Ya había salido más con Genevieve Harper de lo que había salido con cualquier otra mujer.

—En realidad podría decirse que estoy saliendo con ella.

—Entonces ¿cuál es el problema? —Se dio la vuelta y fijó su mirada de acero en mí.

—Todo. —Me froté la frente y me presioné las sienes con los pulgares—. No sé cómo hacerlo. No he tenido más que aventuras de una noche desde la universidad. Las mujeres que me rodean no son el tipo de mujer con la que te quedas o que presentas a tus padres.

—¿Y Genevieve lo es? —Parpadeó algunas veces y blandió su utensilio haciendo movimientos circulares.

La sola mención de su nombre me hizo pensar en sus ojos oscuros centelleando mientras besaba su cuello, sus hombros, sus labios.

—Sí —dije sorprendido—. Debería haberla traído esta noche.

—¡Ay, Dios mío! ¡Estás enamorándote de ella! —Se llevó una mano al pecho como si estuviera teniendo palpitaciones.

Mi propio corazón comenzó a latir con fuerza. ¿Estaba enamorándome de ella?

Tal vez.

No.

Acabábamos de conocernos.

Negué con la cabeza.

—Mamá, es demasiado pronto. Solo hemos tenido una cita oficial, pero la he estado viendo regularmente en el estudio de yoga y... —Me froté la nuca al sentir un calor que se generó en mi pecho y me subió por el cuello—. Anoche dimos el siguiente paso y... —Dejé que mis palabras se apagaran, sin saber qué decir y sin sonar como un imbécil con mi propia madre.

—¿No acostumbras a querer volver a ver a una mujer después de haber dado ese paso físico?

Mi madre sabía de qué hablaba. No tenía que andarme con rodeos con ella. Lo dijo tal como era, solo que de una forma más elegante.

—Sí. —El peso del asunto me cayó sobre los hombros mientras apuré la cerveza de un solo trago.

—¿La has invitado a salir otra vez?

—No exactamente. Aunque tengo que verla mañana para mis clases de yoga particulares. Realmente está marcando una diferencia en mi recuperación tras la cirugía. Hace milagros.

—Perfecto. —Su sonrisa iluminó la habitación y aplaudió—. Mañana la invitas a salir otra vez. Fácil.

Me desplomé sobre la encimera.

—No es tan fácil. Tiene obligaciones. Está sola a cargo de su hermano de dieciséis años y de su hermana de ocho. Sus padres murieron en un accidente de coche hace tres años, así que tiene dos trabajos para mantenerlos. Intenté invitarla a salir conmigo antes y no quiso. Con Genevieve tengo que ir dos pasos por delante, planificar el tiempo con ella, o planificar pasar el rato con sus hermanos.

—Pobre chica. —Los ojos de mi madre se suavizaron—. Estar tan sola, con toda esa responsabilidad... Probablemente le iría bien tener a un hombre grande y fuerte como tú cerca para ayudarla.

—Sí, tal vez. —Me encogí de hombros—. Intenta hacerlo todo sola. Trabaja como profesora de yoga en La Casa del Loto y como peluquera en su garaje. Tiene todo el equipo.

—¡Ah, es peluquera! —Mi madre sacudió su cabellera dorada.

—Sí, estaba estudiando, a punto de obtener su diploma, cuando sus padres murieron. Está haciendo todo lo posible por seguir adelante, pero no puede pagarse la escuela para terminar sus estudios. Trabaja bien, según Rowan. —Me estiré el pelo. Tenía que ir a cortármelo la próxima semana. Quizá pudiera pedírselo a Genevieve.

—¿Rowan? —preguntó mi madre.

—Su hermano. Un buen chico. Juega a béisbol y ya hay cazatalentos buscándolo.

—¿En serio? —Ella parpadeó un poco—. Así que también podrías ayudar ofreciéndole tus consejos. Un hombre joven sin un padre que lo guíe. —Su mandíbula tembló—. Una tragedia. Suena como si realmente necesitaran tenerte a *ti* cerca.

—Gol.

—Campeón, es que no estoy segura de cuál es el problema. Tienes veintisiete años, en pocos meses cumplirás veintiocho. Tienes un trabajo estupendo, estás a punto de firmar un nuevo contrato y una chica hermosa ha llamado tu atención, ¿y qué? Lo que te digo es que la conozcas. Enamórala. Disfruta. Observa cómo reacciona esa parte de ti que tiene prejuicios por estar en una relación. Tal vez descubras que te sienta mejor de lo que creías.

Asentí, me acerqué a la nevera y cogí dos cervezas. Necesitaba tiempo para pensar y mi padre no iba a hablarme sobre mis problemas con las mujeres.

—¿Y papá? —pregunté.

—En el garaje. Como siempre. —Puso los ojos en blanco—. La cena estará lista en menos de veinte minutos.

Me detuve frente a mi madre y la abracé, con la nariz acunada en su cuello. Olía a lavanda, como siempre. Algunas cosas nunca cambiaban, gracias a Dios.

—Gracias, mami, por hacerme ver que no es tan raro sentirse así.

—Cariño, *nunca* es raro sentirse así. —Me dio una palmadita en la espalda y me sujetó con fuerza—. Dale una oportunidad a esto. Permítete tener un momento de vulnerabilidad. No todas las mujeres que conoces quieren usarte y están detrás de tu dinero, y prométeme una cosa...

—Lo que sea. —Abracé a la única mujer a la que había querido, sabiendo con todo mi corazón que ella me correspondía.

—Deja que prepare una cena para ella y esos niños sin padres el domingo que viene. Por favor. Prometo no liarla mucho.

Su voz estaba al límite de apelar al chantaje emocional, lo cual no era su estilo habitual, pero sabía que ella lo deseaba mucho. La primera chica de la que le había hablado en años. Mi madre probablemente estaba a punto de saltar de alegría.

Me aparté y la sostuve a distancia con los brazos. Sus ojos azules les suplicaban a los míos. Se mordió el labio y tomó aire.

—De acuerdo. Pero no hagas que me arrepienta. A ver si puede. Por lo que sé, siempre tienen cena familiar los domingos, así que tal vez pueda convencerla de compartirla con nosotros.

—¡Ay! Rezaré por que diga que sí. —Mi madre volvió a llevarse las manos al pecho. Luego se contoneó con su ritmo particular y volvió a la cocina, para hacer eso que se le daba tan bien: alimentar y bendecir a su familia con sus dones.

## GENEVIEVE

Aquel día Trent se estaba comportando de una manera extraña. Me evitaba con la mirada, observando todo en la habitación excepto a mí mientras trabajábamos en fortalecer su núcleo central y sus muslos para conseguir posturas más intensas. Quería estirar bien ese isquiotibial, pero no quería perjudicar su recuperación en el proceso. Había una delgada línea entre trabajar ese músculo y sobrecargarlo.

Finalmente, tras llegar a una postura de plancha de antebrazos, deslicé mis manos por sus costillas, coloqué una mano a cada lado de sus caderas y lo ajusté en la postura correcta. Estar sobre su cuerpo me recordó a cuando estuve a horcajadas sobre él la otra noche. En aquel momento no se había mostrado tan tímido ni cohibido a pesar de estar desnudos. *¿Por qué se comportaba de manera tan extraña entonces?*

Un miedo agudo me golpeó directamente en el corazón. Ahora que había tenido mi cuerpo, tal vez no me deseaba más. Tal vez solo estaba allí por sus clases privadas. En las dos semanas anteriores, había hecho notables progresos en su rango de movilidad, su fuerza y su capacidad para soportar peso. Quizá ahora que había cumplido su perverso objetivo conmigo, ya no quería nada más.

*Genevieve, no seas estúpida. Que tú hayas sentido algo más profundo este fin de semana no significa que él también lo haya hecho.*

Le indiqué que pasara a la postura del delfín. En ella, los antebrazos estaban sobre la estera, las piernas, extendidas, y las caderas se elevaban al cielo. Era una versión avanzada de la postura del perro. Lo forzaba a poner más esfuerzo en su mitad superior que en la inferior, algo que debía de ser más fácil para él. Cuando elevó las caderas, me puse de pie detrás de él, las agarré y le ayudé a profundizar en la postura. Dado que ya habíamos tenido intimidad, no tuve ningún recelo en apoyar mi pelvis o inclinarme contra su trasero. Enterré mis dedos en el pliegue de su cadera; el pliegue que me había esforzado en descubrir la otra noche con mi lengua.

Él gruñó y yo presioné más en el músculo. Esperaba que fuera placer y no dolor lo que provocaba esa reacción.

—¿Sientes dolor?

—Sí, si con dolor te refieres a tener una erección. Gominola, toca ese punto en mis caderas y caeré sobre ti tan rápido que no tendrás tiempo de decir «*Namasté*».

Tembló al sostener la postura un poco más. Conté hasta cinco, necesitaba respirar tanto como él. Sus palabras me sacudieron internamente.

—Francamente, me alivia. Ahora, lleva las rodillas a la esterilla y baja el torso, sostén la frente sobre la esterilla durante cinco respiraciones profundas, en la postura del niño.

Siguió mis indicaciones al pie de la letra, algo que agradecí. Me hizo creer que de verdad quería mi ayuda y no solo estaba allí para acostarse conmigo. Aunque eso había sido bien recibido.

—¿Qué quieres decir con que eso te alivia? Yo soy el que tiene una erección. —Rio y giró sobre su espalda. No bromeaba. Su erección extendió sus suaves pantalones grises en una demostración gráfica de su virilidad—. Si presionas ese cuerpo perfecto contra mi trasero una vez más, cariño, no seré responsable de mis actos.

Mi cara se acaloró como si hubiera estado sentada demasiado tiempo bajo el sol en un día de julio; solo que casi era finales de noviembre y estábamos a cubierto.

—No seas tímida. Sabes lo que tu cuerpo me provoca. Se supone que estamos trabajando. La hora de jugar será después.

*¿Hora de jugar?*

Me arrodillé frente a sus piernas y coloqué su tobillo sobre la rodilla opuesta. Él hizo una mueca de dolor cuando levanté la pierna, apoyé su pie descalzo sobre mi abdomen y empujé al frente. Esa postura en particular le trabajaría el nervio ciático y esperaba que aliviara algo de la tensión en su muslo. Siempre comenzaba por la pierna sana. Presioné contra él, inclinada hacia delante, para que su rodilla y tobillo se acercaran a su pecho.

—¡Cielos, qué bueno es esto, gominola! Me has dado una paliza este fin de semana. Necesitaba este estiramiento. Estaba pensando en ir a la sauna del gimnasio más tarde.

Observé su rostro esculpido. Su mentón era anguloso, y sus pómulos, altos cuando sonreía con suficiencia. Demasiado perfecto para describirlo y él lo sabía. Presumido.

—¡Oye, tú! Soy yo la que ha tenido la experiencia de su vida. Nada podrá compararse con eso. Jamás. —Exhalé lentamente e intenté no dejar que sus palabras me afectaran, a pesar de que era inútil.

Él frunció el ceño y se le formaron unas arrugas en la frente.

—¿Estás diciéndome que estás pensando en que habrá otro que te toque ahí? —Señaló el espacio entre mis piernas con su cabeza. Mi cara estaba tan acalorada que deseé haber tenido mi botella de agua cerca para poder aliviarme un poco.

—Para nada. Pero sé que tú seguirás tu camino. —Mis palabras eran sencillas y honestas.

La expresión de Trent se endureció y apretó los dientes cuando cambiamos de pierna. Tenía que moverme con cuidado ya que esa era la lesionada y estirarla debía de dolerle como el demonio.

—¿No quedamos en que iríamos viendo día a día, gominola? —Su voz sonó afectada.

—Sí, pero has llegado y te has comportado de una manera extraña, así que asumo que quieres seguir tu camino. —Me encogí de hombros—. En serio, no pasa nada. Si lo sientes así, lo entiendo. —Miré hacia un lado. Con certeza, *no* era así, pero sabía en lo que me estaba metiendo cuando acepté la cita.

Intentó levantar su torso de la esterilla. Lo vi estremecerse cuando sujetó mis manos. Antes de darme cuenta, estaba tendida sobre su cuerpo y su boca estaba en la mía.

De nada a todo en medio segundo. Aquel hombre me rompería el corazón.

Nos besamos como adolescentes en el asiento trasero de un coche. Froté mi entrepierna con la suya y me regodeé en el gemido que hizo por respuesta. Levantó sus enormes manos y sostuvo mi cabeza mientras me besaba con pericia. Su lengua acarició mucho rato la mía. Me deshice en su beso, no quería separarme jamás.

Al final, nos separamos para tomar aire. Cuando nuestras respiraciones se calmaron, enlazó sus dedos en el pelo de mi nuca y me besó con suavidad.

—Genevieve, esto es más que una aventura de una noche. Tú lo sabes. Yo lo sé. ¡Demonios! *Mi madre* lo sabe. —Rio.

—¿Tu madre?

—Sí, le he hablado de ti. Por eso estoy raro. Quiere que vengas a cenar este domingo y no sabía cómo decírtelo. Acuérdate de que no estoy acostumbrado a esto de salir con alguien. —Se lamió los labios y mordió la carne abultada. Las líneas alrededor de sus ojos se suavizaron. Sus ojos de color avellana no emanaban más que una genuina preocupación al mirarme.

Un alivio tan fuerte recorrió mi cuerpo que casi me desmayo, dejando que la risa brotara a su paso. Reí por lo absurdo que era alterarme porque él no quisiera más de mí. Reí por lo ridículo que era que estuviera nervioso por pedirme a *mí* que cenara con sus padres. Reí por lo estúpida que había sido al creer que él no me deseaba. La conexión entre nosotros del día anterior parecía universal, y aun así la duda había clavado sus perversas garras en mi mente.

Me incliné y lo besé suavemente en los labios.

—Lo siento, Trent. Solo creí que... Quiero decir, tú eres *tú* y yo soy *yo*. Los hombres como tú no quieren estar atados a alguien como yo. Pobre. Con dos niños a su cargo. Una casa gigante que necesita trabajo constante. —Negué con la cabeza.

—¿Qué estás diciendo? —Entornó los ojos.

—No encajamos. —Mi voz se volvió suave e insegura.

Intenté separarme de su cuerpo, pero cerró sus manos en mi cintura y me sujetó, con una mano aferró mi cuello y nos hizo girar hasta que estuvimos al revés. Yo estaba debajo. Él estaba tendido cómodamente entre mis piernas abiertas.

Presionó su sexo contra el mío. Gemí y jadeé cuando aumentó la presión, su miembro provocaba mi deseo.

—¿Sientes que no encajamos? —Movió sus caderas en círculo.

—Esto es biología. Tú eres un hombre, y yo, una mujer.

—Gominola. No ha habido jamás una mujer capaz de mantener mi pene erecto durante toda la cena. Ninguna excepto tú. Miro tus labios rojos y brillantes y los imagino alrededor de mi miembro. Veo tus ojos y los imagino llenos de deseo. Y no hagas que empiece a hablar de tu cuerpo, porque me hace sentir... necesitado.

Gemí cuando siguió presionando. Nos quedaban veinte minutos en la sala privada, que se suponía que tenía que dedicarlos a *Savasana*, la parte de relajación profunda de la práctica.

—Yo también te necesito.

Al instante, tenía sus labios en los míos, las piernas en alto y los pantalones en los tobillos. Antes de que pudiera decir una palabra, se había colocado un condón y me estaba penetrando.

Estaba duro, grande y caliente, mientras sostenía mis piernas contra su pecho y empujaba su erección profundamente.

—No intentes evitar esto, gominola. —Giró su cadera contra mí—. No me iré a ninguna parte en un futuro cercano. ¿A ti te parece que quiero estar en algún otro sitio? —Embistió con fuerza.

Chillé. Se acercó y tomó mi boca con la suya para silenciar mis gritos de pasión. Trabajó su muslo apoyado de rodillas, penetrándome, con mis rodillas en su pecho, para llevarme al límite del placer y luego empujarme por el extremo para caer al abismo del éxtasis pleno.

Me dejé caer con gusto y, en un momento, él me siguió.

# 15

## *Postura del árbol*

### *(En sánscrito:* Vriksasana*)*

*La postura del árbol es una de las posturas de equilibrio más sencillas que hay en la práctica del yoga. Ayuda a encontrar una sensación de estabilidad, trabaja el núcleo central y favorece la conexión con el presente, al igual que con el mundo físico. Esta postura puede conseguirse colocando los pies separados el ancho de las caderas, elevando un pie para apoyarlo en el tobillo, en el muslo interno o frente al cuádriceps de la pierna contraria. Cuando estés en equilibrio, eleva las manos sobre tu cabeza en posición de rezo o mudra para dejar ir.*

## GENEVIEVE

Pasamos el resto de la semana portándonos bien. Trent me veía en La Casa del Loto a diario para sus clases privadas. Tras la debacle del lunes en que tuvimos sexo completo en el centro, lo frené en seco. Ambos estuvimos de acuerdo en que no solo era arriesgado, sino que hacía que la experiencia fuera un poco grotesca y era algo de lo que yo no estaba orgullosa. La Casa del Loto había sido mi segundo hogar. No quería deshonrarlo teniendo sexo salvaje en las salas privadas. Las personas iban allí en busca de equilibrio, serenidad y paz. Por supuesto que un revolcón hacía que las personas encontraran esas cosas, pero seguramente ese no era el propósito del lugar, y hacerlo allí me hizo sentir algo culpable.

Trent se invitó a sí mismo a venir a mi casa y se lo permití en una ocasión. Vino para una cena normal y corriente de pollo con arroz con mis hermanos. Para mi sorpresa, no intentó tener contacto íntimo conmigo más allá de un beso acalorado cuando lo acompañé a su reluciente coche. Había esperado que Rowan y Mary actuaran diferente en presencia de Trent, pero, en cambio, se comportaron como si él siempre hubiera estado allí.

A Row le encantaba tener a la estrella del béisbol en casa tanto como a mí. Mientras yo limpiaba, Trent jugó a las cartas con Mary y vio el fútbol con Rowan. A veces, le hablaba a Rowan del instituto, del béisbol y de sus planes universitarios, y compartía algunas de sus experiencias personales. Trent mencionó que Row debía considerar qué opción le ofrecía el mejor trato. Aguanté la respiración mientras mi hermano dejaba en claro que no tenía intención de dejar a sus hermanas y que, si tenía que jugar en la Liga Universitaria, lo haría en la Universidad de California en San Francisco o en la Universidad de California en Berkeley. Al parecer, estaba apuntando al equipo de Berkeley. Estaba más cerca. Podría vivir en casa si fuera necesario.

En un momento dado, Trent apoyó una mano en el hombro de Rowan y lo apretó. Se miraron el uno al otro, sin decir una palabra. Estúpidos hombres y su comunicación silenciosa. Las mujeres dejamos las cosas bien claras. ¡Demonios! Repetimos las cosas hasta que nos entendemos. Los hombres chocan los puños, hacen un movimiento con el mentón, se dan una palmada en la espalda o, en este caso, un apretón en el hombro, y parece que han compartido un momento trascendental. Uno del que yo no estaba enterada.

Entonces, me encontraba en mi habitación, sentada frente al espejo, luchando con mi pelo. Las ondas hasta los hombros estaban tomando una curva atractiva al estilo elegante de Hollywood que a mí me gustaba. Las personas solían creer que mi pelo rubio platino era teñido, pero de hecho me nacía de ese color. A Mary y a mí siempre se nos consideró rubias. Pensé muchas veces en oscurecerme el pelo, pero siempre acabé conservando lo que Dios me había concedido.

Mary entró corriendo en mi habitación.

—¿Vivvie, puedes hacerme un peinado? —Tenía el viejo cepillo de mi madre, una banda y un moño rojo enorme.

También se había esforzado en su apariencia. Su atuendo era uno de mis preferidos: un mono de mangas largas de trama escocesa negra y roja que había encontrado en la liquidación de Target del año anterior.

—Claro, cariño. ¿Qué te apetece? Nada muy elaborado. Trent nos recogerá en veinte minutos y también tengo que terminar de arreglarme. —Quería añadir que su hermana mayor también estaba entrando en pánico y necesitaba tiempo para respirar dentro de una bolsa de papel, pero sabía que era mejor no mostrar debilidad frente a un niño. Era algo que mi madre me había enseñado sobre la paternidad cuando cuidaba de Row y Mary.

«Si ven una debilidad, la explotarán, Vivvie. No sabrán que lo están haciendo. Los pequeños mocosos están programados para poner a los adultos a prueba.»

Fue una de las últimas cosas que me dijo la noche en que tuvieron el fatal accidente. Al menos ambos nos habían besado y abrazado a todos.

—¡Vivvie! —Mary hizo una mueca con sus labios rosados y miró al espejo—. Una coleta alta, con el moño cubierto por la banda elástica.

—Perfecta elección —dije con una sonrisa. Y lo era. Parecía una niñita a la moda en uno de esos espectáculos de Disney de después del instituto en los que buscaban nuevos talentos que se convertirían en estrellas del pop.

Mary se mordió la uña de su dedo pulgar. Era señal de que había algo de lo que quería hablar, pero estaba nerviosa. Levanté su mentón con el cepillo en la mano y la miré a los ojos a través del espejo.

—Suéltalo. ¿Qué sucede? Sabes que puedes hablar conmigo.

—¿Trent es tu novio? —preguntó a toda prisa. Tenía las manos unidas y tiraba de la tela de su mono.

La pregunta hizo que una nueva corriente nerviosa me recorriera la columna de arriba abajo. Como creía que la verdad era siempre la mejor política, respondí tan honestamente como pude.

—Estamos saliendo.

—¿Eso significa que se mudará aquí pronto? —Inclinó la cabeza y frunció el ceño.

Le coloqué la banda en el pelo y la giré unas cuantas veces hasta que quedó ajustada. Luego la eché un poco hacia atrás, intentando no tirarle del pelo.

—Mary, lo dudo. Cariño, él es una estrella del béisbol muy importante. No estoy segura de que nuestra relación vaya a llegar tan lejos. Además, no sé si eso es algo que él querría. —Me encogí de hombros y prendí el moño rojo en su pelo.

—Pero le gustas. Lo vi besarte en el coche, nos hizo tortitas y se quedó con nosotros cuando aquellos hombres malos intentaron meterse en casa. Incluso arregló la puerta y dejó bonito nuestro jardín.

¿Acaso todo eso significaba que quería tener algo más conmigo? Por supuesto que había dicho que iríamos viendo día a día, pero ¿qué significaba eso para alguien como él? ¿Significaba que yo era su novia? Negué con la cabeza. No, no era así.

—Sí, a Trent le gusto y él a mí. Cuando un hombre y una mujer se gustan, pasan tiempo juntos para ver si quieren convertirse en novios. —Asentí para mis adentros. Sí. Eso sonaba bastante bien. Casi deseé darme una palmadita en la espalda por haber dicho eso. Moverse por esos campos minados de estilo parental no era sencillo. Sobre todo porque Mary era una niña inquisitiva y muy madura para su edad.

—¿Tú quieres que sea tu novio?

Por ejemplo.

La dejé en el tocador y continué maquillándome para darme los retoques finales. Una lápiz negro para acentuar la forma felina de mis ojos y mi pintalabios característico. El de esa noche era rojo, a tono con el pantalón de vestir que me había puesto. Había combinado el pantalón con una sencilla blusa blanca y un par de tacones de corcho.

—Pero ¿quieres que sea tu novio? —preguntó otra vez. Suspiré y dejé el delineador de labios.

—Cariño, no lo sé. Ahora solo estamos viendo cómo van las cosas.

Su labio inferior tembló y se lo mordió. Se me encogió el corazón y me preocupó que estuviera sucediendo algo más.

—No lo entiendo. Deberías convertirlo en tu novio y luego casarte con él. Así serías feliz siempre y no tendrías que trabajar tanto y todos estaríamos a salvo, y Rowan podría ir a la universidad que quisiera. —Sus palabras salieron tan deprisa que se quedó sin aliento cuando terminó con sus insistentes recomendaciones. Después de eso, saltó del tocador y salió disparada de mi habitación.

Sus pequeños zapatos resonaron cuando bajó las escaleras.

—¿Qué demonios ha pasado? —Me apoyé en el mostrador y miré mi reflejo en el espejo.

Mary obviamente tenía esperanzas muy específicas relativas a Trent, pero ¿por qué? Me hubiera gustado disponer de unos minutos para seguirla y llegar al fondo de la cuestión, pero, cuando llegué abajo, Trent ya estaba en la puerta. Mary lo había abrazado por la cintura. Él le daba palmaditas en la cabeza mientras ella lo abrazaba. No parecía asustado, pero estaba claro que no estaba acostumbrado a abrazar a niños. Su postura rígida y la forma en que le daba palmaditas en la cabeza como si fuera un cachorro me hicieron resoplar y que no pudiera contener la risa.

—¿Me echas un cable? —Trent sonrió y abrió los brazos.

—Mary, cariño, ve a buscar tu abrigo.

—¿Puedo sentarme delante? —chilló, volviendo a comportarse como ella misma otra vez.

—¡Eh, Trent! —Rowan extendió la mano y saludó con ese movimiento mitad abrazo, mitad palmada en la espalda.

—Gominola, ¡qué guapa estás! Acércate para que pueda saludarte como es debido.

Tímidamente, me acerqué a él. Cuando me tuvo al alcance de su mano, me agarró por la cintura y tiró de mí contra su cuerpo.

—Hola, cariño. —Se inclinó para darme un beso suave.

Miré a un lado y vi que Row negaba con la cabeza mirando al suelo. Mary, por otra parte, tenía las manos en el pecho y sonreía tanto que parecía que sus sueños se estuvieran cumpliendo.

—¡Lo ves! ¡*Sabía* que era tu novio! —Mi hermana saltó alegre—. Tendría que haber hecho una apuesta.

De mala gana me aparté de Trent.

—Cariño, él no es mi... —Pero ella salió gritando por el pasillo.

—¡Mi hermana tiene un novio famoso!

—Lo siento. —Me di la vuelta con un gruñido. Apoyé la cabeza contra el pecho de Trent y le di una palmadita en el pecho a la altura del corazón.

—¿Por qué? —Trent me tomó por el mentón. Sus ojos eran una mezcla brillante de amarillo, café y verde. No podía ser tan estúpido.

—Por lo que ha dicho. Nunca le he dicho que seas mi novio.

—Entonces ¿qué soy? —Echó la cabeza para atrás.

Ladeé la cabeza para comprobar su estado de ánimo.

¿Feliz? Sí.

¿Relajado? Sí.

¿Dominante? Sí.

—¿No te molesta que mi hermana haya dicho que eres mi novio? —Quería conocer la respuesta desesperadamente.

—¿Por qué debería molestarme? —Echó la cabeza para atrás y curvó los labios. Luego sus ojos se agrandaron—. ¿Estás saliendo con alguien más? —Esta vez, su voz fue un claro rugido y sus manos me apretaron la cintura.

—¡No! Claro que no. Solo contigo. Pero decir que eres novio de alguien da un cierto estatus de pertenencia, por decirlo de alguna manera. No sabía si estábamos ya en ese punto.

—¡Ah! Yo declaro que este trasero es de mi propiedad. —Bajó las manos hasta mi trasero y apretó—. Que el mundo sepa que el trasero de Genevieve Harper es mío de ahora en adelante. —Rio y apretó otra vez.

—Deja de bromear. —Lo golpeé suave en el pecho—. Hablo en serio.

—¡Yo también! —Se acercó y apoyó su frente en la mía—. Este trasero es mío.

*¡Santo cielo!* Giré la cabeza para ver si Rowan seguía en la habitación, pero ya no estaba. ¡Gracias a Dios! Probablemente se había ido en el momento en que Trent me había besado.

—Estas tetas... También mías. —Deslizó sus manos por mis costillas.

*¡Dios mío!* Mi corazón comenzó a latir tan rápido que temí que se me saliera del pecho.

—Trent...

Con sus dedos pulgares me acarició los pezones prominentes a través de la blusa.

—Todo este cuerpo es mío, gominola. Ningún otro hombre lo toca. Si eso implica que tengas que llamarme «novio» para que estés de acuerdo, entonces soy tu novio.

Suspiré. *Él no lo entiende.*


# TRENT

Mi madre era la misma de siempre cuando llegamos. Mi padre cogió nuestros abrigos y los colgó en el perchero. De inmediato, Genevieve, Rowan y Mary se quitaron los zapatos y los dejaron junto a la puerta.

—¿Tenéis calor en los pies? —les pregunté.

Genevieve negó con la cabeza, se mordió el labio y me miró con ojos inseguros.

—¡Ah, queridos! ¡Qué atentos al preocuparos de que no se me ensucie el suelo! ¡Qué buenos modales! Vuestros padres os han educado muy bien.

—Sí, señora. —Rowan asintió, estrechó primero la mano de mi madre y luego la de mi padre—. Soy Rowan Harper, ella es mi hermana Mary y mi hermana mayor, Genevieve.

—Un placer conocerlos. Gracias por la invitación. —Genevieve extendió su mano.

Mi madre perdió el control en un instante. Sus ojos se llenaron de lágrimas y tomó a mi chica en un abrazo lleno de emoción.

—No tienes idea de cuánto he esperado para conocerte —dijo en tono dramático, como si Genevieve fuera la hija que nunca tuvo. Las mejillas de Genevieve se enrojecieron y sonrió.

—Es un placer conocerla también, señora Fox.

Puse los ojos en blanco y alejé a mi madre de mi chica antes de que la aterrorizara.

—Mamá, relájate. Os presento a mi madre, Joan, y a mi padre, Richard, pero podéis llamarlo Rich.

Los tres le dieron las gracias y lo llamaron «señor». Unos modales... de primera. Eso me hizo pensar que debía trabajar los míos. Era posible, pero poco probable.

Una vez salvadas las formalidades, los seis nos dirigimos a la cocina comedor. Mi madre se fue al horno, donde estaba cocinando chuletas de cerdo. Toda la estancia olía a cebollas asadas y pimientos verdes.

—Huele increíble, señora Fox. —Rowan se frotó el estómago antes de sentarse en la isla de cocina.

Genevieve lo siguió, con Mary de la mano.

Mary actuaba con timidez, algo inusual para la pequeña más bulliciosa. Las pocas veces que había estado con ella, no había estado tan tranquila.

—Cariño, he traído un libro para colorear y unas ceras. —Genevieve buscó el botín en su enorme bolsa y se lo ofreció a la niña.

Los ojos de Mary se iluminaron y se sentó justo entre sus hermanos.

—¡Ah, señorita Mary, me encantan las hadas! —comentó mi madre con una sonrisa.

—¿Sí? —Los ojos de Mary brillaban y su sonrisa era radiante. Mi madre asintió.

—Me encanta cuando tienen las alas púrpuras y azules.

—¡Claro! —La cabeza de Mary se movió arriba y abajo—. Le pintaré un dibujo.

Ya la tenía en el bote. Mi madre sonrió de oreja a oreja, con los ojos llorosos.

—Eso me encantaría, querida. —Se acercó a la nevera e hizo un hueco—. Cuando lo termines, lo pondré justo aquí para poder verlo todos los días.

Mary irradiaba felicidad. Mi madre no había perdido la habilidad con los niños. Una sensación inusual me golpeó el pecho, como una combinación de dolor y palpitaciones. Me lo froté y me acerqué a la nevera; cogí una cerveza para mí y otra para mi padre, y soda para Rowan y Mary. Dejé las bebidas en la encimera y las repartí.

—Cariño, ¿quieres cerveza o una copa de vino?

Genevieve miró a mi madre.

—Está bien, gominola. Mi madre beberá vino. ¿A que sí, mamá?

—¿Qué te apuestas, campeón?

—¿Campeón? —Genevieve sonrió con malicia. Yo puse los ojos en blanco—. ¡Oh, me gusta! Campeón. Te pega.

Mi madre se acercó con una botella de vino y una copa.

—Siempre lo ha sido. Mi gran deportista. —Mi madre me abrazó de costado y echó un vistazo al dibujo de Mary—. Señorita Mary, es increíble. ¡No cabe duda de que eres una artista! —soltó.

Exageró un poco, en mi opinión. Eché un vistazo a la imagen. Aunque la niña tenía talento.

—Gracias, señora Fox. —Mary se sacudió en su asiento y se mordió el labio mientras se aseguraba de que lo que estaba dibujando estuviera perfecto.

—¿Qué te parece si me llamas «abuela Fox»? Soy tan vieja como para ser tu abuela. ¿Tienes abuelos, cariño?

Mary negó solemnemente con la cabeza.

—Bueno, ahora ya tienes una abuela. ¿Qué te parece?

—Suena fantástico. —La sonrisa de Mary se agrandó—. ¿Verdad, Row? —Sacudió a su hermano.

—Claro, Mary. —Las mejillas de Rowan se ruborizaron y se puso a jugar con su lata de soda.

Eché un vistazo a mi chica. Ella, en lugar de sonreír, estaba lívida como un fantasma.

—Disculpad. —Se levantó—. ¿Dónde está el baño? —Tenía la cara desencajada y sus manos temblaban.

La sujeté de la mano y la guie por el pasillo hasta el baño. Pensaba entrar con ella, pero me cerró la puerta en las narices. Todo lo que pude oír después fue el agua corriendo en el lavabo.

—¿Qué ha pasado? —Mi madre apareció a toda prisa—. ¿Se encuentra mal?

—No lo sé. —Me encogí de hombros—. Parecía estar bien y luego, cuando le has dicho a Mary que te llamara «abuela», su cara se ha puesto pálida y parecía que estaba a punto de vomitar.

—¡Cielos! La has cagado, Joan. —Mi madre cerró los ojos y se apoyó en la pared—. He metido la pata, campeón.

—¿Por qué? —No tenía idea de por qué mi madre pensaba que el malestar de Genevieve tenía algo que ver con ella.

Apoyó la cabeza en la pared y luego suspiró lentamente.

—Ha sido demasiado, demasiado rápido —dijo—. Me voy a ocupar de esto. Solo mantén a los otros dos entretenidos. Ya he sacado las chuletas del fuego, así que por ahora vamos bien.

Fruncí el ceño, arrastré los pies a un lado y a otro y eché un vistazo a la puerta cerrada. Una parte de mí quería irrumpir en el baño y asegurarse de que ella estuviera bien. La otra parte quería escapar de cualquier posible drama que pudiera desatarse. Las mujeres rara vez tenían sentido. Al final, decidí que, si mi madre estaba dispuesta a ocuparse de lo que fuera que hubiera ocurrido y calmar las cosas, tenía que dejar que su experiencia femenina actuara.

## GENEVIEVE

—Genevieve, querida, abre la puerta, por favor. Necesito hablar contigo. —La dulce voz de la madre de Trent se filtró a través de la puerta.

Me miré en el espejo y me limpié el rímel que se me había corrido tras mi pequeño ataque de pánico. No los tenía con mucha frecuencia, pero, cuando ocurría, bastaba con unos pocos minutos para que me recuperase. Quizá ella había pensado que me encontraba mal y que Trent podría llevarnos a casa.

—¿Cariño? —Volvió a llamar a la puerta.

La abrí, y estaba a punto de decir alguna mentira cuando ella me sujetó entre sus brazos.

—¡Ah, Genevieve, lo siento! No era mi intención ser tan efusiva con tus hermanos. Es solo que me emociona tanto teneros aquí...

—Está bien. Es solo que todo es tan confuso ahora. No tenemos familia y aquí está usted, agasajándonos con una cena y siendo tan amable... —Mi voz se quebró—. Me rhe acordado de nuestros padres.

—¡Ay, cariño! Estoy segura de que los echas terriblemente de menos. Por eso tenemos que ofreceros una buena comida casera a los tres y pasar tiempo de calidad para llegar a conocernos. ¿Qué te parece? —Su tono era directo, todavía esperanzado.

Me aclaré la garganta y decidí ser honesta una vez más.

—Suena agradable, pero no quiero que Mary se encariñe demasiado. —Temía decirle lo demás. Que, finalmente, cuando Trent nos dejara de lado a mí y a mi familia por algo nuevo y más joven, sin equipaje, acabaríamos echándolo de menos a él y a su familia. Yo ya estaba demasiado involucrada con Trent. Tanto que, cuando él siguiera su propio camino, me destrozaría.

Joan entornó los ojos.

—¿Por qué no quieres que Mary se encariñe, querida? —Frunció el ceño con esa expresión de desaprobación que tenían las madres.

Quizá fuera una de las cosas que enseñaban en las clases de maternidad: cómo hacer que un hijo se sienta culpable. ¡Uf! Acabaría contándoselo. Me pasé las manos por el pelo y pensé en cuál sería la mejor manera de expresar lo que quería decir sin retratar a su hijo como un jugador, a pesar de que en el pasado eso es lo que había sido. Estaba esperando el día en que su verdadera naturaleza volviera a emerger. Suponía que eso sucedería cuando se fuera al entrenamiento de primavera en febrero, si no antes. Se iría a jugar y nos dejaría a nuestra suerte. Con el corazón roto.

—Señora Fox, su hijo me gusta mucho. Más de lo que debería. Pero ha admitido que no es la clase de hombre que se compromete.

—En el pasado. —Su respuesta fue firme. Negué con la cabeza.

—Correcto, en el pasado...

—No ahora. —Me interrumpió otra vez. Eso me hizo pensar.

—¿Qué quiere decir con que ahora no?

—Tú eres diferente. —Sus ojos azules como el acero penetraron los míos cuando llevó una mano a mi brazo—. Eso es lo que sé. —Una afirmación muy simple, pero que tenía un gran peso.

—Seguro, puede que sea diferente. Todas las mujeres lo son. Pero ¿soy suficiente? —Entrelacé los dedos—. Mi vida no es un lecho de rosas. Tengo dos niños que me necesitan, que cuentan conmigo para cuidar de ellos. La mayoría de los hombres no se arriesgarían a comprometerse con alguien que ya tiene una carga y otras responsabilidades.

Joan se encogió de hombros.

—Todo lo que sé, querida, es que eres la primera mujer que ha traído a casa a conocer a sus padres en diez años. Déjame que lo diga otra vez. Diez años. —Resopló y me tomó por el brazo—. Eso, para mí, es más que suficiente. Ahora, tengo chuletas de cerdo cocinadas y listas para comer. ¿Te gusta el cerdo?

—Sí.

—Entonces prepárate para sorprenderte.

Me guio de vuelta a su bonita cocina, que olía increíble, donde mi hermano reía con Trent y Mary pintaba un dibujo para su madre.

—Ya lo estoy —susurré.

# 16

## Chakra raíz

*Abrir los chakras es importante tanto para el cuerpo físico como para
el estado mental. Cada chakra está diseñado para almacenar y distribuir,
a través del cuerpo, la energía y los mensajes que controlan nuestros
hábitos, deseos y salud mental. Los chakras bloqueados pueden dificultar
la salud física y mental, lo que influye en las elecciones que hacemos y en
las decisiones que tomamos en nuestra vida diaria.*

## TRENT

Debido a una reunión con mi agente por la mañana, llegué a La Casa
del Loto temprano para hacer la clase de *hatha yoga* de Genevieve. Por
mucho que lo odiara, tenía que perderme nuestra clase particular. Cuando llegué, ella estaba conversando animadamente con un hombre alto
y musculoso que no llevaba camiseta. Vestía unos pantalones blancos
sueltos, que había visto usar a otros yoguis. El hecho de que no llevara
camiseta no fue lo que me alteró. Fue el modo en que tocaba a Genevieve.

Con esa *familiaridad*. Le acarició el brazo, le tomó la mano, y luego, como si estuviera viendo algo en cámara lenta, sucedió. Él se acercó, lleno de sonrisas y bravuconería masculina, y posó sus labios en mi mujer.

*¿Qué demonios...?*

Me abalancé hacia Genevieve y hacia ese hombre que estaba besando a *mi* novia. Cuando los alcancé, habían dejado de besarse y se miraban dulcemente el uno al otro.

Reaccioné sin pensarlo: agarré el brazo del hombre y lo empujé con fuerza contra la pared. El movimiento fue tan brusco que golpeó contra uno de los símbolos en sánscrito gigantes que colgaban detrás de la plataforma donde el profesor enseñaba, y pegó contra el yeso con tanta fuerza como para dejar una señal.

—¡Aparta tus manos de ella! —rugí a aquel bastardo.

—¡Trent! —Genevieve me sujetó el brazo para intentar evitar el vuelo automático de mi puño derecho.

Si un hombre traspasa el territorio de otro, primero golpeas y luego preguntas.

—¡No! ¡Ay, por Dios! ¿Qué has hecho? —Genevieve me empujó para inclinarse sobre el hombre, que se agarraba el mentón.

Lo había noqueado. Su labio mostraba una ligera mancha roja donde debía de tener un corte. Así se acordaría de que debía mantener su maldita boca lejos de la mujer de otro hombre.

—¡Mierda! Eso ha dolido —dijo el hombre mientras movía la barbilla de un lado al otro.

—¡Trent! ¿En qué estabas pensando? Lo siento muchísimo, Dash. ¡Oh, estás sangrando! —Genevieve fue en busca de algunos pañuelos en un rincón, cerca de las almohadas relajantes para los ojos, y se los puso sobre el labio hinchado.

La necesidad de hacer pedazos a ese tipo escaló por mi cuerpo como un ciclón fuera de control.

—Estaba pensando que más le vale a este idiota mantener las manos y los labios lejos de mi novia —rugí con los dientes apretados. Me dolía la mano, pero la abrí y la cerré, preparándome para otro movimiento rápido si era necesario.

—¡Buf! ¡No soy tu novia! —Genevieve apretó los puños y atendió al bueno de Dash.

—En serio, gominola, —Me crucé de brazos y me quedé mirando a ambos—, no puedo creer que estés haciendo esto. Lo habíamos acordado. Tú y yo estamos saliendo.

—Saliendo, sí, pero no hemos hablado nada de manera oficial. ¡Dios! —Resopló y se mordió el labio—. Dash, lo siento.

—¿Estás disculpándote con él? ¡Deberías estar disculpándote *conmigo*! —gruñí y le tiré del brazo. Genevieve no se movió y cruzó los brazos, su bonito rostro era una máscara que apenas contenía el enfado.

—¡Dash es mi amigo y tú acabas de darle un puñetazo! —Su voz fue un duro golpe al ego. En sus palabras ni siquiera había un rastro de disculpa.

¡Mierda! No entendía qué demonios estaba pasando. Solo sabía que la mujer con la que estaba saliendo, la que creía que era mía, había permitido que un hombre la tocara y la besara. ¡En público!

—Cariño, me estoy perdiendo algo. Creía que teníamos una relación exclusiva.

—La tenemos. —Suspiró y frunció el ceño—. Pero eso no te da ningún derecho a volverte loco porque un hombre se acerque a mí.

—¿Quién demonios es este imbécil? —Una multitud estaba comenzando a rodearnos, pero no me importó.

—Él trabaja aquí. Da la clase de yoga tántrico y estaba pidiéndome que lo ayude con una clase.

Todo lo que oí fue la palabra «tántrico». Esa basura involucraba sexo de algún tipo. ¿Qué clase de sexo? No lo sabía, pero lo buscaría en Google de inmediato, y ella no le iba a «ayudar» con esa clase... jamás.

—¡Sobre mi cadáver! —Resoplé, mi enfado estaba alcanzando unos niveles que solo había experimentado algunas veces en el campo, cuando el árbitro tomaba alguna decisión estúpida.

Genevieve arrugó su pequeña nariz y apretó los labios, lo que provocó que su tono rosado normal se volviera blanco.

—No es que sea decisión tuya, pero ya le he dicho que no, que al hombre con el que estoy saliendo no le haría ninguna gracia que me apuntara a esa clase en particular. —Mostró su indignación de manera ostentosa y se golpeó las piernas cubiertas de licra—. ¿Qué mosca te ha picado para pegarle así? —Se frotó la frente.

Eché un vistazo al tipo. Dash... ¿Qué clase de nombre estúpido era ese, de todas formas? Él solo esperaba, con una mirada totalmente inocente. Menuda patraña.

—¡Este hombre te ha puesto las manos encima y te ha besado, en la boca! —Un calor intenso ardió por mi columna y se me instaló en los puños. Quería golpear otra vez a esa basura.

Dash negó con la cabeza y llevó su mano al brazo de Genevieve... otra vez.

—Viv, cariño, está bien. Él solo estaba protegiendo lo que claramente siente como propio. Si yo tuviera a una mujer como tú, probablemente habría reaccionado de la misma manera. Trent..., te pido disculpas. —El hombre miró al suelo y apartó la mirada—. No tenía malas intenciones, solo intentaba conseguir que nuestra chica me ayudara con mi clase.

—¿Nuestra chica? —Mi tono era áspero—. ¡Querrás decir *mi* chica! —Apreté los dientes y tomé aire con dureza.

—Esto es ridículo —gruñó Genevieve—. No tengo tiempo para esta tontería de exhibición masculina. Discúlpate con Dash, o hasta aquí hemos llegado. —Puso las manos en jarras.

—No me disculparé con él. En todo caso, *tú* me debes una disculpa a *mí*. ¡No soy yo quien tenía los morros en los de míster Yoga!

—Lo siento, Viv. —Dash tuvo el tino de apartar la mirada y perder el contacto visual—. Trent, no quería causarte problemas, tío, te lo juro.

—Claro, tío. Seguro que le has dado un beso en la boca *por accidente*.

—Él siempre besa a sus amigas. —Un suspiro exasperado salió de la boca de Genevieve—. Promueve el contacto, la conexión. ¡Es profesor de tantra, por el amor de Dios!

—¿Y se supone que eso le da derecho a darle un beso en la boca a mi mujer? ¡Pues no, mierda! ¡Ni en sueños!

—Vete. Lárgate. —Ella se dio la vuelta y encendió la música—. No puedo lidiar contigo ahora. Ya tengo suficiente en mi vida como para encima tener que cargar con un amante celoso.

—Oye, Viv, ya doy yo tu clase. —Dash, el gurú del yoga tántrico, tocó a mi chica en el brazo—. No te preocupes. Ve a hablar con él.

—Esta es la mejor oferta de mierda que he oído en todo el día —murmuré.

La mirada de Genevieve se disparó hacia mí; sus ojos parecían cuchillas, nada que ver con la mirada tierna a la que estaba acostumbrado. Su cuerpo se sacudió y sus ojos se llenaron de lágrimas.

—¡No puedo! Necesito el dinero.

—No te preocupes por eso —dijimos Dash y yo al mismo tiempo.

Hombre muerto. Algunas veces, creo que las personas tienen momentos en la vida en los que sus caminos se vuelven claros como el cristal. Mi camino era lanzar el pie contra las costillas de aquel tipo... una y otra vez.

Dash alzó las manos en un gesto conciliador.

—Yo daré la clase, tú la cobrarás. Es lo menos que puedo hacer. Lamento haberla liado entre tú y tu pareja. Ese beso... ¡Dios, lo siento! —Su mirada se cruzó con la mía—. No volverá a suceder.

Tenía los hombros caídos y las manos unidas en un gesto nada amenazador. En general, su lenguaje corporal sugería que realmente quería arreglar las cosas. Quizá fuera porque yo era enorme a su lado y podía patearle el trasero, aunque intenté creer que era por lo primero.

—Más te vale. —Asentí.

Genevieve echó un vistazo alrededor de la sala. Su labio inferior tembló y señaló a Dash con el mentón. Recogió sus cosas y pasó junto a mí, sin mirarme al salir.

—Supongo que el espectáculo ha terminado, amigos. Seguid con vuestra clase. Perdón por la interrupción —dije antes de seguir a mi chica en su arrebato.

## GENEVIEVE

Lo último que necesitaba era una pelea de machos por mí. En público. En mi lugar de trabajo. No tenía la capacidad mental para lidiar con eso en aquel momento. Estaba en deuda con el estado. Me había saltado el último pago del impuesto a la propiedad de la casa y ya había llegado la segunda cuota. Si no pagaba, tendría que venderla o arriesgarme a que el estado embargara mis ganancias. Necesitaba un contable especializado en impuestos, pero no podía pagarlo. Por lo que había podido ver en internet, tenía serios problemas con el estado de California. Además de eso, mis últimos dos clientes habían cancelado sus citas, lo que había supuesto cien dólares menos esa semana y un mayor atraso en el pago de la factura de la electricidad.

Me detuve en el bordillo. Trent debía de estar detrás de mí. Miré la posesión más preciada de mi padre. Valía al menos cincuenta mil dólares. Vender el coche que sería de Rowan por derecho era mi única opción. Mis ojos se llenaron de lágrimas al observar la única cosa que mi padre había querido más que a nada en el mundo, además de su familia: su Mustang GT. El coche estaba en perfecto estado y ya lo había llevado a que lo tasaran. Con él me daba para conseguir un coche usado sin problemas, para que nos llevara de un lado a otro, además de pagar dos años del impuesto a la propiedad y ponerme al día con las cuentas de la casa. Finalmente, podría respirar tranquila.

La noche anterior, Rowan y yo nos habíamos sentado para hablarlo en detalle. Por supuesto, él querría el coche con el tiempo, pero, al final, su deseo de permanecer en la casa donde habíamos crecido era más fuerte. También queríamos que Mary tuviera lo mismo. Nosotros habíamos tenido a nuestros padres durante mucho más tiempo que ella. Mary solo tenía una casa a la que aferrarse, mientras que Rowan y yo contábamos con infinidad de recuerdos en los que sumergirnos siempre que quisiéramos.

—¡Genevieve! Espera. Por favor. —La voz de Trent era severa; su respiración, agitada. Un gemido de dolor escapó de sus labios cuando cojeó hasta el lugar donde yo estaba admirando el coche de mi padre.

—Trent, lo que has hecho allí es inaceptable. —Mi voz sonaba rara y fría, pero él se había pasado de la raya.

—¿Quieres que me arrepienta por haber actuado como un hombre que ha visto a su mujer besando a otro hombre? —Se llevó las manos a las caderas y miró al suelo.

—Lo dices como si Dash y yo hubiéramos estado morreándonos. Él es amigo mío. Me ha dado un pico amistoso en los labios. Lo hace con *todas* nosotras.

Trent resopló.

—Lo hace. Él es así. Siempre ha sido así. Quizá, en vez de reaccionar de manera desproporcionada, podrías haberme llevado aparte y no montar una escena.

—No me puedo creer que intentes volver esto en mi contra. —Sus ojos se volvieron fríos como el hielo—. ¿Tú besas a míster Yoga y yo soy el malo de la película? Es ridículo. Y pensar que creí que eras diferente. —Negó con la cabeza.

Resoplé mientras las lágrimas me resbalaban por la cara. Había ocurrido. El momento que había estado esperando. Habíamos estado juntos seis semanas antes de que todo se fuera al garete.

—¿Sabes qué, Trent? Piensa lo que quieras, pero yo sé la verdad. Dash no es más que un amigo. Un muy buen amigo. Estaba hablándole sobre una situación muy difícil y él dándome consuelo.

—¿Ah, sí? ¿Sobre qué?

—Sobre mi padre, ¿de acuerdo? —Cerré los puños.

Él frunció las cejas, y una arruga se formó en su ceño. ¿Quería saber? Bien, pues se iba a enterar.

—Las facturas se me acumulan. Llevo retraso en el pago de todos los suministros y los impuestos a la propiedad. El estado me ha enviado incontables cartas amenazadoras, informándome de que, si no pago, perderé la casa de mis padres. Lo único que nos queda de ellos. —Las lágrimas rodaron deprisa por mis mejillas y me humedecieron la camiseta. Mi respiración era irregular—. Así que Rowan y yo hemos tenido que tomar una decisión difícil.

—¿Y es...? —Su tono seguía siendo de enfado, como un anciano gruñón quejándose del estado del país.

—He decidido vender el coche de mi padre.

Trent se quedó boquiabierto y se frotó la barba incipiente. ¡Ah, cómo me gustaba esa barba! Sentirla contra mis labios cuando nos besábamos, contra mi cuello, mis pechos y entre mis muslos.

—Pero a Rowan y a ti os encanta ese coche.

—Sí, bueno, mis hermanos necesitan un lugar donde dormir por la noche. Además de eso, necesitan agua caliente, electricidad y un hogar adecuado. Algo que tú nunca entenderías.

—¿Y qué se supone que significa eso? —Echó la cabeza atrás.

—Significa que lo das todo por sentado. Despilfarras tu dinero en mujeres, coches y moto ostentosos, y aun así vives en un apartamento desprovisto de vida. En tu casa no hay más que dos fotografías, y eso que llevas *años* viviendo allí. ¿Eso qué indica?

—Que estoy de paso. —Hizo una mueca y frunció el ceño—. Que no tengo tiempo para...

—¡No! Significa que no echas raíces. Estás tan enraizado aquí como lo estás en un avión. ¿Y qué sucederá cuando vuelvas a jugar? Déjame decirte lo que creo que sucederá.

—Por favor, ilumíname.

Me apoyé sobre el preciado coche de mi padre y me crucé de brazos.

—Conocerás a la próxima y saltarás de un avión a otro. No soy estúpida, Trent. Sé que en el instante en que vuelvas a volar te desharás de mí y de mi drama familiar como de una patata caliente.

Su cabeza se echó hacia atrás como si hubiera recibido un golpe. Bajó la vista y se pasó las manos por el pelo.

—¿De verdad tienes ese concepto de mí?

—Solo me baso en las cosas que sé de ti. —Me encogí de hombros.

—Sí, pero tú me conoces a *mí*. —Se señaló el pecho—. El que quiero ser. La versión que quiero ser para ti. El que asiste cada día a tus clases privadas. El que cuida de tu jardín, intercambia mensajes con tu hermano a diario y el que acaba de decirle a su madre que tú y los niños vendréis a la cena de Acción de Gracias esta semana. ¿Eso suena a la clase de hombre en la que no puedes confiar?

Cada una de sus palabras me golpeó como un ladrillo. Una a una, me sacudieron por completo. Inspiré con dificultad y mis lágrimas rodaron más deprisa.

—¡No! —chillé.

En lugar de enfadarse porque yo había sido cruel y no había pensado lo mejor de él, me sorprendió. Me cogió de la mano y me atrajo hacia su pecho. Me acarició la mejilla y secó las lágrimas que no dejaban de brotar.

—Cariño, voy a estar para ti. Estoy haciendo todo lo posible para ser la clase de hombre que mereces.

Un sollozo ahogado salió de mi pecho.

—Pero ¿por qué? —Que quisiera estar conmigo no tenía sentido. Ni en esta vida ni en cualquier otra. Las chicas como yo no conseguíamos que chicos como él cambiaran.

—¿No es evidente? —Sus ojos eran brillantes, verdes y dorados cuando sonreía con suavidad, con su nariz casi tocando la mía—. Estoy totalmente loco por ti, gominola.

—Podrías tener a cualquier chica. —Le agarré los hombros mientras me contenía—. Cualquier mujer en sus cabales iría tras de ti. ¿Por qué querrías estar con alguien que tiene dificultades, que está ahogada por las deudas y que tiene más responsabilidades de las que tú deberías tener que afrontar jamás?

—Cariño, porque ninguna de esas mujeres es *tú*. —Rio y frotó su nariz contra la línea de mi cuello—. No hacen que quiera trabajar duro.

No me hacen sentir como si estuviera en las nubes incluso cuando el mundo se está desplomando a mi alrededor. Y, sin duda, no hacen que mi corazón se encoja al ver un pequeño destello de su sonrisa al otro lado de la habitación.

Sus palabras se abrieron camino hasta mi corazón y lo hicieron martillear contra mi esternón.

—Y... —Mordió el lóbulo de mi oreja, lanzándome una punzada de necesidad que se instaló acalorada entre mis piernas—. No me ponen tan caliente con solo pensar en un simple beso. Eso es lo que me provocas. Me conviertes en un caos de necesidad y deseo. Todo el tiempo. Y, lo mejor de todo, ni siquiera notas lo irresistiblemente increíble que eres, por dentro y por fuera.

## TRENT

—Lo siento. —Su voz se quebró mientras se abrazaba a mí, con los dedos hundidos en los músculos de mi espalda.

—¿Sientes haber besado a otro hombre o haber asumido que yo no estaba comprometido con esta relación?

Resopló y se limpió la nariz contra mi sudadera. Si cualquier otra persona lo hubiera hecho, me habría parecido asqueroso. No era así con mi gominola. Quería ser el hombre que estuviera allí para ella y no tenía ni idea de cuándo o cómo había cambiado todo lo que definía quién era yo o la vida que había llevado hasta entonces.

—Las dos cosas. —Sollozó contra mi mejilla, con sus lágrimas cálidas sobre mi piel, en contacto con el viento de la bahía.

—Oye, mírame. —Le froté la espalda de arriba abajo, masajeando la tensión que cargaba allí.

—Estoy demasiado avergonzada —murmuró ella y negó con la cabeza contra mi rostro.

La alejé un poco de mí, acuné sus mejillas y le levanté la cara con los pulgares pasándolos por debajo de su barbilla. Una par de lágrimas corrían por sus mejillas pálidas. Las sequé antes de que alcanzaran su perfecto mohín.

—Oye, sé que estás triste por el coche de tu padre, pero hay otra opción.

Inclinó la cabeza a un lado y se mordió el labio por dentro.

—Déjame pagar los impuestos.

Sus ojos oscuros se volvieron tan redondos como dos monedas de plata. Negó con la cabeza e intentó alejarse.

—De ninguna manera. No es una opción. Lo solucionaremos. Venderemos el coche, pagaremos dos años de impuestos, nos pondremos al día con los suministros y nos quedará suficiente para comprar un coche seguro y bueno mientras tanto. Lo solucionaremos, pero gracias por la oferta.

—Gominola...

—No, Trent. —Llevó dos dedos a mis labios—. No soy tu responsabilidad.

—¿Y qué si quiero que la seas?

Y justo esa fue la primera vez en mi vida que sentí el deseo de proteger y cuidar de una mujer. Con dinero, ayudándola con Rowan y Mary, con lo que fuera. Quería ser el hombre que se hiciera cargo de todo para esa increíble mujer.

Genevieve puso los ojos en blanco y se alejó, aunque no podía ir muy lejos. La acorralé contra el Mustang y usé el peso de mi cuerpo para mantenerla allí.

—No. —Jugó con el pelo de mi nuca, enrollándolo en los dedos—. Ninguno de los dos está listo para eso. Disfrutemos de lo que tenemos. ¿De acuerdo? —Sus ojos penetraron los míos cuando enfocó toda su atención en mí. Como si el mundo a nuestro alrededor ya no importara.

Deslicé mi mano para agarrar una buena porción de su trasero.

—Gominola, creo que acabamos de reconciliarnos tras nuestra primera pelea. —Sonreí y me apoyé más sobre su cuerpo—. ¿Los niños están en casa? —Con ambas manos en sus suaves nalgas redondeadas, presioné y enterré mi miembro endurecido en la suavidad de su sexo.

Ella gimió, se mordió el labio y negó con la cabeza.

—Vamos a tu casa entonces. —Me aparté, di la vuelta hasta el lado del conductor y le abrí la puerta—. Te seguiré.

Ella asintió y subió al coche. Cerré la puerta y caminé deprisa al Maserati.

Mientras conducía como si fuera Jeff Gordon, marqué el número de mi agente y le informé de que llegaría al menos dos horas tarde a nuestra reunión. Él se molestó con razón, pero nada evitaría que hiciera las paces como correspondía con Genevieve.

Deslicé mi coche detrás del suyo en la entrada de la casa y me di prisa por abrirle la puerta antes de que apagara el motor. Afortunadamente, ella ya había cerrado la puerta del garaje, así que sabía que estaríamos solos.

Una vez que la saqué del coche, la apoyé contra el capó y recorrí todo su cuerpo con mis manos. Jadeó cuando hice que se diera la vuelta y la presioné de frente contra el capó. Gracias a Dios no era un largo camino desde La Casa del Loto. El capó estaba caliente, pero no lo suficiente como para quemar sus dulces tetas presionadas sobre él. Con mi entrepierna contra su trasero, besé su cuello y descendí con la lengua por su pálida piel.

Con dedos ávidos, metí las manos debajo de su camiseta y arqueé su cuerpo para levantar su sostén deportivo, lo suficiente como para liberar sus pechos. Sus pezones se endurecieron al instante. Suspiró mientras tocaba y estiraba cada pezón a mi voluntad.

—Amo tus tetas, cariño. Cuando termine de hacerlo contigo sobre el capó del coche de tu padre, las chuparé hasta que se conviertan en pequeñas puntas ardientes. ¿Te gustaría eso, gominola? —Mordí la punta de sus hombros y lamí las marcas que había dejado. Me encantaba señalarla, dejar mi huella, demostrarle a cualquier hombre que alcanzara a verla que esa mujer estaba ocupada. Tenía dueño. Era amada. Sacudí la cabeza, forzando que esos pensamientos se disiparan y fueran reemplazados por el deseo carnal.

—¡Ay, Dios! Trent...

Estaba jadeando al tiempo que yo le deslizaba los pantalones ajustados hasta las rodillas. Sus piernas estaban juntas y supe que sería apretado, pero así era exactamente como lo quería. Como lo necesitaba. Su bonito y pálido trasero resaltaba contra el azul intenso del Mustang. Agarré su trasero, me agaché y mordí cada una de sus nalgas carnosas.

Su cuerpo se sacudió y gimió cuando lamí cada una de las señales. Con ambas manos, separé sus nalgas tanto como pude y pasé mi lengua desde su clítoris hasta el ano, donde giré una y otra vez alrededor de su ojete apretado. Se sobresaltó y chilló mientras recorría la pequeña hendidura, la abría y la tomaba entera con mi lengua.

Genevieve apoyó su sexo hambriento contra el capó caliente. Su humedad se filtró sobre el metal, mientras presionaba el clítoris contra la superficie rígida, lanzando un cosquilleo de deseo directo a mis testículos.

—¿Estás lista para que te penetre, gominola?

—¡Dios, sí! —exclamó, y su cuerpo se arqueó.

Yoguis. Las más calientes.

No me llevó más de dos segundos dejar caer mi ropa y deslizar mi grueso pene entre sus labios mojados. La presión era brutal y terriblemente apretada, pero mi chica recibió todo lo que tenía para darle hasta el fondo. Una vez que estuve completamente dentro de ella, me incliné sobre su cuerpo y pegué mis caderas contra ella, lo que impulsó la punta de mi miembro con más intensidad en su centro.

—¿Te gusta tenerme dentro hasta el fondo? —No había nada mejor para mí que estar atrapado en su calor.

—Me encanta... —suspiró.

—¡Ah, cariño! Esto es solo el comienzo. ¿Quieres más?

—Sí. —Su voz no era más que un susurro y sus manos se apoyaron contra el capó.

Aparté las caderas, me lamí el dedo pulgar y lo coloqué justo en su orificio sonrosado.

—Ahí lo tienes todo. Todo. Bien dentro. —Impulsé mis caderas contra ella, al mismo tiempo que hundía mi pulgar en su puerta de atrás.

Ella aulló, se arqueó y se corrió en una embestida. Una sola embestida. ¡Jesús! Aquella mujer era una diosa.

Genevieve convulsionó alrededor de mi miembro, su mitad inferior se tensó en proporciones insostenibles. Las pulsiones por sí mismas eran suficientes para hacerme estallar, pero me mantuve fuerte, lo único que quería era penetrarla hasta hacer que perdiera la razón.

Cuando se tranquilizó, su respiración se convirtió en breves jadeos. Fue entonces cuando retiré mi dedo pulgar, sujeté sus caderas, salí y volví a penetrarla. Hasta el fondo.

El paraíso.

Ella gimió y eso me estimuló. Con los dedos enterrados en sus caderas, me agarré por mi vida y la follé con todo mi ser. Duro. Rápido. Con un deseo incontrolable de hacer que se corriera otra vez alrededor de mi miembro.

Ella gritó con cada embestida. Cada retirada hacía que gimiera más. Mi mente estaba perdida. Cada poro, nervio y sensación estaba centrado donde estaba penetrando el estrecho interior de Genevieve. La succión húmeda de nuestro encuentro hacía eco en el garaje vacío, hasta que las breves palabras sin sentido que ella siempre decía cuando estaba perdida en la pasión comenzaron. ¡Cielos! Me encantaba oírla perder la cabeza.

—¡Respira...!

»¡Dentro...!

»¡Qué caliente...!

»¡Voy a...!

»¡Mmm...!

La quería conmigo, exprimiendo mi pene cuando perdiera el control.

Me incliné hacia delante para tener más equilibrio, llevé mis manos sobre las de ella y entrelacé nuestros dedos sobre el capó del automóvil. Ella sujetó mis manos y gritó al tiempo que todo su cuerpo se volvió rígido por la tensión, el orgasmo inminente a punto de catapultarla a la estratosfera.

Rugí en su oído.

—Me encanta penetrar este cuerpo ardiente. Es todo mío, Genevieve. Te lo haré siempre. —Respiré con dureza, mis caderas golpearon contra su trasero hasta que perdí todo el ritmo y la sutileza, enfocado únicamente en el propósito de mi descarga.

—¡Ay, Dios mío!

Su sexo se cerró en mi miembro y lo forzó a palpitar y disparar en acaloradas explosiones en lo profundo de su interior.

Cuando ambos pudimos respirar otra vez, ella gruñó. Debí de pesarle demasiado con mi cuerpo sobre el de ella, como un saco de patatas.

—Lo siento, cariño. ¡Mierda! —Me levanté y salí de su interior.

En ese momento, nuestros fluidos mezclados comenzaron a correr por su pierna. Eso era nuevo y totalmente sexi. Antes siempre había sido muy cuidadoso. Allí, en el calor del momento, no había pensado en enfundar a mi amigo. Siempre me había protegido antes de hundirme en el dulce calor de una mujer, pero con Genevieve, me perdí en ella.

—¿Qué demonios es eso? —Se apartó del coche.

Observé con absoluta fascinación mi pene poniéndose duro, ávido por hacerlo otra vez, mientras apreciaba cómo una parte de mí había estado dentro de ella y otra vez volvía a gotear.

Apoyé mi espalda contra la suya y la sostuve por detrás. Luego, como un estúpido alfa, froté nuestras esencias combinadas en sus labios y la toqué, con el deseo de que más de mí permaneciera dentro de ella. Nunca en mi vida había tenido tal reacción. ¡Rayos! Nunca antes me había corrido dentro de una mujer y, después de haberlo probado, odiaría volver a usar un condón.

—Somos nosotros, cariño, y es sexi como el demonio—rugí con los dientes apretados mientras ella gozaba con mi mano. Mi chica siempre queriendo más. ¡Cielos! Una diosa sexual escondida detrás de su semblante tranquilo y controlado, la que quería sacar a la superficie. Esa mujer estaba convirtiéndose rápidamente en todo mi universo.

—¿Qué? —chilló y se alejó, liberándose de mi control sobre su dulce sexo.

—Cariño, relájate. No te sientas avergonzada. Creo que es muy sexi.

Genevieve se puso los pantalones deprisa.

—¡Espero que creas que un bebé es muy sexi, porque no tomo la píldora! —Su voz era chillona y asustada cuando corrió dentro de la casa.

Me quedé allí, petrificado donde estaba, con la mano mojada, mi pene secándose al aire y los pantalones en los tobillos, mientras las palabras «cariño» y «no tomo la píldora» se reproducían repetidamente en mi mente. Como un maldito disco rayado.

*Cariño.*

*No tomo la píldora.*

*Cariño.*

*No tomo la píldora.*

*¡Mierda! ¿Qué he hecho?*

# 17

## *Postura de la cobra*

### *(En sánscrito:* Urdhva Mukha Svanasana*)*

*Esta postura es parte de la secuencia del saludo al sol. Es una postura de fortalecimiento que tiene el beneficio adicional de curvar la columna de una manera relativamente natural. Se utiliza en las clases para principiantes. Esta postura abre y expande el pecho y el chakra del corazón, lo que permite un profundo fortalecimiento de los hombros. Recuéstate sobre el estómago, tensa los glúteos y empuja con las manos hacia arriba hasta que el pecho esté completamente elevado y el cuello erguido.*

## TRENT

Podría haberme convertido en un corredor olímpico de lo rápido que subí las escaleras y golpeé la puerta cerrada de Genevieve. Giré el pomo, pero no se abrió por arte de magia.

—Gominola, ¡abre la maldita puerta! —Me sobresalté por el sonido de mi voz. Sonaba desesperada.

—¡Vete!

—¡Ni hablar! ¡Abre la puerta o la tiro abajo!

—¡Ni se te ocurra!

Me di la vuelta, apunté mi hombro, me apoyé en un pie poniendo el peso hacia atrás y arremetí contra la puerta. La madera se sacudió en las bisagras.

—¡Por Dios! ¡No! ¡No rompas la puerta! ¡No puedo pagar para que la arreglen! —Peleó con la cerradura.

En el momento en que la abrió, la tomé por la cintura, la acerqué a mi pecho y la guie a la cama hasta que sus muslos chocaron. Luego nos desplomamos los dos en la cama mullida.

Genevieve se sacudió hasta que sus piernas quedaron estiradas y mi cuerpo, tendido en medio. ¡Qué gracioso! Así era como quería estar de todas formas.

—¡Suéltame, Trent!

Su bravuconería fue perdiendo fuelle a medida que se resistía. Le sujeté las manos por las muñecas y las fijé sobre su cabeza.

—¡Ni hablar! No te escapas de esto. Lo admito, me he dejado llevar por el momento. He metido la pata.

Resopló y produjo un gorjeo con la garganta.

—¿Y cuántas veces ha sucedido antes? ¿Eh? ¿Tendré que hacerme analíticas? —Las lágrimas que intentaba contener se acumulaban y hacían que sus ojos parecieran rocas negras centelleantes.

—¿Estás insinuando que soy un hombre promiscuo? —pregunté con las cejas en alto.

—¿Estás admitiendo que no lo eres? —Dejó de forcejear.

Pensé en todas las mujeres con las que había estado antes de ella. ¡Demonios! De muchas ni siquiera recordaba el nombre, mucho menos todas las cosas perversas que había hecho con ellas, pero ni una vez, *jamás,* lo había hecho sin protección. Ese era un pecado capital.

—No, no te mentiría. Tengo la cuota de mujeres bien cubierta.

Ella apretó los labios.

—De acuerdo, he estado con muchas, pero, gominola, ninguna de ellas puede compararse contigo. Y a ninguna de ellas le he dado todo. He usado condón con cada mujer con la que he estado. Lo juro por lo más sagrado. ¡Rayos! Lo juro por mi carrera, la única cosa que ha significado algo para mí antes de que te conociera. —Me llevé una mano al corazón—. ¡Que nunca más pueda golpear una bola si miento! ¡Que me parta un rayo! —Me levanté y me golpeé el pecho—. No tienes que preocuparte por las enfermedades. Estoy limpio. Me hicieron pruebas médicas la semana pasada. Nos las hacen al equipo de manera regular, y el entrenador me indicó que me las hiciera para asegurarse de que estoy manteniendo mi promesa de limitar el alcohol y no meter nada por mi nariz o mis venas que no haya sido creado directamente por el de arriba.

—Eso no previene un embarazo. —Genevieve cerró los ojos y las lágrimas rodaron por sus mejillas—. Trent, no sé si puedo con otro error o con otro cambio trascendental en mi vida.

Las lágrimas corrieron y las limpié a besos, saboreándolas como lo que eran. Arrepentimiento.

Esa sensación me golpeó con fuerza. Lo último que quería era que ella se arrepintiera de algo del tiempo que habíamos estado juntos. Por supuesto que no habíamos tenido nada serio, pero eso no significaba que no fuera especial. Cada momento con Genevieve lo era. Era único. Lo mejor que me había pasado, porque significaba algo. Con ella no todo se trataba solo de descargar. Era... *más*.

—Oye, no llores. —Froté su nariz contra la mía—. Lo resolveremos. Pase lo que pase, lidiaremos con ello.

Ella se mofó de mí. Tuvo el coraje de mofarse de mí.

—Sí, ¿y qué sucederá si me quedo embarazada y tú viajas para jugar?

—No voy a negar que es una posibilidad que me aterra por completo, pero tampoco me voy a preocupar por algo que no podemos controlar —dije poniendo mi mano en su mejilla y mirándola a los ojos—. Si te quedas embarazada, seremos padres. Punto.

—Tendré que pensarlo. —Gruñó y dejó caer la cabeza en sus manos.

—No hay nada que pensar. Cuidaré de lo que es mío y, al igual que estoy pensando en ayudar con el coche, me aseguraré de que tengas todo lo que necesites.

—No vuelvas con eso —protestó—. No me darás dinero para pagar nada de la casa y salvar el coche. Se acabó. Ese barco ya ha zarpado. El coche está vendido.

—¿Sin consultármelo antes? —Me sobresalté e hice una mueca. No era mi mejor momento, pero tenía muchas cosas encima. La posibilidad de que ella perdiera la casa. Que vendiera el coche para salvarla. Que Genevieve y Rowan salieran perdiendo con el trato, en el que perderían uno de los legados de su familia. El desliz con el condón y la posibilidad de que mis nadadores pudieran estar ascendiendo por su cérvix en ese momento. De alguna manera, esa idea no me aterraba tanto como debería.

Genevieve intentó empujarme, pero yo era mucho más fuerte que ella y la sostuve rápidamente.

—No lo hagas —dije.

—¿Que no haga qué? ¿Tener un ataque de pánico? Me estoy volviendo loca. Estás comportándote como mi pareja, no como el hombre con el que estoy saliendo.

—Gominola, soy tu pareja. —Esta vez fui yo el que resopló—. El único hombre en tu vida. Vete acostumbrando. Y eso no va a cambiar en un futuro cercano.

—¿Y si me quedo embarazada?

Imaginarla embarazada de mi hijo hizo que mi miembro se endureciera. Supe que pudo sentirlo cuando se arqueó y presionó sus caderas contra mi erección.

—Como puedes ver, la idea tiene posibilidades.

Ella suspiró e hizo un mohín. Verla hacer un mohín fue de lejos uno de los mejores momentos del día..., además del sexo sobre el Mustang.

—Eres un cretino —bufó.

Me lo tomé como su forma de decirme que me perdonaba. Ya no intentaba escapar. Si algo hacía, era pegarse contra mi miembro mientras este se endurecía por completo.

—Voy a penetrarte otra vez. Nos hemos vuelto a pelear.

—¿Así será cada vez que tengamos una discusión? —Sus labios formaron una pequeña sonrisa traviesa.

—Si Dios quiere. —Le levanté la camiseta, le quité el sostén deportivo, me incliné y succioné un pezón rosado con la boca. Gemí y lo mordí.

Ella gimió y tembló debajo de mí, mientras me disponía a hacerla olvidar todo lo que había sucedido en el día: la pelea en el centro de yoga, nuestro desacuerdo en la acera, nuestra discusión tras el olvido del condón.

En esta ocasión, disfruté de cada desliz, restricción y presión intensa de estar dentro de mi mujer sin barreras. Cuando sujeté sus caderas y levanté sus muslos hacia sus hombros, presioné mi pene hasta la raíz, penetrando con cada centímetro lo máximo posible, hasta que alcancé el límite de su cérvix.

Enterrado profundamente, dejé que saliera todo.


## GENEVIEVE

Había pasado una semana desde nuestro doble descuido. Si no lo conociera, hubiera creído que Trent intentaba dejarme embarazada.

—¿Querida, puedes pasarme las patatas? —preguntó Richard, el padre de Trent, apoyando su plato lleno del pavo de aspecto más suculento que había visto jamás.

Normalmente, Rowan, Mary y yo íbamos a la casa de la familia St. James para Acción de Gracias, donde Amber y su abuela, Sandra, nos preparaban la cena. Nunca consistía en un pavo tradicional. El año anterior habían ofrecido costillas. Les gustaba cambiar, así que, cuando Amber dijo que irían a un crucero por México en esa fecha, no me sorprendió. Iban adonde el viento las llevara, lo que hacía que sus vacaciones fueran más divertidas. Amber debió de informar a la señora St. James de que me habían invitado a casa de los Fox para Acción de Gracias. A ella siempre le preocupaba que no tuviéramos adónde ir. Este año, tenía una cena familiar oficial con los padres de mi *novio*.

Definitivamente era algo que nunca creí que haría. De todas formas, no podía decir que no estaba emocionada al respecto, y Rowan y Mary estaban incluso más emocionados. Poder pasar la celebración con su ídolo era fantástico para mi hermano. Durante los meses anteriores, había intentado asegurarme de que no se apegaran demasiado, pero había sido inútil. La posición de ídolo dominaba a Rowan y, cuando Trent y su madre asistieron al recital de Mary, ambos con flores para ella, Mary puso el broche final a su afecto. Ella había caído rendida.

En cuanto a mí... Por mucho que quisiera resguardar mi corazón y protegerlo de acabar roto, ya no podía negar que tenía sentimientos fuertes por el condenadamente sexi jugador de béisbol. Había estado totalmente comprometido conmigo y con mi familia desde el primer día, y su familia... Ay... Eran increíblemente amables, amorosos, reconfortantes, y, sobre todo..., acogedores. Rowan, Mary y yo nos sentimos muy bien recibidos en su hogar y disfrutamos algunas cenas familiares, esta última como la más importante. En mi opinión, si una mujer pasa una gran celebración con su novio, significa que han dado un paso en su relación. La guinda del pastel, por decirlo de alguna manera.

—Aquí tiene, señor Fox. —Le acerqué la comida que había llevado. Richard frunció el ceño.

—Ya te lo he dicho, cariño, puedes llamarme Rich, o papá —dijo y alzó las cejas mirando a Trent.

Reí cuando los ojos de Trent se agrandaron y se quedó mirando el plato.

—Ya, ya, no entres en pánico, hijo mío. Aunque estaríamos encantados de aumentar la familia. —Joan Fox le hizo a Trent su propio guiño sin disimulo. Trent tosió y le dio un largo trago a su cerveza.

—Mamá, papá, de verdad. Ya basta. ¿Podemos simplemente disfrutarde de una comida sin que insinuéis que me case con Genevieve y la deje embarazada antes de que acabe el año?

Un trozo de pavo se atascó en mi garganta y me ahogué. Trent me dio palmadas en la espalda con fuerza y me alivió. Tosí en mi servilleta y me levanté.

—Perdón, si me dais un minuto... Perdonadme. —Salté de la silla como si esta estuviera en llamas.

—Mirad, ya lo habéis conseguido. La habéis puesto nerviosa —protestó Trent.

Estaban emocionados. ¡Cielos! También yo. No había estado tanto tiempo con alguien desde Brian, y me sentaba bien. Más que bien. Parecía real. Solo esperaba que siguiera siendo así una vez que comenzara la temporada. Trent no dejaría su trabajo, ni yo querría que él renunciara a algo que amaba. Si queríamos continuar con la relación, tendríamos que hablar del tiempo que estaría fuera de viaje y todo lo demás. Por supuesto, aún teníamos el enorme peso de la incertidumbre sobre nosotros. Me tenía que venir el período en una semana. Cada día que pasaba, le rezaba a Dios que hubiéramos esquivado la bala. Sin embargo, no estaba segura de que Trent estuviera en la misma onda. Había tenido que pedirle que se pusiera un condón cada vez que nos habíamos acostado desde entonces.

Mientras tanto, concerté una cita con el ginecólogo para iniciar un método de control de natalidad de inmediato. Si mi hombre quería tener sexo sin barreras, me tocaría a mí hacerlo realidad. No parecía preocupado por el hecho de que podía estar embarazada.

Una vez que me refresqué y volví a la cena de Acción de Gracias, me sentí mucho mejor. Comimos, bromeamos, hablamos de nuestros planes para el resto del año y yo anuncié que había vendido el coche de mi padre. De acuerdo con Amber, que se había encargado de ello por mí, mientras yo trabajaba todas las horas que podía y pasaba el tiempo libre con Trent y los niños, había encontrado a un comprador dispuesto a pagar los cincuenta mil dólares. Por muy increíble que fuera, aún me sentía triste.

Cuando volviéramos a casa, el coche ya no estaría y, con él, se habría ido una parte de mi padre.

## TRENT

Mientras mantenía una postura flexionada incómoda, solté una larga exhalación cansada.

—¿Cuánto tiempo falta? —dije entre dientes. Las personas que creían que el yoga trataba de ser zen y estar relajado, de encontrar tu ser interior, estaban muy equivocadas.

—Medio minuto más. Puedes hacerlo, Trent.

Gruñí y mantuve mi cuerpo hacia arriba, con los brazos extendidos. Mis empeines sostenían mis piernas firmes contra la estera mientras mi espalda estaba arqueada. La postura de la cobra debería haber sido muy sencilla, ya que no forzaba directamente la pierna como en los estiramientos que me había hecho hacer antes. Por desgracia, los muslos, los cuádriceps, los glúteos y las pantorrillas tenían que estar en tensión para proteger la parte baja de la espalda. Levanté el mentón e intenté respirar acompasado con el ritmo de su respiración. Inspiraba y expiraba haciendo ruido para que yo no me olvidara de respirar, pero era demasiado difícil seguir el ritmo cuando tenía que mantener el tronco en alto y las piernas me ardían.

—De acuerdo, desliza las rodillas lentamente y apoya el pecho entre las manos.

En esa postura, tenía el trasero en el aire y parecía una oruga. Negué con la cabeza.

—Estas posturas se vuelven cada vez más raras, gominola. —Ella rio.

—Muy bien, grandullón, relaja el vientre hacia la esterilla y apoya la cara de costado. Dale una tregua a tu cuerpo. Vamos a empezar la meditación guiada.

—¡Gracias a Dios! —Fruncí el ceño y apoyé la otra mejilla en la esterilla para aliviar cualquier tensión que pudiera tener en el cuello tras la hora y cuarto de yoga intenso que me había dado. Ella decía que era reconstituyente y yo creía en el trabajo duro para obtener resultados consistentes, pero la clase de ese día me había agotado. Probablemente porque me había pasado toda la noche despierto, buscando en internet, intentando decidir qué regalarle por Navidad.

—De acuerdo, date la vuelta sobre tu espalda.

Lo hice y luego levanté las piernas en silencio para que ella pudiera empujar el almohadón cilíndrico debajo de mis isquiotibiales. Era buenísimo para mi lesión. Al cabo de un momento, puso un aceite perfumado en mi barbilla y en el espacio entre mi labio superior y mi nariz, donde podía inhalar la fragancia silvestre. El paso siguiente siempre era increíble. Ella colocaba un antifaz sobre mis ojos para impedir que se filtrara la luz, cambiaba la música a una melodía de piano clásica y me guiaba por el camino de la alegría.

Los acordes de uno de los clásicos de piano melódico de Chopin se filtraron por mi consciencia.

—Quiero que respires. Que sueltes todo. Has trabajado duro hoy, ha sido una bendición para tu cuerpo. Respira con ese orgullo. Permite que te invada, porque te lo has ganado, lo mereces, has trabajado duro para alcanzarlo. Y relájate... Suelta.

La voz de Genevieve tenía el poder de aplacar todo lo que me afligía. No solo era suave y consistente, sino que tenía un timbre que agradaba a mis sentidos. Su esencia, su tacto y todo lo demás me relajaban aún más. Cuando estaba con ella, me sentía a salvo. Sonaba raro en un hombre grande como yo, en alguien que siempre había cuidado de sí mismo, pero estaba siendo completamente honesto conmigo mismo. Pasar tiempo con aquella pequeña mujer me daba paz, alegría y un amor que nunca había sentido.

En mi vida, he tenido mucha suerte. Mi madre y mi padre me han dado todo lo que han podido, me han criado bien, me han enseñado lo que el trabajo duro y la dedicación pueden darte en la vida, y había seguido esa enseñanza hasta las Grandes Ligas. De alguna manera, entre todo el brillo y el glamur de la fama, me perdí el lado más simple de la vida. Estar con una persona y amar todo lo que le brindaba a mi mundo, a mi alma. Con Genevieve, había recuperado un poco de eso; fragmentos de la vida que *podría* tener... si trabajaba duro y con dedicación para ser el hombre que debía ser. Por ella y por mí. Necesitaba madurar, ir a zonas inexploradas y darle la vida que merecía, y bendecir el hecho de formar parte con ella de un plan mayor.

Su voz se elevaba y descendía con el tono del piano.

—Ahora imagina que estás viéndote desde arriba. Un solo color llena el espacio alrededor de tu cuerpo. ¿Qué color es? —Pronunció esas palabras como las demás, pero sonaban como si provinieran del final de un largo pasillo.

*Rojo.*

Un color carmesí, profundo y oscuro, centelleaba alrededor de mi figura mientras me imaginaba mirando desde arriba el interior del estudio. Parpadeaba y estallaba mientras yo observaba los tintes sutiles.

—El color que veas es un chakra que te guía. Es parte de tu esencia natural y puede abrirse y cerrarse, dependiendo de dónde te encuentres en tu vida.

El tono rojo brillaba y pulsaba alrededor de mi cuerpo agrandado, y lo imaginé volviéndose más brillante al tiempo que pequeños haces de luz se arremolinaban en la base de mi cuerpo. Ante mis ojos, esos haces actuaban como raíces, se enterraban en la esterilla debajo de mí, en el suelo y más allá. Como un árbol que había echado raíces, mi esencia se enterró en la tierra y encontró un hogar.

Justo cuando comencé a sentir que caía más profundamente en el suelo, que mi cuerpo se hacía más pesado con cada respiración, oí su voz.

—Te traeré de vuelta, contando desde cinco. Cuando llegue al uno, estarás despierto y listo para enfrentarte a tu día.

Inició la cuenta atrás, con indicaciones que lentamente me despertaron de mi pacífica meditación, y las ataduras con las raíces comenzaron a romperse y separarse. Fruncí el ceño cuando llegó al número uno. Me senté y la miré, de la misma manera que lo hacíamos cada día, solo que entonces estaba completamente atascado en el recuerdo de mi experiencia.

Y, como el día anterior, y el anterior a ese, ella se llevó las manos al corazón, abrió los ojos, me miró con la mirada más hipnótica y completó su clase particular con las palabras que atravesaban mi cuerpo y se instalaban apaciblemente en mi corazón.

—La luz que hay en mí saluda a la luz que hay en ti...

—Cuando estoy en ese lugar en mí y tú estás en ese lugar en ti...

—Somos uno.

—*Namasté.*

Se inclinó por la cintura hasta que su cabeza tocó el suelo. Imité su gesto. Cuando me levanté, ella llevó las manos a su frente, donde presionó los pulgares, luego las bajó a su boca y tocó sus labios con un beso suave. No sabía lo que significaba el beso, pero quería creer que estaba bendiciéndome.

Y, cuando mi dulce ángel volvió a abrir los ojos, supe que, de hecho, estaba bendiciéndome, porque ya lo había hecho. Su sola presencia en mi vida había sido, y seguía siendo, una bendición.

Un solo pensamiento me dominó en ese momento. Sus ojos abiertos y esas órbitas negras penetraban directo hasta mi alma.

—Genevieve.

Ella inclinó la cabeza y sonrió, lo que me excitó desde la base de la cabeza hasta la punta de los pies.

—Estoy enamorado de ti.

## GENEVIEVE

—Trent... —Parpadeé algunas veces para asegurarme de que no había imaginado lo que había dicho.

Había estado luchando contra mis sentimientos por Trent desde el día en que nos conocimos, solo para darme cuenta de que el sentimiento se había vuelto demasiado profundo el día en que mi familia pasó la fiesta de Acción de Gracias con la suya. Cuando agradecí al Señor, le di las gracias por Trent.

—Te amo. —Trent se encogió de hombros y se llevó las manos a las rodillas; sus ojos color avellana no se separaron de los míos. No apartó la mirada ni intentó eludir lo que había dicho. No. Estaba madurando y permanecía firme en su convicción.

Estábamos sentados en posición de loto, frente a frente, mirándonos sin remedio.

—Es muy pronto... —Me estremecí cuando las palabras salieron de mi boca. Trent negó con la cabeza.

—No. Estaba profundamente relajado y me he dado cuenta de algo.

—¿De que me amas? —Mi voz se quebró.

—Bueno, eso lleva rondándome por dentro desde hace un tiempo ya. Solo que no sabía cómo decirlo. Pero ha sido cuando me has dicho que pensara en mi color cuando todo se ha aclarado. —Su tono era de sorpresa.

—¿Y?

—Mi color es el rojo. —Sonrió e inclinó la cabeza.

—El chakra *Muladhara* o chakra raíz. —Asentí—. Supe desde el día en que nos conocimos que tu chakra raíz estaba bloqueado. Realmente me sorprende que haya sido el color que hayas visto. —Mi corazón latía acelerado. Ver el color rojo iba en contra de todo lo que él era y había sido durante la mayor parte de su vida adulta, siempre resistiéndose a echar raíces en un lugar.

—Entonces, ¿qué se ha aclarado en ti? —pregunté, con el corazón desbocado y el vello de mi nuca erizado.

Trent se lamió los labios y yo observé ese pequeño movimiento. Lo que más quería era besar esos labios carnosos.

—Ya llegaré a eso. Primero, ¿por qué creías que mi chakra raíz estaba bloqueado? —Frunció sus cejas unidas. Inspiré hondo para darme tiempo a ordenar mis pensamientos.

—Siempre estás de paso, apenas pasas tiempo en tu apartamento y, a pesar de que es de lujo, como ya te dije, no hay nada realmente personal que te mantenga allí. Eres un jugador de béisbol que viaja mucho y has admitido que no has tenido una relación de verdad desde antes de la universidad. Las personas con el chakra raíz bloqueado tienden a ser escurridizas, a estar siempre en movimiento, y tienen pocas razones para mantenerse en un lugar por mucho tiempo.

—Hasta ahora. —Sus ojos color avellana se volvieron de un verde impactante.

—¿Qué quieres decir con eso? —Me asustaba oírlo, pero necesitaba con todo mi corazón que él creyera lo que yo había sospechado.

—Ahora te tengo a ti. Tengo a Rowan y a Mary. Mi relación con mi familia nunca ha sido mejor y no ansío volver al ruedo. ¡Cielos! Ya no deseo dormir en mi propia cama en mi frío apartamento.

—Y eso ¿qué significa para ti? —Tragué, las emociones estaban atascadas en mi garganta como si tuviera una bola de algodón.

Contuve el aliento, a la espera del remate, el final de la broma. Trent estaba diciendo todo lo que siempre soñé que dijera. Que llegara a la conclusión de que la vida que había estado llevando ya no valía la pena. Que más allá del brillo y el glamur había una vida honesta y verdadera con una compañera, una familia y un hogar.

—Significa que finalmente estoy en casa. Dondequiera que tú estés es donde quiero echar raíces.

—¡Yo también te amo! —chillé. Ya no pude contenerme. Me acerqué y, sentada sobre las piernas de Trent en una sala privada de yoga en La Casa del Loto, le tomé la cara con las manos y le profesé mi amor con un beso; un solo gesto prolongado de mis labios contra los suyos que lo dijo todo.

Él me amaba. Yo lo amaba. Eso éramos, comprometiéndonos uno con el otro. Echando raíces para un futuro juntos.

# 18

## *Chakra raíz*

*Equilibrar el chakra raíz mentalmente puede ser un proceso intrincado. Aunque la meditación proporciona la capacidad de conectar con un plano espiritual más elevado, que naturalmente estabiliza, no siempre se puede depender de recursos externos para la supervivencia. Pero siempre se puede contar con la conexión con el propio ser superior o con la fe en un poder superior que te guíe.*

## TRENT

La Navidad por fin llegó. Me había estado muriendo de ansiedad durante todo un mes por darle mi regalo al clan Harper y ya no podía esperar.

Genevieve dormía profundamente a mi lado en su cama, en la casa de Berkeley que sus padres le habían dejado. Durante un rato, solo la observé dormir. Era preciosa tanto de día como de noche, pero, cuando estaba en reposo, sus facciones se volvían angelicales. Una suavidad que no tenía durante el día cubría su piel pálida y hacía que esta pareciera la seda más fina.

La abracé por la espalda y besé su cuello, a la espera de su revelador gemido.

—Mmm —balbuceó y presionó su perfecto trasero contra mi erección matutina.

¡Mierda! Siempre me encendía. Durante dos semanas seguidas, había dormido en su cama. Y cada mañana su cuerpo pequeño y adormecido tenía el poder de encenderme. Hice que se diera la vuelta, pasé una pierna sobre ella y me deslicé sobre su cuerpo, sosteniendo la mayor parte de mi peso con mis antebrazos. Mi muslo protestó cuando bajé por su cuerpo. Cernido entre sus pechos, inspiré su esencia. Una mezcla del juego en la ducha de la noche anterior, con jabón de limón y mi jabón fresco masculino, combinado con algo embriagador y que me hacía salivar.

Lentamente, me abrí camino por su cuerpo. La miré una última vez antes de desaparecer debajo de las sábanas. Su cabeza estaba ladeada y su boca, ligeramente abierta. Pequeñas bocanadas de aire salieron de su boca mientras los últimos vestigios del sueño la mantenían tendida. No por mucho tiempo. Planeaba despertarla con un enorme orgasmo matutino de Navidad; algo que esperaba convertir en una nueva tradición.

Mi chica solo vestía ropa interior y una camiseta, así que resultó fácil deslizar mi dedo por un costado de sus bragas de encaje y aflojar el fino elástico con un mínimo esfuerzo. Repetí la acción del otro lado y la tela se aflojó y cayó. La sujeté por las rodillas, las separé y las levanté, para exponer su sexo por completo. Las sábanas dejaban poco espacio para respirar, pero ¿quién necesitaba aire cuando tenía un jugoso melocotón que me llamaba?

Cuando sus piernas temblaron, supe que se había encendido, pero estaba preparado. Las sostuve deprisa y, como un ninja lamesexo, apoyé mis labios sobre su sexo y la saboreé antes de que pudiera siquiera dar los buenos días.

—Trent...

La chupé de arriba abajo, dando rápidos golpecitos en su clítoris endurecido con mi lengua.

—Cariño... ¡Guau!

Metí mi lengua tan profundo como pudo llegar, sin más deseos que saborear la pureza de su esencia. Sus caderas se sacudieron, pero no le permití controlar los movimientos. No, esa mañana, lo haría yo. Recibiría cada gramo de placer y gritaría en su descarga mientras yo lamía hasta la última gota. Con dos dedos, penetré en su calor. Su cuerpo tembló cuando los curvé y encontré ese punto en su interior que la hacía volverse loca.

—¡Ay, Dios mío!

Esa fue la segunda referencia sagrada. A la tercera estaría sintiendo ese dulce néctar directo de la fuente. Gemí y dediqué unos minutos a tocarla profundamente, a volverla loca. Volvió a invocar a Dios, pero esta vez agarró mi cabeza con las manos sobre las sábanas. Intentó en vano mover sus caderas y tomar el control de mi boca. Pero no esta vez. Introduje otro dedo y me deleité envolviendo su clítoris con mis labios, con la lengua extendida sobre él, para provocarle la doble sensación; repetidos toques con la lengua, combinados con una firme succión.

Su sexo se volvió muy jugoso, y todo lo que podía oír eran los esforzados sonidos de mi respiración, mientras sentía el fluido deslizándose por mis dedos, entrando y saliendo de ella al tiempo que se corría con tres de ellos en su interior.

—¡Ay, sí!

Aquello era música para mis oídos.

La dejé gozar de su orgasmo y la forcé a seguir y seguir hasta que su cuerpo cayó rendido. Luego lamí su esencia y arremoliné mi lengua sobre su clítoris irritado, para darle un último toque suave antes de subir por su cuerpo dándole besos. Al llegar a su camiseta, la levanté para poder pasar mi lengua por cada uno de sus robustos pezones. Eran pequeños botones duros, del tamaño de gomas de borrar, y rojos como fresas, cuando ni siquiera los había tocado. Entorné los ojos y miré las puntas rígidas.

—Has estado jugando con tus tetas, gominola. —Con solo pensar que había estado tocándose esos pezones suculentos, mi miembro se volvió tan duro que podría cortar diamantes.

Balbuceó algo incoherente, algo entre «tuve que» y «no tenía opción».

Me tomé mi tiempo para subir por su cuerpo y me acurruqué a su lado —donde disfrutaba estar, tanto como entre sus piernas— y besé sus labios.

—Feliz Navidad, gominola.

Esta vez se esforzó más por corresponder al beso.

—Lo mismo digo. —Sopló hacia su frente y se apartó el pelo de los ojos—. Feliz Navidad. ¿Tengo que devolverte el regalo? —Desplegó esa sonrisa seductora.

Mmm... Lo pensé por unos dos segundos. No me había acercado hasta ella por eso, pero, ya que estaba ofreciéndolo, ¿quién era yo para rechazar los exquisitos labios de mi chica alrededor de mi miembro?

—Jo, jo, jo... A chupar se ha dicho... —canté, una canción de Navidad inventada.

Ella rio y luego giró sobre mi cuerpo. Lamió cada una de mis tetillas y mordió los círculos planos hasta que gruñí y le di una palmada en el trasero. Bajé la vista, ella me guiñó un ojo y luego se abrió camino con besos por los valles y colinas de mi abdomen, hasta que alcanzó la pequeña mata de pelo a la que llamaba «el sendero de la felicidad». Yo estaba totalmente de acuerdo con esa descripción, porque, si mi mujer hundía sus uñas por ese camino, yo era un campista feliz.

Justo cuando estaba a punto de meterse debajo de las sábanas, las levanté y las tiré al suelo.

—Creí que querrías que estuviera de incógnito como tú —comentó con una mueca.

—¡Claro que no! No quiero que nada se interponga en mi camino para ver a la mujer más bonita del mundo rodeando mi pene con sus labios y chupándomelo en la mañana de Navidad. Así es como se forman los recuerdos, gominola. Los mejores. Los que puedes recrear año tras año...

En el instante en que su boca engulló la cabeza de mi miembro, no pude pensar en nada más que en su boca, sus labios, su lengua, y en que esa era la mejor Navidad de mi vida.

## GENEVIEVE

—No puedo creer que hayas hecho esto. —Negué con la cabeza y miré los papeles que tenía delante de mí.

Trent aplaudió con las manos delante de su cuerpo. Estaba sentado delante de mí, con los codos apoyados en las rodillas y el rostro hacia mí.

—¿Te gusta?

—¿Si me gusta? —resoplé—. Por supuesto que me gusta, pero es demasiado. Trent, ¿has pagado mis préstamos estudiantiles y el semestre que me falta para obtener mi diploma de peluquería?

—Sí. Creí que querrías terminar y te falta tan poco, cariño... Ahora puedes hacerlo. —Señaló una línea en el formulario—. ¿Lo ves? Ya te he inscrito para que empieces en febrero. Al mismo tiempo que yo comenzaré con el entrenamiento de primavera, si es que mi pierna ya está a punto.

—Lo estará —afirmé.

—Con tu ayuda, estoy seguro —asintió con una sonrisa—. Los entrenadores están muy sorprendidos con la movilidad que tengo. Es todo gracias a ti, gominola. Tu yoga y tu dedicación a mí y a mi recuperación me han hecho llegar hasta aquí.

—No, cariño. —Puse los ojos en blanco—. Lo has hecho *tú*. Gracias a tu compromiso para venir a yoga a diario y seguir con tu dieta. Pero ¡me estás cambiando de tema! —Sabía cuánto costaba la escuela, y aún debía cinco mil dólares de préstamos estudiantiles, que al parecer ya estaban saldados. Trent se inclinó hacia delante y sujetó mis mejillas entre sus manos.

—Gominola, mírame. ¿Quieres volver a estudiar y conseguir tu diploma?

Asentí.

—¿Y quieres tener tu propio salón de belleza algún día?

Una vez más, asentí.

—Entonces cierra la boca y acepta mi regalo.

En ese momento, fruncí el ceño.

—Sí, Vivvie. Esto es ridículo. Además, quiero que Trent abra nuestro regalo —dijo Rowan mientras se frotaba las manos unidas.

—¡Sí, sí! ¡Lo hemos preparado todos juntos! —Mary aplaudió y dio saltos con sus pantuflas.

—De acuerdo, adelante.

Mary señaló un obsequio del tamaño de una cartulina junto al árbol de Navidad. Trent se agachó y desgarró el papel como si fuera un niño de cinco años.

Me preocupaba su reacción. No teníamos mucho dinero, así que el obsequio era artesanal. Trent tenía un lado sensible, que consistía más que nada en hacerme el amor y ser amable con mis hermanos y con sus padres, pero yo esperaba que ese regalo lo hiciera sentirse parte de algo importante.

Algunas semanas atrás, me había dicho que por fin se sentía en casa conmigo y con mi familia. Así que los tres habíamos estado tomando fotografías con disimulo durante las últimas semanas, junto con algunas de las que su madre había hecho el día de Acción de Gracias y otras que nos habíamos hecho con el móvil. Las había impreso todas y habíamos preparado un álbum de recortes con diseños especiales en los bordes. El *collage* enmarcado estaba compuesto por fotografías de él con nosotros y con su familia. Una gran familia feliz al estilo Brady Bunch.

Trent se tapó la boca.

—Es... es... in... creíble. Quiero decir... ¡Guau! —Tenía los ojos como platos y la boca abierta mientras recorría las diferentes imágenes—. Es uno de los mejores regalos que me han hecho.

Mary chilló y saltó a sus brazos. Él la abrazó con fuerza y le acarició el pelo. Luego se levantó y Rowan le saludó con un golpe en el puño muy masculino. Trent lo cogió de la mano y le dio un abrazo. Al principio, Rowan se puso tenso, pero luego rodeó a Trent con sus brazos y apretó. Fue entonces cuando las lágrimas rodaron por mi cara.

Desde la muerte de mi padre, Rowan no había tenido ese lazo masculino. Trent había progresado durante los últimos dos meses y le había dado su tiempo a Row, algo que definitivamente lo había ayudado a salir un poco de su caparazón, pero esa era la primera vez que abrazaba a un hombre de esa manera desde que perdimos a nuestro padre.

—Me alegra tanto que te guste... —Me levanté y me lancé a los brazos de Trent. Y sollocé contra su cuello cálido.

Él me agarró contra su cuerpo, besó mis mejillas y secó mis lágrimas.

—Lo amo y te amo a ti. Ahora, me gustaría darle a Rowan su regalo, pero tienes que prometerme que no te enfadarás. Es mi regalo, de hombre a hombre. Me haría mucho daño que no le permitieras aceptarlo.

¡Ay, no! Las posibilidades dieron vueltas en mi cabeza. Después de mi regalo y de la casa de los sueños de Barbie para Mary, completa con cuatro Barbies nuevas, muñecos Ken, un coche de carreras y un armario lleno de ropa, las opciones eran interminables. ¿Qué podría haberle comprado a un chico que pronto cumpliría diecisiete años?

—Row, ¿estás listo para tu regalo?

—Sí, claro. —Los ojos de Rowan se encendieron—. Lo que sea, tío.

Obviamente estaba intentando parecer indiferente, algo que se le daba muy bien.

—De acuerdo, pero será tu regalo de Navidad y de cumpleaños. No quiero que tu hermana me mate por excederme.

—Mmm... De acuerdo. —La voz de Row tembló. Se aclaró la garganta y siguió a Trent al frente de la casa.

Los tres lo seguimos más allá de la puerta de entrada y nos detuvimos en el porche. Allí, en la entrada, estaban los padres de Trent, de pie justo al lado del antiguo Mustang de nuestro padre.

—¡Mierda! El Stang de mi padre. —Los ojos de Rowan estaban como platos. Enterró los dedos en su pelo y tiró de las mechas—. ¡No puede ser!

Miró el coche, a mí, el coche, y luego a Trent, que tenía un juego de llaves en la mano.

—Sí, puede ser. Ningún hombre debería estar sin el coche que su padre amaba y quería que fuera para él. ¿Verdad, papá? —gritó Trent al otro lado del porche, donde su padre abrazaba con fuerza a su madre en el aire helado de la mañana.

—¡Así es, hijo!

Abrí y cerré la boca al menos cinco veces. Rowan, por otro lado, tomó las llaves, abrazó a Trent y corrió por la escalinata, tendió su cuerpo sobre el coche y le dio un abrazo de bienvenida.

Trent se acercó a mí, mientras Mary corría a abrazar a los Fox. Ellos la acogieron con sus amorosos brazos de inmediato.

—Feliz Navidad, cariño. Tenemos toneladas de regalos para ti —anunció Joan.

—Realmente los tiene. —Richard puso los ojos en blanco—. Se ha vuelto loca con los cuatro, pero en especial contigo, pequeñita. —Le acarició el pelo a Mary.

Sacudí la cabeza y contuve un sollozo al observar a mi familia feliz en el día de Navidad. Normalmente, era uno de los días más difíciles sin nuestros padres. Sin embargo, ese día, con Trent y su familia, daba la sensación de que estábamos volviendo a empezar. Creando recuerdos con personas a las que queríamos, pero sin olvidar a las que habíamos perdido.

—¿He hecho bien? —Trent me rodeó con sus brazos desde atrás.

Me agarré a sus antebrazos, al tiempo que mi hermano besaba el coche y lo acariciaba como si fuera un viejo amor perdido.

—Lo has hecho mejor que bien. —Me apoyé contra él—. Lo has hecho todo.

—¿Qué es todo? —preguntó, con un beso en mi sien.

—Nos has devuelto la Navidad.

—Y tú me has devuelto una vida real. Creo que estamos en paz. —Rio y me agarró con más fuerza.

## TRENT

—¡Tío, cuánto tiempo sin verte! —Clayton Hart, mi entrenador personal, me estrechó la mano y me dio una palmada en la espalda al mismo tiempo.

Sonreí de oreja a oreja. Si podía considerar a alguien mi mejor amigo, ese era Clay. Había estado conmigo desde la universidad, donde nos graduamos juntos. Él se graduó como el mejor de su clase en Medicina Deportiva y Entrenamiento, y yo me dediqué a jugar para los Ports de Oakland. Lo había visto varias veces a la semana durante los últimos cinco años. Él me ayudaba a mantenerme en forma y a cuidar mi peso con una dieta de alimentación.

—Demasiado —asentí y me froté la barriga. Clay sonrió.

—Has comido mucho en vacaciones, ¿eh? Estaba comenzando a preguntarme por qué has postergado nuestro entrenamiento durante las últimas semanas. Me alegra tenerte de vuelta, tío, y verte bien. De hecho... —Hizo una pausa, se frotó la barbilla e inclinó la cabeza—. Te veo algo diferente.

—Sí, cinco kilos extra de pavo, costillas, los postres de mi madre y la comida casera de Genevieve están acumulándose en mi abdomen y poniéndome blando. —Me deshice de mi sudadera y me quedé con mi habitual camiseta blanca sin mangas y unos pantalones cortos de baloncesto.

—No, hombre, es algo más. —Clay negó con la cabeza—. Tienes buen aspecto. Realmente bueno. Sin bolsas debajo de los ojos. —Tiró de la piel de mi antebrazo—. La piel está bien y elástica, hidratada, y no tienes ese ceño fruncido en tu cara. —Rio y exhaló rápidamente—. No me pone triste ver que esa expresión amarga desaparece, eso te lo aseguro.

Subí a la cinta y Clay fijó el ritmo. No estaba teniendo problemas con la pierna, así que la aceleró y aumentó la pendiente. Evaluó la máquina y presionó más botones.

—Tienes la pierna muy bien, tío. Estás mucho mejor de lo que imaginé que estarías a principios de enero. Tenía esperanzas, pero, dado que cancelaste las sesiones conmigo, supuse que estabas revolcándote en tu autocompasión. No parece ser el caso.

—*Nop.* —Eché un trago de agua—. Va todo bien, tío, realmente bien.

—Eso *ya* lo veo. ¿Qué has estado haciendo? ¿Con una chica diferente cada noche? —Alzó las cejas.

Suspiré y fruncí el ceño.

—Otra vez ese ceño fruncido. Ha vuelto. Lo siento, amigo, no era mi intención alterarte. ¿Qué sucede? —Los ojos azules de Clay se suavizaron cuando se inclinó sobre la cinta.

—Solo estoy viendo a una mujer. Me he comprometido con ella, de hecho.

—¿Tú? ¿En una relación? —Clay me miró como si le hubiera dicho que había abandonado la liga.

—Sí, yo. ¿Qué pasa?

—¿Está embarazada? —Negó con la cabeza y sonrió.

—¡No! —respondí, demasiado rápido, al recordar de inmediato las semanas antes de Acción de Gracias, cuando creímos que podría estarlo. Me había dicho que le había venido el período y eso había sido todo. No quería admitirle que una parte de mí deseaba que hubiera estado embarazada. Definitivamente podía ver a un pequeño Trent o una pequeña Genevieve correteando por allí.

—Entonces, ¿qué sucede?

—Genevieve es algo más, tío. Es preciosa, una profesora de yoga. —Sonreí—. Cuida de su familia, trabaja duro, no pide estupideces y, por alguna loca razón, me ama.

Presioné algunos botones, detuve la cinta y me sequé el sudor de la cara y el cuello. Clay me llevó a las máquinas de levantar peso. Me senté en el banco. Él se frotó el pelo y echó un vistazo alrededor.

—Bien por ti. Me alegro. ¿Pero una sola mujer realmente será suficiente? Quiero decir, tienes una horda de fans, sin mencionar la fila de corazones rotos que ya has dejado —comentó y ajustó el peso.

—Genevieve es más que suficiente. —Bajé la barra con la que trabajaba mi espalda—. En serio, es la razón por la que estoy tan bien. Sin ofender.

—No me ofendes. —Clay rio—. He dado por supuesto, cuando has dicho «profesora de yoga», que realmente habías asistido a las clases.

—No me he saltado ni una. No es un juego. Es mucho más fácil levantar pesas y correr en la cinta. Pero ¿el yoga? No es para débiles.

—¿Te gustan las ofrendas de la clase?

—Me gustan sus ofrendas. —Sonreí con satisfacción.

Negó con la cabeza y sonrió.

—Tiene toneladas y, lo creas o no, en la mayoría de sus clases hay entre un treinta o cuarenta por ciento de hombres, algo que no me esperaba. Siempre había creído que el yoga era para mujeres, pero hay muchos hombres dando y tomando clases. Deberías probarlo.

—Lo haré. —Clay cambió las pesas, para poner más—. He estado buscando un cambio. El entrenamiento personal es genial, y el dinero es fantástico con todas las celebridades, pero algunas veces solo quiero relajarme, ¿sabes? Escaparme mentalmente.

Lo seguí a la máquina de abdominales.

—Te entiendo. Al principio, creí que sería fácil, pero el yoga te exige mucho física y mentalmente. El estiramiento es genial. Por supuesto, tengo clases particulares con Genevieve, así que ahí lo tienes. —Sonreí y me lamí los labios.

—Apestas, tío. —Clay frunció el ceño esta vez.

—¿Qué? ¿Alguna vez has pensado en echar raíces? —Miré la figura de Clay.

Cuidaba de sí mismo y se notaba. No parecía tener ni un gramo de grasa y las mujeres orbitaban a su alrededor. Normalmente, eso significaba que un hombre tenía un rostro atractivo también, pero nunca había pensado mucho en eso de todas formas. Habitualmente yo recibía la misma reacción del sexo opuesto. Cuando los dos salíamos, nos abrían paso. Las chicas se acercaban en bandadas.

—¿Eso es lo que estás haciendo? —Sonrió con suficiencia.

—Sí, tío, así es. —Levanté el mentón—. Genevieve es para mí. No es broma. Solo tengo que superar los partidos fuera de casa y mantener mis cosas en orden. ¿Y tú?

Clay se encogió de hombros y arrojó una toalla sobre sus amplios trapecios. Las letras chinas de color negro que recorrían la cara externa de su brazo izquierdo estaban cubiertas con una capa de sudor, que brillaba con las luces cenitales. Seguramente había estado entrenando antes de mi llegada.

Tomó aire y soltó una lenta exhalación.

—Me gustaría establecerme, formar una familia, pero ya he estado en ese lugar, y mira lo mal que me ha ido. No estoy seguro de poder confiar tan fácilmente de nuevo en el amor. —Se pasó una mano por su pelo rubio corto.

—Te entiendo. —Me levanté y agarré uno de sus hombros—. Si quieres darle una oportunidad, házmelo saber. Genevieve trabaja con muchas chicas despampanantes en el centro de yoga La Casa del Loto. En serio, tío, son la bomba, y todas ellas son dulces como una tarta de fresa.

—Ahora vuelves a parecer un cretino —gruñó Clay—. Venga, vamos a bajar esa capa extra de pastel que tienes en la barriga y a dejarte listo para el entrenamiento de primavera. ¿Seguiremos con el entrenamiento personal?

—Claro que sí. Tengo que estar en excelente forma. Tengo un contrato que asegurar y una mujer que mantener satisfecha.

# 19

## *Postura del niño*
### *(En sánscrito:* Balasana*)*

*La postura del niño en yoga es la principal postura de reposo. Es utilizada en casi todas las clases para darles al cuerpo y a la mente un momento de paz. Normalmente, en esta postura los brazos están en la estera, extendidos frente al cuerpo, pero puede hacerse también llevando los brazos hacia atrás. Arrodillado con las rodillas separadas, baja el pecho entre las piernas flexionadas, con la frente descansando sobre la esterilla. Extiende los brazos separados hacia delante o llévalos hacia atrás.*

## GENEVIEVE

La médica entró en la sala de consulta pintada de blanco y me estrechó la mano.

—Soy Tammy y voy a hacerte tu examen anual. —La mujer, alta y morena, sonrió y se lavó las manos. Era más alta que yo, debía de medir cerca de un metro ochenta. Su pelo era castaño y lo llevaba corto en la nuca. Un lindo par de aretes de vidrio veneciano colgaban de sus orejas. Los tonos y tintes del vidrio combinaban a la perfección con las gafas de marco púrpura que reposaban sobre su naricita perfecta—. ¿En el formulario has mencionado que estás interesada en algún método de control de natalidad? ¿Usas alguno ahora?

—Solo condones. No he necesitado otra cosa hasta hace poco.

—¿Y has pensado en la píldora anticonceptiva?

Asentí y sacudí mis piernas desnudas. Estar sentada desnuda en un consultorio médico, sin nada más encima que un chaleco de papel y una manta de papel sobre mi mitad inferior, mientras la médica y yo conversábamos sobre anticoncepción, era algo incómodo. Deseaba que me hubiera hablado sobre eso antes o después de mi examen. Apenas podía concentrarme en algo más que en el hecho de que ella pronto estaría hurgando en mi entrepierna.

—¿Cuándo ha sido tu último período?

—Debería tenerlo en cualquier momento. —Eché un vistazo al calendario al otro lado de la habitación—. De hecho, normalmente soy muy regular. Debería haberme venido la regla hace dos días, pero eso no es raro, ¿no? El mes pasado ya tuve una semana de retraso, lo cual me asustó, ya que mi novio y yo habíamos cometido un descuido.

—¿Así que tuviste una semana de retraso el mes pasado y ahora tienes un retraso otra vez? —La mujer entornó los ojos—. ¿Normalmente tienes sexo sin protección?

—No. —Todo mi cuerpo se tensó—. En absoluto. De hecho, hace poco he comenzado a tener relaciones otra vez, después de tres años de sequía. Mi novio y yo solo hemos tenido un descuido un día, pero no ha habido problemas. Me vino una regla suave, aunque me vino tarde.

—¿Te has hecho una prueba de embarazo?

—No, porque me vino la regla. —Cerré el chaleco más fuerte contra mi pecho, negué con la cabeza y me mordí el labio.

—Mmm... Bueno, echemos un vistazo.

Tras unos cinco minutos de la experiencia más perturbadora, la médica finalmente se quitó los guantes y me dio una palmadita en la rodilla.

—Justo lo que me imaginaba. —Se mordió el labio y se levantó. Yo miré alrededor mientras ella se lavaba las manos y luego se apoyaba en la encimera. —Genevieve, definitivamente estás embarazada. Si lo que dices sobre tu período es así, calculo que estás de unas ocho semanas, pero tendremos que llevarte a la otra consulta para asegurarnos. Te dejo un momento para recomponerte y te veo en la consulta número dos. ¿De acuerdo? —Sus ojos eran amables cuando me dio una palmadita en la rodilla una vez más.

—Embarazada —susurré.

Ella se detuvo con la mano en la puerta.

—Pero si me vino la regla. No tiene sentido. —Los límites de mi visión comenzaron a oscurecerse y estrecharse. Mi corazón empezó a latir en un constante galope, que golpeaba contra mi pecho como un tambor. Una delgada línea de sudor se formó en el límite de mi pelo y temí desmayarme. No podía ser. Negué con la cabeza, las lágrimas distorsionaron mi visión y luego rodaron por mis mejillas.

—Muchas mujeres tienen el período durante un mes o dos. También podría ser el proceso de implantación. Lo sabremos mejor cuando hagamos la ecografía.

Las lágrimas corrían por mis mejillas. No estaba segura de si eran lágrimas de alegría o de tristeza. Definitivamente eran lágrimas de completo y absoluto terror. ¿Qué diría Trent? El mes pasado habíamos admitido por primera vez nuestros sentimientos. Habíamos pasado un total de tres meses juntos, y ahora tenía una vida creciendo dentro de mí; una parte de él y una parte de mí. ¡Por Dios! Me llevé una mano a la boca mientras empezaba a sollozar.

Armada con una variedad de imágenes de ultrasonido de mi bebé de seis semanas y cuatro días, una bolsa llena de folletos para una madre gestante y las vitaminas prenatales para el primer mes, caminé por la helada calle Berkeley. Sin rumbo. No sabía qué hacer ni adónde ir. En lo único en que podía pensar era en cómo se tomaría Trent esa noticia. ¿Estaría contento? ¿Enfadado? Cuando sucedió, él dijo que nos enfrentaríamos juntos a las consecuencias y que seríamos padres, pero eso era lo que cualquier hombre diría después de haber puesto a una mujer en riesgo. ¿Lo diría en serio?

Me sonó el móvil en el bolsillo.

**De: Beisbolista ardiente**

**Para: Genevieve Harper**

Iré al bar Albatros con mi amigo Clay, para ponernos al día y tomar unas cervezas. No me esperes a cenar. Te veré esta noche, gominola. Espérame sin ropa. ;)

Albatros. ¡Cielos! El nombre era apropiado para el problema que teníamos encima en ese momento, aunque él no tuviera ni idea. Aligeré el paso y me dirigí hacia mi casa a preparar la cena para la familia y a pensar en cómo le explicaría a Trent lo del bebé.

# TRENT

La mesa daba vueltas cuando Clay y yo empinamos nuestro tercer trago de tequila Patrón Silver. El reservado que ocupábamos estaba repleto de jarras de cerveza vacías. Hasta entonces, íbamos a la par con la bebida, aunque él había jurado que podía dejarme tumbado cualquier día de la semana. Acepté el desafío y lo redoblé apostando dinero. Cien dólares cada uno, y el perdedor se ganaría el título de flojo.

Algunos de los muchachos del equipo aparecieron. Jugamos a billar, bebimos cerveza, también un trago, y repetimos. Llevábamos cuatro cervezas y cuatro tragos de tequila, y me encontraba bastante bien.

—Oye, Foxy, hacía ya un tiempo que no te veía por aquí —dijo una voz ronca detrás de mí.

Antes de que me pudiera dar la vuelta, DawnMarie ya tenía una mano alrededor de mis hombros y otra subiéndome por el muslo.

DawnMarie era alta y delgada, y tenía un enorme par de tetas falsas que le quedaban muy bien. Estaba seguro de que habría pagado mucho dinero para conseguir que le quedaran tan bien. Había visto muchas hasta entonces, y no cabía duda de que las suyas eran buenas. DawnMarie; una sola palabra, un solo nombre. Lo sabía porque me había hecho escribirlo con rotulador sobre mi abdomen, una noche en que nos habíamos divertido un poco. A decir verdad, habíamos compartido varias noches de diversión con el paso de los años. Era una fan del equipo. Nos seguía de un lugar al otro y se acostaba con cualquier jugador que encajara en su capricho del momento. Era muy buena en la cama, muy atenta, y su habilidad para las mamadas era de primera.

—Hola, DawnMarie, ¿te importaría quitar esa mano? —Arrastré las palabras y fruncí el ceño.

—¿Por qué haría una tontería como esa? Si mal no recuerdo, te encantaban las cosas que esta mano puede hacer.

Solté una risita y bajé la vista. Sus uñas rojas y brillantes eran como garras enterrándose en la carne de mi muslo, un recordatorio de que no eran las manos suaves y blancas de mi gominola; la mujer que estaría molesta, con razón, si viera a esa chica con las manos puestas encima de su hombre.

—Lo siento, querida, soy hombre de una sola mujer, y así seguiré.

DawnMarie resopló, apoyó sus tetas falsas contra mi pecho y me pasó la lengua por el cuello. No pude evitarlo. Mi miembro respondió, endureciéndose hasta causarme dolor dentro de mis vaqueros. La chica me mordió la oreja.

—Apuesto a que puedo cambiar esa regla de una sola mujer a solo una mujer a la vez. —Clavó los dientes y tiró.

Me gustó, pero no tanto como cuando mi chica me tocaba y besaba allí.

El alcohol se revolvió con pesadez en mis entrañas cuando parpadeé.

Justo cuando estaba a punto de decirle a DawnMarie que se largara, giré la cabeza y fijé la vista en la mujer más bonita del mundo. Y luego ya no pude verla, porque un par de labios pegajosos cubrieron los míos y fui besado por una mujer que sabía a cerveza de manzana. Intenté apartarla, pero se me agarró con fuerza. ¡Maldición! Aquella mujer era fuerte. Sacudí la cabeza, pero aprovechó la oportunidad para lanzar una pierna sobre la mía y saltar sobre mí.

—¡No me lo puedo creer!

Las palabras de Genevieve alcanzaron mis oídos justo antes de que una catarata de cerveza helada corriera por mi cabeza, se metiera debajo del cuello de mi camisa, bajara por mi pecho y alcanzara a DawnMarie, que se apartó de un salto tan rápido que apenas pude ver un destello de color cuando gritó.

—¡Maldito mentiroso, traidor! ¡Y yo preocupada por ti! He esperado toda la noche despierta porque necesitaba hablar contigo, a pesar de que tengo clases por la mañana. Y aquí estás tú, a las dos de la madrugada, con tu boca sobre esta... esta... ¡zorra!

—Gominola, por favor. Escucha. —Mis palabras sonaron raras y salieron de mi boca como si la tuviera llena de canicas.

—No, no me llames así. No soy nada para ti. Nada más que la mujer a la que le has roto el corazón. La mujer a la que le has destrozado la vida. ¡Y la mujer que está embarazada de tu bebé! —Su voz se quebró.

Otro cubo de líquido se derramó sobre mí cuando sus palabras me alcanzaron. Me corrieron escalofríos por los brazos y mi estómago se cerró dolorosamente.

—Voy a vomitar —balbuceé, sin poder moverme. Ni siquiera podía formar las palabras para responder a lo que ella había dicho. Las cervezas y el tequila que había bebido con el estómago vacío después de entrenar estaban disputándose mi atención.

Lo último que pude ver fue a Clay con las manos en alto frente a mi feroz diosa de pelo rubio.

—No lo entiendes. DawnMarie solo estaba jugando...

Intentó en vano hacer razonar a Genevieve. Probablemente porque estaba tan ebrio como yo, aunque él había cenado bien cuando llegamos, mientras que yo había renunciado a la comida para pasar el rato con mis compañeros. Mala decisión. Haber ido allí, en lugar de ir a casa con mi mujer, había sido una mala idea. ¡Mierda! Estaba estropeándolo todo.

—Quítame las manos de encima. Y tú —dijo Genevieve y señaló a DawnMarie—, ¡puedes quedártelo! —Tomó aire y las lágrimas le rodaron por la cara, luego se dio la vuelta y salió disparada del bar.

Intenté ir tras ella, pero mis zapatos pesaban como el cemento. Cada paso era más pesado y difícil que el anterior.

—¡Genevieve! —rugí al caer hacia delante, donde me desplomé contra la mesa y golpeé algo duro y húmedo que olía a cerveza rancia.

## GENEVIEVE

—¡Genevieve, voy a entrar!

Al principio me estremecí, pensando que sería Trent llamando a mi puerta, pero no lo era. Era Amber, mi mejor amiga. ¡Gracias a Dios! Entró en la habitación y arrugó la nariz. Me senté y me pasé el antebrazo por debajo de la nariz para limpiarme los restos de llanto.

Ella se sentó a mi lado, con su cara solemne y amable.

La última vez que había caído tan profundo en un bache emocional fue cuando mis padres murieron. Esta vez no era así, pero sí era una muerte. La muerte de una relación y de un futuro que había deseado más que nada. Y, lo peor, tenía la prueba de ese futuro potencial creciendo sin duda dentro de mi vientre.

Intenté ser fuerte. Intenté mirarla como si fuera cualquier otro día, un día en que no me hubiera pasado la noche llorando tanto que mi nariz ardiera y mi garganta estuviera irritada, pero no pude ser esa persona. No en ese momento. No con lo que sabía y definitivamente no delante de mi mejor amiga.

Mi cuerpo se sacudió y mi labio tembló. Las lágrimas cayeron por mis mejillas y mojaron la sudadera de Trent, en la que me había envuelto la noche anterior para mi festival de llanto.

—¡Madre mía, Viv! ¿Qué sucede? ¿Es por Trent?

Respondí una versión ahogada de «sí».

—¿Sí es por Trent?

Apenas podía respirar, así que solo asentí y dejé que las lágrimas rodaran. Mi nariz goteaba y volví a secarme las lágrimas y los mocos una vez más mientras intentaba respirar. La pena y el enfado eran como dos muros desmoronándose sobre mí cuando intentaba tomar aire.

—¡Ay, no! ¿Acaso ha roto contigo?

Negué con la cabeza y lloré más fuerte, los sollozos aumentaron hasta que mi cuerpo se puso a temblar. Llevé las piernas hacia mi pecho y las abracé, luego apoyé la cabeza sobre mis rodillas, donde tenía un hueco en el que esconderme.

Amber me acarició la cabeza y pasó sus dedos por los mechones de mi pelo descuidado.

—¿Has sido tú quien ha roto con él? —Su tono era suave y acompasado; la voz más reconfortante del mundo, teniendo en cuenta que mi madre ya no estaba.

—Sí —asentí. Tosí y seguí llorando. Con la cabeza baja, dejé que saliera todo.

Durante unos minutos, ella me dejó llorar, sin dejar de consolarme y susurrar palabras suaves de aliento. Al final, necesitó más información.

—De acuerdo. Entonces, ¿por qué estás así? —Lentamente, levantó una mano y se cubrió la boca—. ¡Ay, no!

Mi labio inferior sobresalió, casi como si estuviera programado, y asentí con la cabeza.

—¿Te ha engañado? —preguntó sin aliento.

Volví a asentir. Mi labio tembló y tragué abundantemente para intentar que no se me fuera la cabeza ni el almuerzo ligero del día anterior. Como era de esperar, mi estómago se revolvió por la falta de comida.

—¡Asqueroso perro rastrero! No puedo creer que lo haya hecho. Lo siento. Gracias a Dios lo has descubierto ahora, que apenas han pasado unos meses, y no después de un año. O, peor, después de haberte casado con él y tenido hijos con ese pobre diablo. —Negó con la cabeza y frunció el ceño.

No respondí. No pude hacerlo. Solo miré su dulce cara, su largo pelo castaño y sus tiernos ojos verdes.

—¿Hay algo que no me estás contando? —Una mirada consciente alcanzó sus ojos y luego inclinó la cabeza.

Me lamí los labios, me senté erguida y aparté el pelo sucio de mis ojos.

—Ayer supe que... —Ni siquiera podía formar las palabras. ¡Dios! Era más difícil de lo que creía.

Amber me sujetó las manos y las sostuvo frente a nosotras.

—Sabes que puedes decirme lo que sea. Eres mi mejor amiga desde siempre. Sin importar lo que pase. Lo prometo. —Se inclinó y besó el dorso de mis dos manos—. Ahora dime. Me estás asustando.

Respiré hondo, dos veces, y luego dejé salir el aire.

—Amber, estoy embarazada.

—¡Ah! Eso no es tan malo... Verás... Te recuperarás. Espera... ¿Qué? —Me apretó las manos con fuerza entre las suyas.

—¡Me haces daño! —Aparté las manos.

Las emociones atravesaron la cara de Amber, como un tsunami que arrasa contra la costa. Sorpresa. Confusión. Miedo. Y luego... enfado. Se levantó, puso las manos en jarras y comenzó a andar de un lado al otro.

—¡Ese perro rastrero, despreciable, sucio y asqueroso! No me lo puedo creer. ¡Te ha dejado embarazada y luego te ha engañado! ¡Qué basura! Bueno, ¿sabes qué? —Dio la vuelta, con las manos en las caderas, como si fuera una versión de la Wonder Woman encarnada en el cuerpo de mi vecina—. Vamos a desplumarle. ¿No has dicho que es superrico?

—Sí, pero...

Ella negó con la cabeza y sacudió el aire con la mano.

—Estoy tan cansada de que los hombres se aprovechen de las mujeres buenas... Si es necesario, le haremos una prueba de paternidad.

Demostraremos exactamente quién ha engendrado a este angelito. ¡Dios! —Se pasó las manos por el pelo—. Esto es una locura. ¿Estás bien? ¿Qué ha dicho el médico?

—Estoy bien. —Me encogí de hombros—. El bebé tiene seis semanas y cuatro días... Bueno, cinco días ahora. Los latidos se oían bien. Eran muy rápidos. —Tomé aire—. ¿Te gustaría verlo? —Quería enseñarle a alguien la semilla que tengo dentro de mí.

—Claro que sí, quiero verlo. Ostento el puesto de la mejor tía, sin importar lo que pase. Y piensa que, más adelante, podré cuidar de la pequeña o pequeño —dijo con una sonrisa.

—Gracias. —Le di un abrazo—. Gracias por quererme. Por no juzgarme. —Sollocé. No quería que las lágrimas volvieran a brotar. Amber me abrazó con fuerza.

—Cariño, nunca te juzgaría. Solo porque soy virgen no significa que juzgue a quienes escogen tener sexo. Las cosas suceden al calor del momento. Lo entiendo. Solo estoy preocupada por ti.

Exhalé el aire que había estado conteniendo.

—También estoy preocupada por mí. Esto es un gran contratiempo en el plan a cinco años vista. Y apenas me he puesto al día con las cosas de la casa, las cuentas y mis estudios. Se supone que voy a empezar el mes próximo. No puedo hacerlo ahora, usar su dinero... ¡Buf!

Volví a recostarme en la cama y me froté el estómago. La tensión en mis extremidades hacía que mi cuerpo pareciera un manojo de terminaciones nerviosas expuestas. Me dolía todo el cuerpo.

Amber se recostó a mi lado.

—Prometo estar aquí para ti y para este pequeñito —afirmó, con una mano en su corazón.

—Te quiero, Vivvie. Eres la hermana que nunca he tenido.

—Tú eres mi hermana de otros padres, Amber.

Resopló y rio. Recostada allí con mi mejor amiga, acepté que eso era parte de mi destino, parte del plan de Dios. ¿Por qué tenía que ser tan cruel? No lo sabía. Al menos, a pesar de todo, tenía el amor de mi hermana, de mi hermano y de mi mejor amiga. Por un momento había llegado a creer que Trent y su familia formarían parte de eso, y supuse que con el tiempo lo serían, solo que de una forma diferente.

Me froté el vientre, para calmar el dolor profundo que tenía su origen en la fisura de mi corazón, más que en la pequeña vida que crecía en mi interior.

# 20

## *Chakra raíz*

*Cuando el chakra raíz está abierto y bien equilibrado, te sientes seguro en tu mundo. Las tareas diarias corrientes parecerán sencillas y el día transcurrirá totalmente en paz. No debería haber dudas o preocupaciones respecto a tu lugar en el mundo. Te sentirás protegido en las relaciones y seguro en tus finanzas, tu carrera y tu futuro.*

## TRENT

—¡Despierta, asqueroso saco de mierda! —dijo una voz estridente justo en mi cara. Unas gotas de agua me cayeron en la cara y se acumularon en las comisuras de mis ojos.

*¿Estaba fuera?*

Parpadeé algunas veces, esforzándome por abrir los ojos. En la habitación había mucha luz, como si un foco estuviera brillando justo sobre mis ojos. Cubrí la luz con la mano e intenté sentarme. La habitación daba vueltas y me dolía la cabeza como si hubiera perdido una pelea. Por *knock out*.

—Tío, levántate. Son las tres de la tarde. Alguien va a tener que rebajarse, y mucho.

Reconocí la voz.

—¿Clay? —Mi voz sonó débil y ronca, como si mis cuerdas vocales hubieran pasado por una picadora de carne.

—Sí, tío, levántate. —La cama se sacudió a mi alrededor—. ¡Cielos, qué poco aguantas el alcohol!

Siguió sacudiendo la cama, y, si lo seguía haciendo, vomitaría encima de él. Lo merecía por despertarme cuando me sentía como una basura.

—¡Tío, vete a la mierda! Necesito dormir. ¡Mierda! ¿Dónde está Genevieve? Mi gominola me ayudará a encontrarme mejor —balbuceé, me di la vuelta y froté la cara contra una almohada que olía a suavizante, no a jabón corporal de limón. Si hubiera podido coordinar los músculos de mi cara, habría hecho una mueca—. Haz que mi chica prepare algo para aplacar la porquería que da vueltas en mi estómago, ¿quieres?

No recibí respuesta.

—¿Dónde está? —Abrí un ojo y eché un vistazo a la habitación.

La cara de Clay apareció a un lado, al nivel de la cama.

—Ella no está aquí. Estás en tu apartamento. Tomamos un taxi y dormimos en el sofá. ¿No recuerdas nada de anoche?

El acto de pensar hizo que mi cabeza resonara como un tambor en una banda de un desfile. Fragmentos de la noche anterior comenzaron a aparecer en mi estado de consciencia.

*DawnMarie apoyando sus tetas falsas contra mi pecho y lamiéndome el cuello.*

*Genevieve gritando.*

*No me lo puedo creer.*

*¡Maldito mentiroso, traidor!*

*Líquido cayendo sobre mí.*

*No soy nada para ti. Nada más que la mujer a la que le has roto el corazón.*

*Embarazada de tu bebé.*

*El mundo girando y volviendo a su lugar.*

—¡Mierda, Clay! Estoy jodido. —Me pasé la mano por la cara en un intento desesperado de despejar la neblina.

—Sí. Sí que lo estás. —Clay se sentó a mi lado y me dio una palmada en el hombro—. ¿Vamos a que te rebajes?

—Sí. —Me volví a frotar los ojos y la cara con los puños, la resaca de la noche cosquilleaba en las palmas de mis manos. Un hedor repugnante llegó a mi nariz cuando levanté el brazo. Giré la cabeza, me olí la axila y me llegó un olor rancio a cerveza y a tequila—. Primero necesito una ducha.

—¡Abre la puerta! Sé que estás ahí —grité en la pesada puerta de madera de la casa de Berkeley de Genevieve.

Finalmente, la puerta se abrió y me encontré frente a frente con una mujer morena y alta. Bonita, pero sosa, nada comparada con mi bola de fuego rubia.

—¿No has notado, después de los primeros veinte golpes, que tu presencia aquí no es bienvenida? —Parpadeó y sonrió con malicia.

—No. Necesito hablar con Genevieve.

La morena negó con la cabeza.

—Así que tú eres el jugador de béisbol rico infiel que ha dejado embarazada a mi amiga y la ha engañado a la primera de cambio. Pues sí, ella no tiene absolutamente nada de qué hablar contigo. ¡Piérdete!

Resoplé y arrastré los pies, ansioso por atravesar esa puerta. Mi gominola estaba sufriendo en esa casa, y necesitaba solucionarlo.

—Pero necesito hablar con ella. ¡Y no la he engañado!

—¿En serio? —Echó su cabeza atrás—. Tal vez para ti no sea un engaño estar besando a otra mujer y permitirle que se refriegue en tu entrepierna mientras está sentada sobre ti, en un lugar público, cuando tu novia embarazada enloquece en casa, esperando para decirte que va a tener un hijo tuyo... —Me señaló con un dedo acusador— ...Pero te aseguro que, para el resto del mundo, eso es un engaño. Ahora, que te vaya bien el día. —Esta vez, sacudió su mano sin importancia—. Haremos que nuestros abogados contacten contigo para la manutención y demás, llegado el momento.

—¿Manutención? ¡Al demonio con eso! —gruñí entre dientes, mientras la furia me ardía por la columna.

—¡Ah! ¿Que no vas a pagar? Eso ya lo veremos. —Su inocencia pareció abandonarla en un parpadeo—. Las pruebas de paternidad probarán...

—¡No estoy negando que ese bebé sea mío! —sentencié—. Estoy negando que ella vaya a necesitar un abogado. Estaré allí, junto a ella, cada segundo de este embarazo y durmiendo en su cama. —Señalé el primer piso de la casa.

La mujer en la puerta resopló y se llevó una mano al pecho.

—Estás delirando si crees que ella te va a ver como algo más que un mentiroso infiel. —Sus palabras cargaban tanto desdén que me quemaron la piel.

Gruñí y tomé aire con dificultad.

—Mira, señorita...

—Amber. —Un desprecio amargo acompañó a cada letra de su nombre cuando habló.

—Amber, cierto. Su mejor amiga. Sí, ella me ha hablado de ti. Estaba deseando conocerte, pero nunca coincidíamos, con tus prácticas y todo lo demás durante los dos últimos meses. Da igual, necesito hablar con ella. Hay cosas que necesito decirle.

Amber sonrió, con un gesto aplacador, sin mostrar los dientes; la típica sonrisa que se le ofrece a alguien que te está estropeando el día con sus estupideces. Y yo era esa persona. El hombre que se había ganado ese gesto. ¡Maldición! No había forma de que pudiera pasar por encima de su mejor amiga. Tendría que intentar otra cosa.

—Me temo que eso no sucederá en un futuro cercano. Genevieve necesita tiempo. Tiene demasiado entre manos, como ya sabes, y ahora encima esto. Bueno, le va a llevar un tiempo hacerse a la idea. Te sugiero que le des espacio. Espera a que ella se ponga en contacto contigo.

—Sí, de acuerdo. Bien. Solo dile que he venido y que me llame. —Le ofrecí mi mejor gesto de cachorro suplicante.

Pasaron dos semanas. Dos largas y malditas semanas sin saber nada en absoluto de Genevieve. La había llamado, le había enviado mensajes, la había visitado a diario. En el estudio de yoga ni siquiera me permitían atravesar la puerta principal. La mujer angelical, de edad cercana a la de mi madre, llamada Crystal, salió después de que gritara con todas mis fuerzas. A los yoguis no les gustaba que las personas alzaran la voz o chillaran en su recepción cuando otros estaban intentando encontrar su estado zen. Crystal, quien por lo visto era la propietaria del lugar, me ofreció devolverme todo el dinero. Resultó que, cuando alguien jodía a uno de los suyos, no reaccionaban amablemente, y dejaron muy claro que yo no era bienvenido en su establecimiento en ese momento.

Sin saber ya qué hacer, me presenté en la casa y me senté en la entrada. Pasaron dos horas hasta que el Mustang aparcó en la entrada del garaje. Me acerqué corriendo y esperé a que Rowan bajara.

En el instante en que me vio, frunció el ceño. No fue una buena señal.

—¿Qué quieres, Trent? —Intentó esquivarme rápidamente, con una mochila colgada al hombro.

—Necesito hablar con tu hermana, tío.

Emitió un sonido, entre bufido y risita.

—¿Por qué motivo? ¿Para hacerla llorar todavía más? Porque eso es lo único que hace. Eso y vomitar. Lo que sea que le hayas hecho le ha roto el corazón. Normalmente, cuando un hombre le rompe el corazón a una chica y aun así quiere recuperarla, es porque la ha engañado. ¿Eso es lo que ha pasado? —Su mirada era dura.

—No exactamente...

—Pensaba que eras lo mejor que nos había sucedido. —Pasó junto a mí y negó con la cabeza—. El gran Trent Fox. —Abrió sus manos frente a su cuerpo—. El mejor bateador de béisbol. Ahora solo eres un capullo

que le ha jodido la vida a mi hermana. Déjanos en paz. Y mejor aún...
—Volvió hacia mí y dejó un juego de llaves en mi mano— ...llévate el coche cuando te vayas. No quiero nada de alguien que le ha hecho daño a mi hermana solo para meterse en sus bragas. Espero que la próxima mujer con la que te acuestes te pase una ETS.

Luego desapareció por el garaje y dentro de la casa, y el portón metálico bajó hasta el cemento.

Se me encogió el corazón y me temblaron las rodillas. Le había hecho daño a esa familia y comenzaba a preguntarme si alguna vez los recuperaría. Un dolor agudo me punzó en el corazón y me doblé por la cintura. Respiré varias veces y me froté el pecho. Un tintineo me recordó lo que tenía en las manos. Las llaves. Y, colgando justo al lado de la llave del coche, estaba la llave que me daría acceso a la casa.

La llave de la puerta principal.

Más tarde, esa misma noche, cerca de la medianoche, rodeé la casa, para echar un vistazo. Todo estaba oscuro y silencioso. Volví frente a la fachada y utilicé la llave para abrir la puerta. La alarma hizo un pitido. Introduje la fecha del fallecimiento de los Harper. La alarma produjo otro pitido y quedó desactivada.

No podía creer que había recurrido al allanamiento. Bueno, técnicamente no era un allanamiento, porque tenía la llave, pero aun así... Si querían presentar cargos, podía meterme en serios problemas. Merecía la pena. La mujer en la habitación de arriba tenía mi corazón y a mi hijo nonato.

Tenía que hacer algo. Arriesgarlo todo. Eso fue lo que mi madre me dijo cuando le expliqué la tormenta de mierda que había sucedido en el bar. Al principio, me maldijo sin parar. Luego corrió por la casa, haciendo planes sobre la vida de su futuro nieto y el papel que ella desempeñaría a partir de entonces.

Lentamente, subí las escaleras. Salía música de la habitación de Rowan, pero eso no era inusual. El chico dormía con la música puesta.

Conteniendo la respiración, subí los escalones y escuché detrás de la puerta de Genevieve. No se oía nada más que silencio. Tomé aire rápidamente una vez y giré el pomo de la puerta. Miré la cama, pero ella no estaba allí. La luz del baño estaba encendida. Sin hacer ruido, me acerqué, y allí, tendida en el suelo, estaba mi peor pesadilla. El cuerpo inerte de Genevieve desplomado sobre la alfombra rosa del baño.

Corrí hacia ella, caí de rodillas en el suelo de baldosa y la tomé en mis brazos.

—¡Cariño! ¡Ay, por Dios! ¡Genevieve! —Le di palmadas en la cara. Parpadeó. Apoyé su cabeza en mi pecho y le agradecí al Señor que no me hubiera dejado—. Genevieve, ¿qué ha pasado?

—Estoy mareada. —Sus ojos giraron hacia atrás cuando parpadeó, tenía la mirada desenfocada. Y comenzó a tener arcadas otra vez.

Hice que se diera la vuelta y no vomitó más que bilis de color verde.

—¡Rowan! —grité.

Su puerta golpeó contra la pared. Luego oí sus pasos por las escaleras, en el descansillo y en la habitación. Se deslizó por el suelo de madera en calcetines.

—¿Qué has hecho? —exclamó.

—¡Nada! Me la he encontrado desmayada. Está enferma.

—Sí, lo sé, idiota. Ha estado vomitando sin parar durante dos semanas. —Pasó sobre nosotros, sujetó una toalla, la humedeció y la apoyó sobre la cabeza de ella—. Está ardiendo. ¿Qué hacemos? —Se sobresaltó y su cara palideció.

—Cuidar a tu hermana. —Tomé una rápida decisión y la levanté entre mis brazos—. Me llevo a Genevieve a urgencias.

—¡No está vestida! —señaló Rowan, agarrándose el pelo.

Miré hacia abajo. Genevieve llevaba puesta una camiseta diminuta, bragas y nada más.

—Dame esa manta. ¡Deprisa!

Rowan cubrió con la manta el cuerpo inconsciente de Genevieve.

—Gominola, te pondrás bien. Te pondrás bien. Row, llama a mi madre. Que venga aquí a cuidar de Mary. Te veré en el Hospital Summit.

—De acuerdo, de acuerdo. —Se detuvo, inhaló profundo, levantó los hombros y los dejó caer otra vez. Un hombre había ocupado el lugar de

Rowan. De alguna manera, había crecido en el lapso de los diez segundos que le llevó recomponerse.

## GENEVIEVE

Me desperté con el sonido de murmullos molestos, pero mantuve los ojos cerrados, no estaba segura de querer que supieran que estaba despierta. Una de las voces parecía la de Trent; la otra era la de mi amiga, Amber.

—Te lo diré otra vez. No. Engañé. A. Genevieve. Esa tía es una fan. Se lanza encima de todo lo que se mueve. Yo estaba borracho y se me echó encima. —Trent sentenció las palabras susurradas en tono firme.

—¡Ah! Seguro. ¡Qué excusa más conveniente! —Aunque era solo un susurro, la voz de Amber era tensa, tirante. Estaba en modo madre osa.

—Amber, lo juro. Juro por lo más sagrado, por la vida de mi madre, por mi trabajo, que nunca engañaría a Genevieve. La amo. Más que a nada en el mundo.

—Eso lo dices ahora, pero ¿qué sucederá cuando se ponga enorme por el embarazo? —Amber resopló—. ¿Eh?

—Tendré más de ella que amar —respondió él de inmediato.

Estuve a punto de reír, porque era una respuesta muy propia de Trent.

—¿Y cuando vuelvas a tus giras? No tendrás las comodidades de un hogar que te dé calorcito por las noches. ¿Qué sucederá entonces?

Él suspiró y sonó pesado, como si la carga de su futuro se balanceara en los extremos de esa pregunta.

—No lo sé, Amber. Montones de hombres están casados y tienen novias. Con suerte, Genevieve podrá venir algunas veces; Rowan, otras. Pasaré el rato con los muchachos que tengan NYE. Lo que sea necesario.

—¿NYE?

—Novias y esposas. Y le juraré a Genevieve que, si me deja volver con ella, me mantendré lejos de las fans. Sobre todo, de DawnMarie. Ella se siente muy mal, por cierto. Esa noche también había estado bebiendo, y, normalmente, cuando un jugador le dice que está comprometido con una mujer, ella se aleja.

—¿Ahora estás defendiendo a tu conquista?

Las palabras de Amber eran mordaces y yo quería intervenir y defender a Trent, pero sabía lo que él quería decir, a pesar de que doliera escucharlo.

—No. En absoluto. Solo quiero dejar claro que yo no me acerqué a ella. Ella se aprovechó de mí. Hay tres personas, incluido Clay, que te dirán exactamente cómo sucedió.

—Bueno, bien por ti. Un puñado de mentirosos dispuestos a respaldarte.

—¡Jesús, María y José, mujer! No puedes ser tan terca —rugió Trent.

—No te atrevas a invocar el nombre de Dios en vano. —Un bufido más fuerte que antes resonó en la habitación.

—¡Jesús crucificado! —balbuceó Trent.

Había llegado la hora de que hiciera notar mi presencia e interviniera, antes de que las cosas se pusieran más feas.

—¿A alguien le interesa lo que tengo que decir? —Mi voz resultó ser apenas más fuerte que un susurro.

Amber y Trent corrieron a ambos lados de la cama. Trent se inclinó, me besó la mano, la palma y la muñeca, antes de llevar mi mano a su mejilla.

—¡Gracias a Dios estás bien! Me tenías tan asustado... —Sus ojos se llenaron de lágrimas que no intentó contener.

Amber me acercó un vaso rosa con una pajita y bebí un poco de agua. Parecía que me bajaban navajas por la garganta. Tosí algunas veces, pero me sorprendí al no vomitar el líquido.

—¿Qué ha pasado? —Miré la bolsa del fluido que estaba entrando en mi cuerpo por vía intravenosa.

—Estás gravemente deshidratada. Has perdido una cantidad significativa de peso en las últimas semanas por haber estado tan enferma. Te han hecho una ecografía vaginal mientras estabas inconsciente y el bebé está bien. Su corazón sigue latiendo con fuerza. —Trent sonrió—. Te están administrando unos medicamentos muy fuertes para las náuseas. —Frotó su cara contra mi mano—. Gominola...

Cerré los ojos y giré la cabeza hacia mi amiga.

—Amber, gracias por estar aquí.

—No hay otro lugar en el que prefiera estar —afirmó ella.

—Necesito unos minutos con Trent. ¿De acuerdo? —Ella asintió, miró a Trent y luego se dirigió hacia la puerta.

—Estaré aquí fuera por si necesitas que saque a patadas a algún arrogante jugador de béisbol rompecorazones.

—Gracias, Amber. Estaré bien —respondí con una sonrisa.

Cuando la puerta se cerró, Trent se inclinó y apoyó su frente sobre mi vientre. Entonces empezó a llorar. El hombre al que había llegado a amar, el hombre hermoso, amable, engreído, confiado y con defectos, se agarró a mi cuerpo y lloró. Y cada palabra fue como un bálsamo para mi corazón dolorido.

—No te he engañado —dijo entre sollozos—. Nunca lo haría. Tienes que creerme. Por favor, Genevieve. Te necesito. Nos necesitamos. Haré lo que sea para arreglarlo.

Levantó la cara. Unas profundas manchas de color púrpura rodeaban sus ojos de color avellana.

—Te amo. Amo a este bebé. Quiero estar contigo, Genevieve. Siempre. Genevieve, quiero casarme contigo. Construir una vida juntos. Tú, yo... —Llevó una mano a mi vientre— ...nuestro bebé, Rowan y Mary. Una gran familia feliz. Por favor, no acabes con eso por un malentendido. Nunca volverá a suceder. Lo juro.

Trent besó mi vientre y me tomó la mano. Había estado deprimida e indiferente durante dos semanas. Completamente perdida sin él. Ya no sabía cómo ser solo yo. Y, desde que estaba gestando a su hijo, no quería ser solo yo. Quería ser parte de un nosotros; él, yo y nuestro bebé. Por supuesto, Rowan y Mary estarían allí también, pero este era el comienzo de mi propia familia.

—Te creo y...

—¿Y? —Más lágrimas se formaron en sus ojos.

—Y te amo. Siempre te amaré, Trent, y no quiero vivir un día más sin ti.

—¡Ah! ¡Gracias a Dios! —Sus hombros se relajaron y la tensión que contenía pareció filtrarse por sus poros cuando cerró los ojos y dejó que las lágrimas corrieran por sus mejillas.

Tiré de su mano y lo acerqué más a mí. Él me besó la frente y mis mejillas, las lágrimas que no noté que había llorado y, finalmente, mis labios. Un simple contacto de nuestros labios que nos cambió la vida, que expresó todo lo que necesitábamos decir y más.

# Epílogo

—¡Gominola, despierta! —Trent frotó su nariz contra mi cuello y arrastró el mentón por la columna.

Una sensación de miles de mariposas aleteando me bajó como un cosquilleo por el cuello y a través de mi cuerpo mientras él besaba toda la piel disponible.

—Mmm, me gusta.

Hundió su barbilla rasposa entre mis pechos. En un segundo, mi camisola del pijama estaba por debajo de mis pechos y el aire frío rozó las puntas de mis pezones erectos. No estuvieron fríos por mucho tiempo. Trent los lamió uno tras otro y luego introdujo uno en el calor de su boca. Arremolinó la lengua alrededor de la areola, hipnotizándome antes de morder suavemente la punta sensible. Un rayo de deseo me atravesó el pecho para instalarse justo entre mis piernas. Mi clítoris palpitaba y ardía por la necesidad de tenerlo en otro lugar.

Abrí las piernas, para que él pudiera colocar su gran cuerpo entre ellas y yo pudiera frotar mi sexo con descaro contra su gruesa erección. ¡Dios! Me encantaba su enorme cuerpo. Todo en él emanaba masculinidad, sexo y éxtasis, todo envuelto en un buen paquete que era todo para mí.

—Cariño, lo tengo.

Presionó el punto rígido y mi cuerpo se arqueó.

—Sí, lo tienes —suspiré mientras le permitía satisfacerme.

Él rio sobre mi seno, lo besó y luego meneó su mitad inferior contra mi sexo.

—No, gominola, tengo el contrato. Me lo han renovado. —Deslizó su mano entre nuestros cuerpos, y la pasó por debajo de la ropa interior que yo usaba para dormir. En un segundo, me penetró profundamente con dos dedos. Gemí y me levanté por el deseo de tenerlo más adentro. Siempre más adentro, hasta no saber ya dónde terminaba él y comenzaba yo.

Me tocó, presionando profundamente, estimulando ese punto interior que me encantaba, y luego salió. Repitió el proceso hasta que mi entrepierna estuvo tan mojada que podría haber bebido de mi cuerpo. Así era como le gustaba. Trent siempre me volvía loca de deseo antes de sacarme de la miseria y repartir orgasmos como si estuviera sirviendo una bandeja de postres suntuosos.

—Cariño... —Incliné mis caderas, para alcanzar ese hormigueo interior que me llevaría al extremo.

—¿Si dejo que te corras, me escucharás? —Empujó sus dedos dentro y los mantuvo allí, alto y profundo.

—Sí, por favor... —Gemí y me arqueé, estaba a punto de correrme.

Podía llegar a suplicarle. Desde que alcancé el segundo trimestre del embarazo, lo deseaba todo el tiempo. Día y noche, y algunas veces entremedias. Él cumplía con gusto. Consideraba que era su deber como hombre el ocuparse de su novia embarazada.

—Muy bien, gominola, ¿estás lista?

Asentí, incapaz de hablar cuando él estaba estimulando ese paraíso interior. Con un brillo malicioso en sus ojos y un pulgar preciso, presionó mi clítoris con fuerza. Todo mi cuerpo se sacudió, el placer atravesó cada una de mis extremidades y provocó una sensación tan intensa que perdí el aliento. Él hizo un círculo en mi botón caliente con su pulgar, presionó sus dedos deliciosamente gruesos, alto y profundo una vez más, y luego succionó mi pezón erecto con la boca. Cuando apretó los dientes, perdí la cabeza, el cuerpo y el corazón en manos del único hombre que podía provocarme una dicha tan extrema.

Durante varios minutos, me tocó suave y superficialmente, antes de retirar su mano, quitarme las bragas y saborear mi sexo.

Una vez que me tranquilicé, subió besando mi cuerpo, se irguió hasta estar de rodillas y elevó mis piernas, poniendo un tobillo en cada uno de sus musculosos hombros, de forma que mis pies rodeaban sus orejas. Luego me penetró lento y placentero, con cuidado de no doblarme por la mitad por donde su hijo descansaba. Cuando estuvo bien adentro, empujó, movió sus caderas en círculos y se detuvo.

Abrí los ojos e hice una mueca.

—¿Por qué paras? Estaba disfrutándolo.

—Porque no estabas escuchándome antes. —Rio y besó mi tobillo—. Intentaba decirte que acababa de colgar el teléfono. Mi contrato ha sido renovado por cinco años. Nunca creerás por cuánto dinero. —Sonrió y empujó dentro de mí.

—¿Mucho? —Jadeé.

—Presta atención. —Me mordió la pierna.

—Estoy prestando atención. —Levanté las caderas para que entendiera que necesitaba movimiento.

—No a mi pene. A mis palabras. Gominola, han renovado mi contrato por setenta y cinco millones de dólares por los próximos cinco años. ¡Son quince millones al año! —Salió de mí y me volvió a penetrar con fuerza. Me agarró las caderas, me levantó y comenzó a embestirme una y otra vez.

Gemí y presioné los músculos interiores para darle la fricción extra que sabía que lo enloquecía. Él gruñó y apretó los dientes, con su mandíbula dura y estoica mientras arrancaba su placer de mi cuerpo.

—¿Por qué demonios alguien pagaría tanto dinero por algo? —Me arqueé y envolví su cintura con mis piernas. La nueva postura apuntaba su miembro directamente hacia mi punto G. Cada golpe de su pene era un toque de puro placer.

—Porque... soy muy bueno en mi trabajo. —Trent colocó su pulgar en el centro de mi sexo y lo arremolinó en círculos que me llenaban de éxtasis.

—¡Ay, Dios! —grité y mis piernas se cerraron alrededor de su cintura.

Él sujetó mi cintura y empujó dentro de mí.

—Voy a...

—Sí, lo harás. Córrete en mi pene. ¡Demonios! Me encanta cuando tus músculos me presionan así. No hay nada mejor que estar dentro de ti, Genevieve. Nada en el mundo.

Todo mi cuerpo se volvió totalmente rígido; cada músculo se puso tenso; los dedos de mis pies, apretados. Agarré las sábanas, me retuve y exploté alrededor del hombre que amaba. A él le faltaba poco. Enterró sus dedos en mis caderas, donde embistió una, dos, tres veces y, finalmente, en lo profundo de mi ser, dejó que todo saliera.

## TRENT

—¿Estás divirtiéndote? —preguntó Genevieve por el manos libres de mi ordenador portátil. Su pelo rubio estaba recogido en un moño ajustado y se había pintado los labios de rojo ese día. ¡Dios! Echaba de menos esos labios rojos.

—Vivvie, no tienes idea de lo que Trent me ha enseñado hoy. He podido entrar en el vestuario. Había tipos desnudos andando por allí, otros sentados con sus uniformes puestos, y bromeaban como hermanos. Trent incluso me ha conseguido mi propia chaqueta, igual que la del equipo, para que la use en cada partido al que asistamos en una ciudad diferente.

Sonreí cuando la sonrisa más bonita lució en el rostro de mi chica.

—Eso es genial, Row. ¿Le has dado las gracias a Trent por haberte llevado con él?

—¡Claro! —exclamé, mientras terminaba en el baño—. Más veces de las que podría contar. Aunque está más emocionado por los viajes del verano.

Era junio y Rowan tenía el verano libre. En lugar de comprometerlo con una liga de verano, conseguí que el entrenador dejara que viniera conmigo a los partidos. Que se tomara el verano libre. Practicaría con los mayores en los laterales, atraparía algunas bolas, repartiría agua y haría de recogepelotas durante los partidos, y ganaría algo de dinero. Y yo ganaría un poco de paz mental sabiendo que mi chica no estaría preocupada de que yo jugara en otros campos.

—Row, ¿por qué no bajas a la piscina un rato? Te veré allí. Quisiera hablar a solas con tu hermana, ¿vale?

—Claro. Hay muchas bellezas aquí en Las Vegas.

Reí y le di una colleja al chico, sin hacer fuerza, solo para que supiera que estaba jugando.

—Compórtate.

Él se frotó la cabeza y fingió que estaba ofendido.

—Siempre —dijo con una sonrisa—. ¡Te quiero, Vivvie! —Rowan se levantó y se dirigió a la puerta de la habitación del hotel.

—¡Yo a ti más, Row!

—Oye, tú. —Me senté frente a la pantalla para ver a la mujer más bonita del mundo—. Hazlo. Sabes que quiero ver. —Sonreí y me lamí los labios, esperando que ella se moviera.

—¿Tengo que hacerlo? —Ella frunció el ceño e hinchó su labio rojo.

—Vamos, gominola. Que soy yo.

—Pero me siento gorda. —Su mueca se volvió más marcada que antes.

—No estás gorda. Estás embarazada de mi bebé, y quiero ver. Ha pasado todo un día. —Esta vez fui yo quien hizo la mueca. La mujer que amaba no podía resistir un mohín original de Trent Fox. Había perfeccionado el estúpido gesto en el instante en que supe que la afectaba tanto.

—¡Vale! —Puso los ojos en blanco. Luego, con toda la gloria de su atuendo yogui, se puso de pie, se alejó de la cámara, se giró de lado, se levantó la camiseta hasta sus enormes pechos y me enseñó su vientre.

Mi bebé. Su vientre de embarazada estaba haciéndose más grande cada día. Dado que salía de cuentas a finales de agosto, comprobaba constantemente mi agenda para asegurarme de poder volar en cuanto me avisara de que había llegado la hora. Tenía a mi agente de viajes en marcado rápido solo por si acaso. Así que en junio estaba perfectamente redonda. El mundo entero sabía definitivamente que ella estaba embarazada, y eso me encantaba.

—¡Dios! Estás increíble, gominola.

Ella resopló y se bajó la camiseta. El algodón de color amarillo se extendía sobre su estómago. Pronto necesitaría una talla más grande, pero yo no sería quien se lo recordara. Esa era una de las cosas que nunca se le decía a una mujer. Cualquier cosa relacionada con la talla o el vestuario estaba fuera de los límites, en especial cuando estaba preocupada por su imagen corporal. Realmente, yo no tenía idea de por qué se preocupaba. Amaba verla redondeada, con mi hijo creciendo dentro de ella. Me provocaba una increíble sensación de orgullo masculino. Mi hijo estaba cambiándola, convirtiéndola en madre. Si pudiera hacer que se casara conmigo, ya sería la guinda del pastel.

—Cierra la boca. Dices eso todos los días.

—¿Y qué te parece esto? Cásate conmigo.

—La misma respuesta de ayer. Necesito más tiempo. —Volvió a protestar.

—¿Tiempo para qué? ¿Para decidir que no me quieres en tu vida?

—¡Dios, no! —Eso la hizo reír—. No quiero que nuestra vida de casados dependa de que me haya quedado embarazada. Lo hablaremos cuando él haya nacido.

—¿Él? —Un cosquilleo se encendió por mi piel.

La sonrisa de Genevieve se agrandó, tomó una imagen y la levantó cerca de la cámara. Era una imagen de la ecografía del día anterior. Odiaba no haber estado allí, pero pensaba que esperaríamos a estar los dos presentes para conocer el sexo del bebé. Toqué la pantalla y recorrí la forma del rostro de mi bebé y su cabeza. Luego ella levantó otra imagen.

—Se suponía que debía ser una sorpresa, pero esta imagen era de una toma abierta. Cuando pregunté qué era ese pequeño bulto entre las piernas, la ecógrafa rio y dijo que eran el pene y los testículos del bebé. No se dio cuenta de que había chafado la sorpresa, pero, en realidad, fue mi culpa. Lo siento. ¿Estás enfadado? —Su sonrisa se convirtió de inmediato en un ceño fruncido.

—¿Molesto porque voy a tener un niño? —Negué con la cabeza—. ¡Demonios, no! Estoy totalmente emocionado. Este es el mejor día de mi vida. Voy a tener un niño... —Me apoyé sobre la mesa y observé a la bonita mujer que me había dado más de lo que jamás creí que podría querer en la vida.

Finalmente había sentado cabeza. Pronto tendríamos a nuestro pequeñito, William Richard Fox; William como el padre de ella, Richard como el mío. Luego la convencería de convertirse en mi esposa y la vida sería perfecta.

—¿Ya no sientes la necesidad de resistirte a echar raíces? ¿Aún ves el color rojo del chakra *Muladhara* cuando cierras los ojos y meditas como te enseñé? —Guiñó un ojo, levantó una mano y descansó la cabeza sobre su palma.

—Por supuesto. Estamos estableciéndonos, Genevieve. De ahora en adelante, estoy en casa, seguro por el hecho de que estoy exactamente donde debo estar. Contigo y con nuestro hijo. He echado mis raíces y están ahí para quedarse.

# FIN

¿Te has quedado con ganas de saber más de la familia de La Casa del Loto? Sigue la historia de Amber St. James y Dash Alexander en: *Serenidad Sagrada*, el segundo libro de la serie «La Casa del Loto».

# AGRADECIMIENTOS

A **Debbie Wolski**, mi gurú del yoga, por haberme enseñado todo lo que sé sobre el arte del yoga. Solo espero que este libro ayude a los lectores a tener una conexión positiva con la práctica, para que busquen su propia experiencia. Gracias por abrir tus puertas e invitarme a tu mundo. Te adoro.

A mi marido, **Eric**, por permanecer a mi lado durante los quince meses de mi formación de yoga, y los fines de semana durante meses, en que estuve escribiendo y aprendiendo más acerca de la belleza que es el yoga; y también por amar esta faceta de mí, como lo has hecho durante los últimos diecinueve años. Siento que cada día te amo más que el anterior, y me acuesto con la certeza de que volveré a despertar con más amor en mi corazón.

A mi editora, **Ekatarina Sayanova** de **Red Quill Editing, LLC**. Tú me comprendes a mí y a mis personajes casi tanto como yo misma. Con cada edición ayudas a dar vida a una nueva faceta de mi escritura que yo no sabía que tenía. Gracias por hacerme brillar.

**Helen Hardt**, gracias por haberme enseñado acerca de las construcciones groseras y cómo hacer que mis oraciones sean más fuertes sin ellas.

A mi extraordinariamente talentosa asistente personal, **Heather White** —conocida como **PA Goddess**—, por ayudarme a mantenerme enfocada en lo que es importante en la vida. Eso, querida mía, no tiene precio.

**Jeananna Goodall, Ginelle Blanch, Anita Shofner**, gracias por ser increíbles lectoras de mis versiones beta, pero, más que eso, por ser incluso mejores amigas.

Debo dar las gracias a mi superincreíble y fantástica editorial, Waterhouse Press. ¡Gracias por ser una editorial tradicional no tradicional!

A los superardientes Ángeles del Street Team de Audrey Carlan; juntas cambiamos el mundo. Un libro a la vez. BESOS-PARA-SIEMPRE, adorables damas.

# ¿TE GUSTÓ
# ESTE LIBRO?

escríbenos y
cuéntanos tu opinión en

**f** /Sellotitania   **𝕏** /@Titania_ed

**◎** /titania.ed

**#SíSoyRomántica**

# ECOSISTEMA DIGITAL